U0961700

小花阅读【秘密森林】系列01

XIANYIREN DE YOUXI

嫌疑人的游戏

喝茶的蒙太奇 著

百花洲文艺出版社
BAIHUAZHOU LITERATURE AND ART PRESS

喝茶的蒙太奇 | 小花阅读签约作者

来自江浙地区的男生。
喜欢天马行空，不喜欢墨守成规。
热爱捧着书本的质感阅读，钟爱中国历史以及古老的故事。
我在小花，耕耘我的梦。

代表作品：《嫌疑人的游戏》

作者前言

待日薄西山，择一城而居

历时两个月，终于写完这本书了，回想一下，自己能写完一本书真是不可思议。

大学毕业后的我，来到长沙，打算择一城而终。那时正好是毕业季，招聘广告铺天盖地地朝我袭来，面对各种各样的公司，我还是决定遵从自己的梦想，做一个讲故事、写故事的人。

（好了，在下要装 × 了，大家让让……）

初来长沙，颇多不适，居无定所，食无足腹。幸得朋友帮助，得一遮风避雨之处。长沙之美食，数不胜数，然则，皆为辛辣油腻之物。吾尝三旬，胃痛，便寻长沙清淡寡味之物。辣清皆食，如一阴一阳，阴阳调和，道法自然。

吾宅，且因长沙近日燥热，不喜出门游玩。吾自言，炎炎夏日，若得电脑和空调一台、手机一部、Wi-Fi 一座、西瓜一个，便可宅于陋室一日。待日薄西山，暮色渐深，气温凉爽之时，方才离家。

吾著此书，意在乐之读者，望读者阅此书，可获喜乐。若读者阅完感哀悲之情，是吾之过也，望君海涵，吾先在此抱以歉意。

（结束，收工！）

嗯，差不多就是这样，希望读完这本书的小伙伴会喜欢我写的故事，而我的下一个故事也要出来了，大家拭目以待吧。

喝茶的蒙太奇

▼你看到的，不一定真实，
一切都超乎你的想象！

初来乍到小青年

——和喝茶的蒙太奇一起喝茶聊天

小花作者团终于有男生加入了，赶紧来一轮快问快答，
全方位了解下这位**新晋小草**吧。

对刚认识的人会用什么作为开场白？

哎，你也玩XX游戏啊。

为什么取了这样一个笔名？

蒙太奇是一种电影剪辑手法，将不同的画面拼凑起来形成一个具有新含义的画面。喝茶的蒙太奇意思就是，喝着茶轻松地完成这个过程，指轻松的创作。

开始写文是出于什么契机？

没什么契机吧，要真说有的话，就是初高中的时候喜欢看书，那时候喜欢上一本玄幻小说《诛仙》，被里面的世界观和背景震撼到，于是萌生出创造一个属于我的世界的想法。

加入小花后生活有什么改变？

把写作当作职业，把爱好当作事业。

写作时有没有什么癖好？

一边打游戏一边写小说。

你的口头禅是？

不是的。

平常生活中有什么爱好呢？

打游戏、看书、旅游。

你最喜欢的作家是谁？为什么？

能说多个吗？能的话就是萧鼎和东野圭吾。

前者让我产生写小说的想法，后者则是他的作品让我爱不释手。

一直想去但没有去过的地方是哪里？

他人的心里（指作品可以深入人心）。

觉得哪种颜色最能代表自己？

非黑即白。

做过最酷的一件事？

没有，想不起来。

幽默感和帅气外表哪一个更重要？

都重要，硬要选我会选后者。

《嫌疑人的游戏》是你的第一本书，心情如何？

很激动，但还有许多地方做得不好。

看这个故事前有什么想提醒读者的吗？

以后的作品会越来越好，这个故事不喜欢，可以期待下一个故事。

下一本书是个什么故事？

跟爱情有关的？应该吧。

如果你把自己到目前为止的人生写进书里，小说名字会是什么？

平凡的前半生。

如果可以，你想跟十年前的自己说什么？

倾家荡产去买比特币，全给它买了！

2018年最想做的一件事？

写出一本让自己非常满意的书，要文字优美，全文连贯，一气呵成，不拖泥带水。

想对读者说句什么？

谢谢关注我，我会加油写出更好的书。

目录

Contents

目录

Contents

第一章

藏起来的花瓣

XIANYIRENDE YOUXI

等我回来的时候，阿月……阿月她……
她在浴室里割腕自杀了。

时值九月，入秋了，炎热的夏天刚过，空气中依旧弥漫着燥热的分子，炙热的阳光烘烤着大地，仿佛要将它烤化了，街道上的行人竭力寻找着阴凉的遮阴处前进着。

马路上车水马龙，由于这一段路属于禁止鸣笛的路段，所以街道上颇为安静，只有“嗡嗡”的引擎发动的声音。

一辆白色的丰田汉兰达在路口等待着绿灯，车上坐着一个女人，年纪约莫二十四岁，上身穿着一件简单的白色中袖，下身穿着水洗发白的紧身牛仔裤，副驾驶座上歪放着一双棕色的高跟鞋，似乎是因为不能穿着高跟鞋开车，女人便穿着平底鞋。

等待红绿灯的过程十分枯燥，女人双手抓着方向盘，右手食指却不停地轻轻敲打，发出“嗒嗒嗒”的声音，与转向灯开启时的声音不谋而合。

红灯转变黄灯，女人脚下轻轻使力，车发出低沉的轰鸣声，仿佛是在怒吼。

三，二，一。绿灯一亮，女人踩下油门，汽车飞驰出去，远远把后面的车队甩在身后。

“嗡嗡……嗡嗡……”

手机震动声响起，女人飞快地点击接通键，并将手移到另一边，轻轻地点了一下扬声器。

“白部，白大小姐，你到哪儿啦？！”

电话里传来了焦急的低沉男声，似乎有什么很重要的事。

“还有 10 分钟就要开场了，你到底还需要多久啊？我跟你说，今天现场来了好多人，你要是还没到，可就伤了你粉丝的心了啊。”

被突如其来的巨大声音吵到，白部皱了皱眉。

“李浩，不要着急，我马上到，嗯……”白部想了想，“七分钟后准时到，我现在超速开过去呢，到时候罚单你帮我交一下。”

被称为李浩的人，是白部的助手。

白部是一个稍有名气的悬疑小说作家，入行短短一年，便已经在业内闯出名气了。她所写的小说，精确地剖析了人的内心，情节虽不算跌宕起伏，但戏剧化的结尾往往能够让人回味无穷。

李浩转头看了看人潮涌动的会场，又看了看身边巨大的宣传海报。海报上画着一本书，书名叫《藏起来的花瓣》。

这是白部最新出版的一本悬疑小说，正在各大书店热卖，而今天正好是 A 市本地的签售会，一大批本地的、外地的粉丝慕名而来，只为见白部一面。

“好好好，你尽快过来吧，车开得慢一点没事，注意安全！”

“嗯，好，你先安抚下粉丝，我到了再给你打电话。”说完，白郜便挂了电话，专心开车去了。

“嘟……嘟……”没等李浩开口，白郜那边便挂了电话。李浩摇了摇头，略显无奈。

看向人头攒动的会场，李浩走上签售台，拿起话筒，熟练地说道：“亲爱的读者朋友们，在这个炎热的季节，你们不顾烈日当空，汗流浃背地来到白郜的签售会，我在这儿由衷地感谢你们……”

李浩卖力地演讲着，会场内本来就不冷清的气氛被带动得更加火热了。

七分钟后，白郜来到A市的体育会场，前门被人群堵住了，她将车停好，绕过前门的人群，来到了后门，相较于前门，后门的人少了许多。

后门紧闭，只有两个保安看守着，白郜压低了头上的帽子，扫了一眼四周，发现没人注意到这儿，便走上前去，对保安出示了自己的工作证明后，进了会场。

“这就是作者啊，这么年轻，跟我女儿一样大，还长得很不错呢。”左边那个年长的保安笑着说。

“罗叔，你这是在夸你女儿好看嘛。”另一个年轻的保安也笑着说，“罗叔，我看啊，还是你女儿好看。”

“少来了，你这浑小子，就算你说她好看，我也不会答应你俩的事。”罗叔笑眯眯的脸瞬间恢复了一本正经，虽然表情严肃，但年轻保安的那一句还是你女儿好看，还是让他内心十分高兴。

从后门进入，走过一条长廊，那里有好几个房间，白郜走到左数第三间房间停下，敲了敲门，没有人回应，再次用力地敲了敲门，依旧没有人回应。

“人去哪儿了？”白部一边喃喃自语，一边将手伸入包中，拿出手机，拨通了李浩的电话。

李浩正在台上慷慨地演说着，声音却越来越小，正当他愁于接下来该怎么继续的时候，他感觉到裤兜里的手机震动了。他大喜，急匆匆地结束了演讲，下了台。

“喂，白大小姐，你到了吗？”

“我在后台休息室门口，敲门没人回应，你不在吗？”

“你先来前面，签售会马上开始了，我们都在会场中心呢。你往休息室右边走，过了第五个房间，边上有一个小台阶，上来就可以看到我了。”

“好的。”

挂了电话，白部按照指示走向右边，上了台阶，推开门，发现门前有一个巨大的报幕挡住了视线。她环顾四周，发现李浩在左边，加快脚步走了上去。

李浩感觉到有人拍他的左肩，转过身去，看到面前站着的就是白部。

“谢天谢地，你终于来了，快跟我来。”李浩带着白部走向签售台，“你怎么这么晚？”

“路过李子路的时候，那里出了车祸，堵住了，交警来了车才可以动。”

“车祸？什么车祸？死人了吗？”

“没关注，只知道一辆现代撞了奔驰，现代输了。”

“输了？”李浩一脸疑惑，随后明白过来，笑道，“哈哈，还输了，白大作家还会开玩笑呀。”

白部不理他，上了台子，走到话筒边上。李浩似乎习惯了白部的沉默寡言，不以为意。

先是李浩上台说了几句开场白，接着白部象征性地说了几句感谢粉丝的话后，签售会便开始了。

签售会异常火爆，来的粉丝有上千人。白部一坐下来，便有粉丝上前拿着她最新的作品让她签名。

白部接过新书，翻开书本第三页空白页，熟练地签下了“伴云雨”三个字。伴云雨是白部的笔名，她希望自己如云如雨一般，潇洒自在。

一个早上加一个下午，签售会终于结束了，白部在李浩的陪伴下，告别了粉丝。

从后门出来，白部和李浩一同上了车。

“我今天没开车，你送我一程吧。”李浩笑眯眯地说。

“行，等我先去一趟‘山阅尽’办理一下入会手续之后，我再送你回家，怎么样？”白部将钥匙插进锁孔，发动汽车，一边转头查看是否有人在车后，一边说道。

李浩疑惑地看着白部，问：“‘山阅尽’？你去那儿干吗，突然想要爬山了？”

“山阅尽”是A市当地一家有名的登山俱乐部，定期会举行户外活动，参加者只需缴纳一定的费用即可入会。

这费用一定不低，普通的会员需要一两万，高级会员上不封顶，缴纳的钱越多享受的服务越好。钱与服务成正比，这是谁都知道的常理。

白部缓缓将车开出车位，眼睛注视前方，若有所思。随即她笑了笑，道：“写书写了这么久，都没有怎么锻炼身体，刚好这周‘山阅尽’组织会员活动，我去凑凑热闹，顺便给新书找找灵感。”

“是应该这样的，多出去活动活动，不然咱白大作家哪天变成一块石头那就糟糕了，哈哈……”李浩一边笑着，一边看着白部，看见白部脸上毫无笑意，自觉尴尬，便下意识地想要拿出口袋里的烟。

他触碰到烟的一瞬间，白部声音响起：“要抽烟下车去抽，车上不准抽。”

“习惯了习惯了，不抽烟不抽烟，哈哈！”

离“山阅尽”还有两条街道的距离，李浩下了车，打过招呼后，他转身朝一栋公寓大楼走去。

白郜目送李浩上了楼，看到他的身影消失在大厅门前，才发动汽车，掉转车头，朝“山阅尽”所在的反方向开去。

人声鼎沸的市场，选购商品的人潮熙熙攘攘，急于销售自己商品的摊贩叫卖声、希望卖家降低价格的顾客砍价声、来往车辆的喇叭声、为了一点小事争吵得不可开交的骂声、互相追赶打闹的小孩嬉闹声，不绝于耳。

一个穿着普通的中年妇女，手上挽着小挎包，精明的目光在琳琅满目的摊位上四处搜寻着，扫过四五家商铺后，她像是发现了什么，朝第六家走去。

这是一家卖卤料的店，出售八角、茴香、桂皮、甘草一类便宜的香料。妇女走上前去，一边仔细地挑选着，一边询问着价格。

觉得价格合乎心意，中年妇女取下一个塑料袋，然后将小挎包放在边上的一个箱子上，便低头挑选卤料，她没有注意到，一个矮小的男子，悄悄向她凑来。

趁中年妇女挑选东西的时候，矮小男子迅速抢走了箱子上的小挎包。

面对如此明目张胆的抢劫，中年妇女似乎不敢相信，愣了一秒后，她才反应过来，扔下手上的袋子，边追边歇斯底里地喊：“抢劫啊！有人抢劫啦！抢劫啊！有人抢劫！就是前面那个挨千刀的，谁来帮帮我啊！”

矮小男子凭着身体优势，在人群中上蹿下跳，灵活地穿梭着。

周围的路人面对这突如其来的异状，都没有反应过来，站在原地不知所措。不知过了多久，人群中有人喊了一声抓小偷，路人才反应过来，有的去追小偷，有的过来询问情况。

中年妇女瘫坐在地上，号啕大哭着。周围的路人静静地看着她，像是在看一出精彩的大戏。

“快看……那小偷被人拎回来了！”有人惊讶地说。

“哪儿？哪儿呢？”

“哟，还真是，是后面那个人把他抓回来的吗？”

“你还别说，还真有可能，那个人看起来好强壮啊。”

“哪儿哪儿呢，我怎么什么都没有看到？”

……

人群中炸开了锅，中年妇女听着周围人叽叽喳喳的讨论声，迅速爬起，朝远处看去。待看清了前方的景象，她脸上转悲为怒，一个箭步便冲了上去。

人群前方，一个魁梧的中年男子，穿着深蓝色衬衫、黑色西装裤，一只手上拿着一个不符合他气质的小挎包，另一只手押着一个男子，正大步流星地朝这边走来。

被他押着的男子正是那一个抢包的小偷，此时小偷的左脸上有一块乌青，人也变得畏畏缩缩。

“你这个挨千刀的狗东西，快把老娘的包还给老娘，我让你抢我的包，狗东西！有娘生没娘教的贱骨头！”中年妇女冲上去对着矮小男子一顿乱抓，用尽了全身的力气。

矮小男子不敢反抗，似乎也没有力气反抗，被中年妇女一推，倒在了地上。中年妇女不依不饶，顺势就想扑在男子身上，继续殴打他，却被一只手拦住了。

“你的包在这儿呢，拿着吧，下次小心点。这个人我带走了，送去警察局，你打打出出气就好了，不要太上火了。”出手的是那个帮忙抓小偷的中年男子，说话的间隙，他把小挎包递到中年妇女面前。

中年女子先是对忽然伸过来阻止她的手感到一阵愤怒，继而看到了一个眼熟的小挎包出现在眼前，她拿过包，抬头看向递给她包的人。思索了一会儿，她缓缓说：“嗯，好，包拿回来就好，那个什么，谢谢你了，要是没有你，我可不知道怎么办呢。这里面装着的可是我们家一个月的生活费呢。”中年女子的眼睛慢慢地垂了下去，“那个，你给我留个电话吧，我和我丈夫到时候请你吃顿饭？”

“没事的，举手之劳。”

“这可真不知道该怎么谢谢你。”

中年男子没有接话，只是看向躺在地上的矮小男人：“你看看有没有少东西，没有的话我就带这家伙去警察局。”

“啊？”中年妇女诧异，“哦，好，我看看，刚刚差点忘记了。”

反复多次检查了包内的物品，中年妇女长舒一口气：“没有少，东西都在呢。”

“那好，人我就带走了，你下次小心点。”

说完，中年男子提起矮小男人，就朝人群外边走去。

人们都有一种喜欢看热闹的心理，哪里人多，就喜欢朝哪儿去。过往的人们纷纷都被这件事吸引过来，越聚越多，形成了一个包围圈，把三个人围在了中间。中年男子要离开，这才让出了一条道。

围观的群众七嘴八舌：

“好人啊，这是。”

“他一个人就把这小偷收拾成这个样子，他是练过的吧？”

“好人，留下你的姓名呗。”有人大喊，人群中一阵哄笑。

“你见过谁做好事留名的呀？”

人们依旧在谈笑打趣看，很少人注意到中年男子带着小偷离开，当事人也不见了，不知多久，人群也慢慢散了去。正值黄昏时分，夕阳西下，太阳的余光洒在这座慵懒的城市，带来夜的气息。

A市中北部的一个小区内，靠近小区东部有一栋三层高的复合式楼房，外表看上去有些脏，并没有经常清洗的样子。

小楼二层，一间小房间内，摆放着三张黑白照片，房内还有一个书架，架上填满了书，囊括古今中外的各种名著。照片所在的那一面墙上干净如雪，正前方放着几盆盆栽——牡丹、秋菊、迎客松。

“吱呀”一声，房间的门被推开了。

走进来一个穿着白色睡裙的女子，正是白部。

白部走向照片墙，出神地看着照片里的人。

照片横向摆放，从左往右依次是一个看上去像是三十岁的男人、一个与男人年纪差不多的女人，还有一个大概只有十八岁的女孩。

照片上的人长相相似，仔细一看，白部也与照片上的人十分相似。

白部看着照片怔怔出神，像是在回忆。

“咚咚——”

一阵清脆的敲门声，把白部的思绪拉了回来。

白部转过头去，房间外不知何时站了一个中年男子。

“舅舅，你回来了。”

“嗯。”

“怎么有点晚？”

“今天在路上遇到一个小偷，顺手帮忙抓了一下，还送到了警局去，就稍微晚了些。你还没吃晚饭吧，我去煮东西。”

“嗯，没吃，舅舅，我想吃鱼。”

“好，我晚上煮鱼，你……”白部的舅舅杨子介瞥了一下墙上的照片，在最右边那张女孩的照片上停留了一会儿，又看了看白部。白部早已转过身去，继续望着墙上的照片。

“你再待一会儿，就离开吧，再过一个月就是小月的忌日，我们到时候去看看她，顺便去看看你爸妈。”

白部没有说话，依旧盯着墙上的照片。

杨子介叹了口气，轻轻地带上门，准备离开。

“还有舅妈，到时候一起去看他们。”在门即将关上的一瞬间，白部的声音传了出来。

杨子介手上一顿,不过一秒,门被轻轻地关上了,留下白部一人在屋内。

次日清晨。

白部早起驱车来到了A市北部，一处虽然远离市中心，但是仍然十分繁华的地带。

将车驶入地下车库，白部下车来到了一幢大厦前，大厦名叫山阅大厦。

大厦一楼大厅前，出现一个穿着蓝色衣服的熟悉身影，李浩正站在那里。看到白部的出现，李浩忧虑地朝她跑来。

“白部，你怎么了？不是说昨天就来这边加入‘山阅尽’吗？怎么突然就难受了？哪里难受了，你说说，我认识一个医生……”

白部摇了摇头：“我昨天头疼就先回了家，现在舒服多了，没必要看医生，还有……”

李浩说：“还有？还有什么？”

“还有，你话好多啊。”

“……”

两人走进大厅，李浩和白部并排走，他依旧在不停地说着些什么，白部并没有回答他。

进了电梯，上到了二十二楼。二十二楼装修精致奢华，镂空的木窗，古典的桌椅，豪华的灯饰，加上那鎏金的三个大字“山阅尽”，无一不向外人透出它的奢侈。

白部指了指前台，拍了拍李浩的肩。

“浩哥，交给你了。”

李浩心领神会，反正平常已经被这样拖来做这种事很多次了。白部是个生活废材，除了写书吃饭，她在与人打交道上还是存在着一些问题。

李浩走上去与前台小姐交流了几句，前台小姐站起身来，以专业的礼仪姿势邀请李浩和白部进去。

进了内室，前台小姐带着他俩穿过一条明亮的走廊，转过两个路口，在一个房间前停了下来。

“两位请稍等，我去告知一下总经理。”

李浩点了点头。

前台小姐非常有效率，不一会儿便出来了：“两位请进。”说完便转身离去。

李浩推开了门，自己先走了进去，白部紧随其后。

房间内的装饰与外面不同，十分简洁，只有一张办公桌、一张普通的黑色沙发、一张椅子以及一个存放资料的储物柜。

办公桌后坐着一个年轻男子，他站起身来，示意二人坐下。他先是看了看李浩，然后看向白部：“你们好，鄙人姓吕，名方，是‘山阅尽’入会负责人，请问是谁需要办理入会？”

李浩指了指白部，道：“是她，我只是来帮忙的。”

吕方将视线落在白部身上：“请问小姐怎么称呼？”

“她姓白，你就直接办理手续吧，有什么问题就问我好了。”

吕方看了一眼李浩，回答：“好的，先生怎么称呼？”

"免贵姓李。"

"可否冒昧地问一个问题？"

"哈哈，我知道你要问什么，同事关系而已，你快点办理手续吧。"李浩笑道。

被人猜透心里所想，吕方尴尬地笑了笑。他起身走向资料柜，从里面取出了一份文档。

打开文档，上面密密麻麻写了许多人的信息与资料，吕方翻到一张空白页，说："两位知不知道本公司的入会要求与规定？"

"知道，帮这位白小姐办理一个高级会员，入会费十万元。"

吕方微笑："原来都是老顾客了。白小姐选择真没错，高级会员可以享受到更多优质服务。"

在简单地询问了几个问题，获得了一些关键信息之后，吕方将其填入了资料夹中。白部扫了一眼资料夹，发出了一声轻呼。

吕方和李浩同时看向了她。白部把眼睛移向别处，摆手道："没什么，我只是好像看到了一个熟悉的名字。"

"熟悉的名字？白小姐你愿意说的话，我们可以帮你查一下。"

"是吗，那你帮我查一下许木。"

"许木？挺耳熟的。"吕方迅速地在资料夹中翻找起来，一页页地搜寻着。

"不好意思，会员的相关资料是不允许存在电脑系统中的，以免被盗取，只好手写放入资料夹里，所以翻找得有点慢，请稍微等等。"

"找到了，许木，一个月前新加入的高级会员。"吕方微笑地看向白部，"白小姐认识这位许先生？"

白部微微点头，随即又摇了摇头："不确定，也有可能只是重名。"

吕方正想要开口继续询问，李浩见机打断道："应该是重名了吧，世界上名字一样的人多了去，对吧，吕先生，手续弄好了吗？我们还有点急事，弄好了我们就先离开了。”

“哦哦，瞧我这记性，手续已经弄好了，到时候会员黑卡会邮寄至白小姐的公司，到时候查收就好，以后只要有活动都会通过手机告知你们的。”

“那就好，麻烦吕先生了。”

“应该的，我让小刘送送你们吧。”

“没关系，我们认得路，这又不远。”

“这是职责所在，免不了的。”

在吕方的再三要求下，李浩只得答应吕方让小刘来送行，出了办公室，一路上无人说话，小刘始终带着职业化的微笑在前面引路，直至他们上了电梯。

电梯内，李浩看了一眼白郃，小心翼翼地问：“那个许木，是谁呀？”

白郃不语，摩挲着手腕上的玉镯：“许木是小时候我一个玩得很好的朋友，后来他出国了，断了联系，刚刚看到这个名字，就想起来了，以为是同一个人。”

李浩“哦”了一声，没有继续问下去。

电梯在快速地下降，电子显示屏上的数字由“22”逐步地变至“1”，电梯内十分安静，除了电梯下降时产生的噪音，就只剩下了两人的呼吸声。

“叮——”

电梯到达了一层，白郃率先走出了电梯，李浩紧跟其后。

走到大厅中央，李浩叫住了白郃：“白郃，你还有什么事吗？没什么事我就先回去了？”

白郃摇了摇头：“也没有其他事了，你有事就先回去吧，路上小心点。”

李浩打了个招呼后，一路小跑到门口，消失在了人群中。

白郃看着李浩消失的背影，叹了一口气。她知道李浩喜欢她，要不是如此，当初他毕业后也不会为了她放弃自己喜欢的工作，选择做她的经纪人。

只可惜郎有心来妾无意，她并不喜欢李浩，虽然很感激李浩为她做的一切，但是感情的事谁也说不好。当初已经拒绝过他很多次，李浩还是不肯放弃，她也不知道接下来该怎么做。

想到这里，白郃觉得一阵烦闷，平常写书卡壳的时候都没有这种感觉，她揉了揉额头，强迫自己不去想这件事，出门走向地下车库。

山阅大厦地下停车场二层，停放着许多车，一辆 SUV 驶入车库，缓缓地在车库里徘徊，寻找着空车位。

绕过了几个弯，终于在靠角落的一个昏暗处，发现了一个空的车位，SUV 一个提速，又快又准地停了进去。

从车上下来一个体格健壮的年轻男人，约莫二十三岁，穿着白色的短袖，身上留有明显常年健身的痕迹，手臂上的健硕肌肉并没有被白色短袖掩藏住，呼之欲出。

年轻男人从车内拿出一个双肩包，一只手提着背在肩上。

“喵——”

突然，一阵小奶猫的叫声在安静的车库内响起。

年轻男人四处张望着，脸上浮起疑惑的表情。他放轻脚步，弯下腰，似乎在寻找猫叫声的来源。

猫叫声并没有停止，反而越来越大，循着叫声，年轻男人一辆辆地查看车底，看猫是否在下面。

找了好一会儿，年轻男人最终在另一个昏暗的角落里发现了猫。

这是一只小奶猫，只有手掌大小，步履蹒跚地在纸箱子中爬行着，也许是饿了，发出可怜的叫声。

年轻男人轻轻地用两只手捧起猫，边抚摸边说：“小猫啊，饿了吗？是谁这么狠心把你放在这里呀？今天遇到我算是你好运啦，来，跟我回家吧。”

年轻男人脸上泛起一丝微笑，脚步也加快了。

他走回自己车停放的地方，打开后备厢，上面整整齐齐堆放了许多奶瓶、奶粉、肉肠、猫粮等东西，把后备厢塞得只有一小块空处了。年轻男人把猫和箱子放在空处，从堆放的物品最上方取下一个奶瓶，把奶粉倒进去和水冲泡，他用力地甩奶瓶，等奶粉完全溶解在水里，才将牛奶倒入一个小碗，放进箱子里。

小猫似乎很多天没有进食，闻到了奶香味，身子不由自主地朝碗里扑腾去，懒散地倚在碗边，一点点舔舐着碗里的牛奶。

看着小猫喝牛奶了，年轻男人脸上的笑容更欢了，他轻轻地把车门关上，锁好车门，转身离开。

白部来到地下车库二层，凭着记忆找寻着自己的车，时不时地按一下警报器，循声辨位。

顺着声音找到自己的车，白部发现自己车位所在的右前方角落，有一个穿白色短袖的年轻男人在车后捣鼓着什么，她瞥了一眼之后并没有放在心上，打开车门便坐了上去。

启动车子，白部抬头，年轻男人此时正从她的车前经过，她盯着年轻男人，目视着他从车前走过。

忽然，白部双眼一闪，她立马打开车门，走了下去。

“喂。”白部出声叫道。

年轻男人一惊，转过身，看到一个穿着米色连衣裙的女孩，长发飘飘，面化淡妆。

他心中暗想，好漂亮的女孩呀，不过怎么觉得有点眼熟？

“Hi，美女，有事吗？”他问。

白部大步上前，走近年轻男人，看着他并不说话。

“哇哦，美女，”年轻男人看着白部靠得如此近，有点局促，便往后退了一步，“有什么事吗？没事我就先走啦。”

“你叫什么名字？”

“什……什么名字？”年轻男人感到一阵莫名其妙，但还是微笑地回答了，“我？我叫 Alex，刚回国没多久，中文名叫许木。”

许木笑嘻嘻地看着白部，他心想这个女孩还真有趣，一见面就问名字，莫非看上了自己？

白部长舒一口气，笑着伸出手，猝不及防地弹了一下许木的头。

许木躲闪不及，结结实实地被弹到了。他有些吃痛，倒吸一口凉气，正要发脾气询问原因，却被白部一句话堵了回去——

“小胖墩，还记得我吗？”

白部家中。

一楼客厅，白部与许木面对面地坐在桌子的两侧，桌上已经摆好了几碟菜，厨房里传来了锅铲碰撞的声音，似乎还在烹煮着新的菜肴。

许木夹起一块肉，送入口中：“这肉味道不错呀，好久没吃到道地的中国菜了。”

白部笑道：“你喜欢吃就多吃点吧，管够。”说着，她伸出筷子夹了几块肉放在许木碗里。

“你什么时候回来的？我刚刚还在‘山阅尽’那边看到一个人，也叫许木，不会就是你吧？”

许木嘴里嚼着肉，含混不清地说：“我回来已经一个半月了，在国外读完书，我爸妈就着急让我在国外找工作。这怎么可能，我才刚读完书，肯定还要再玩一玩的。在国外他们会一直唠叨，我就想那我还不如回中国来，至少还有朋友对吧，你说是吧，阿部？”

白部点了点头，表示赞同。

许木继续说：“我在国外除了读书，就只喜欢健身和登山了，你看我这肌肉，嘿嘿！”

说着他放下碗筷，卷起袖子，把肌肉展示给白部看。

“我刚回中国的时候就办了一张健身卡，觉得没意思，就去打听了一下，知道还有一个登山俱乐部，叫啥‘山阅尽’来着，觉得似乎还挺有趣的，就去办了一个高级会员。呵，好家伙，花了我十万呢。对了，阿部你也加入了这个俱乐部吗？”

白部点头：“我也是写书写得多了，想出去走走，顺便找找灵感，就加了这个俱乐部。”

“那岂不是太棒了，这样我就可以跟你们一起出去玩了！”

“你们？”

“是的呀，你，还有阿月嘛。”

厨房内的烹炒声并没有停下，窗外偶尔传来一两声汽车的鸣笛。时值九月，A 市的夜晚并不凉爽，即使有风吹过，也并没有泥土的芬芳、树木的清香，有的只有这专属于炎热夏天的燥热。

饭桌上一片安静，白部陷入沉默。

许木看着白部，夹着肉的筷子停在了嘴边，随之慢慢地放下。

白部久久不说话，许木心里着急，也不敢出口询问，只能焦急地等待着。厨房的烹炒停了，走出来一个端着菜的阿姨。

白部站起来，示意许木跟上她，走向二楼。

“阿姨，我们吃饱了，剩下的菜别炒了，你收拾收拾也吃饭吧。”

阿姨应了一声，便收拾去了。

许木一头雾水地跟着白部上了二楼，转过一个弯，走到了走廊的尽头。

两人停在一个房间前，许木此时感觉到四周空气似乎冷了下来，他大气都不敢出。

这个房间不同于其他房间，门上的锁还是老式的扣锁，很容易被撬毁。白部从房间前的地毯下取出一把小钥匙，小心地将钥匙插入锁孔，往右一转，“啪”的一声，打开了锁。

随着门被推开，老旧的门传来了仿佛下一秒就会分崩离析的“吱呀”声，这扇门，这个房间，处处显露出与这栋复合式小楼的格格不入。

白部走进房间，许木跟了上去，房内漆黑一片，看不见任何东西。白部径直走向左边的墙，手在墙上摸索着，不一会儿就找到灯的开关，按了下去，一瞬间，灯光将房间照亮。

许木环顾了一下房间，先映入眼帘的是一排老旧的书架与塞满书架的书。

《百年孤独》《霍乱时期的爱情》《双城记》《边城》……入眼的都是许木曾经看过或者听说过的书，没有一本是陌生的。

他目光向右转去，那是一片雪白的墙，干净无瑕，上面只有三张照片，三张熟悉的照片。

“这是……”许木大惊，“叔叔、阿姨，还有……阿月，阿月怎么在上面？阿部，这是怎么了？”

白部眼角渗出泪水，她抿着嘴，什么都没有说，或许是什么都不想说。

许木看着心疼，也没有再多问，走上前，用手轻轻地擦拭掉她的眼泪，哽咽道："对不起，阿部，我不知道。阿月她，还有叔叔阿姨，对不起，你别哭了。"

白部摇了摇头，没有说话。她带着许木出了房间，反身锁上门，来到了三楼的书房。

书房宽敞，两面墙放满了书架，一面有窗，另一面则是挂了一些字画。白部走到书架前，随手取下一本书，坐到了书桌后的凳子上，随后示意许木坐下。

"你也看到了，白家现在只有我一个人。我爸妈死于车祸，我爸在高速上开车超速，结果撞到护栏……他俩当场死亡。这事就发生在你们全家搬去国外的一年后。"白部随意地翻着书，目光在书上横扫，微微发红的眼睛恢复了正常。

"那时我和阿月还小，从小看着我和阿月长大的舅舅就抚养了我们。我以为我们会这样正常生活下去，直到去年……"说到这里，白部顿了一下，似乎在平复着心里的情绪。

许木在一旁认真地听着，此时他只能做一个倾听者。

修长的手指在书上摩挲，白部继续讲道："直到去年，阿月……阿月在出去玩的时候，被一个歹徒袭击，那个歹徒玷污了她。"

白部的声音渐渐发抖，她内心的情绪波涛汹涌无法控制："被救后的阿月，却患了严重的抑郁症，那时候我天天守着她，怕她做出什么傻事来。"

"阿月很懂事，她装作痊愈的样子，安慰我说没事了，让我安心工作。我当时怎么就这么傻，相信了她，终于有一天，我以为阿月真的好多了，便独自一个人出了门。等我回来的时候，阿月……阿月她……她在浴室里割腕自杀了。”终于，白部没能控制住自己的情绪，泪水喷涌而出。她抱着书，号啕大哭着，撕心裂肺。

许木看着她，不知所措。他起身，走到白部的身边，伸出双手，轻轻地抱住了她，用只有自己听得到的声音说：

“对不起，我回来晚了。”

第二章
虚无的十字架

XIANYIRENDE YOUXI

我叫罗胜，二十三岁，爱好女。脾气暴躁，
希望不要有人惹我。

“山阅尽”一大早发来一条消息——

亲爱的会员朋友：

本周五晚八点，将在山阅大厦十楼举办晚会，届时还有本周活动安排通知与会员礼品，欢迎诸位会员朋友们参加！

山阅尽登山俱乐部

白部躺在床上，睡眼蒙眬地看着手机上的消息，现在是周三早上八点，“山阅尽”早早地发来了通知短信。

把手机放在床边的柜子上后，白部慵懒地伸了一个懒腰，坐起身子。她拿起床边放着的衣服，套在身上。

白部回想昨晚发生的事，她在许木面前没能控制住自己的情绪，放声大哭，他抱着她安慰她，仿佛又回到了小时候，阿月和自己受到欺负，或是感到委屈的时候，许木也会上前抱抱她俩，安慰她们。

白部揉了揉眼睛，从床上爬起来，径直走向盥洗室，走过床前的电视柜，宽大的衣服带起的风，吹起了柜子上一张白色纸张。

纸张落在地上，白部弯腰捡起，看着纸张上的内容，眉头紧锁。纸张上第一行印着“A 市第一医院”，第二行印着“化验单”三个醒目的黑体字。

她眉头越皱越紧。

“肝癌晚期吗？”白部轻声道。

她重重地叹了一口气，将化验单重新放回柜子上。

如是餐厅位于 A 市并不繁华的地带，但是这家店凭借美味的食物、高超的营销技巧、实惠的价格，使得顾客络绎不绝。

许木早在 15 分钟前就到了这里，他站在餐厅门前，并没有进入店内，低头看了看手腕上的表，距离约定的时间还有 15 分钟。他笑了笑，似乎对自己早到约定地点感到很满意，他本来就是一个守时的人。

似乎是觉得光站着很无聊，看着来来往往的人群，许木按捺不住自己，混入人流中，消失了。

白部开车来到如是餐厅，看着这一块不繁华却拥有许多人的地方，思索着如何寻找一个好一点的车位。

瞥了一眼餐厅门口，没有发现许木的身影，现在是中午 11 点 23 分，也许是还没到吧，她心想。

将车停好，白部来到如是餐厅，询问了一下服务员，发现没有一位叫许木先到达，于是便自己预订了一桌。

11 点 30 分，许木回来了，手上还拿着两个甜筒，自己先吃了一个，另外一个并没有撕开。

“还没来吗？”许木心想，“算啦，女孩子嘛，总归是慢点的，我先进去点菜好了。”

进了餐厅，服务员上前询问是否有预订，许木先是扫了一眼餐厅一楼，发现没有白部的身影，便告诉服务员：“两位，二楼座，许木。”

“您就是许木先生吗？”

“是的，怎么了？”许木疑惑。

“之前有一位女士已经到了，她嘱咐我们若是有一位叫许木的男士来，告诉他直接上二楼就好，她在那儿。”

“糟糕！”许木小声说道。他以为自己很准时的，结果白部却早就到了，还让她等自己，可真失误。

许木匆匆上了楼梯，去往二楼。

二楼是小间雅座，在这里吃饭的人比一楼少了很多，环境也很安静，白部坐在右边里面靠窗的位置。

许木走上二楼，一眼就看到了白部，举手示意了一下便走了过去。

“请问需要些什么？”许木刚坐下，服务员就过来了。

两人随意点了些主食，服务员一一记下后转身离去。

许木不好意思地搓搓手，微笑地看着白部，略带歉意地说：“抱歉，让你久等了。”

白部移了一下位置，将腿跷起：“没关系，我也刚到。”

“这家店饭菜味道不错，我刚回国的时候，朋友带我过来吃过一次，我就爱上这里的菜了。”许木兴致勃勃地说。

“难怪楼下人这么多。”

“虽然这儿不是市中心，但这家店的客流量不输给市中心的那些高级餐厅。”

“哦？你怎么知道？”白部眼一抬，右手食指在桌上轻轻地敲着，她饶有兴致地看着许木，正好与许木目光相对。

许木被看得不好意思，低下头，看着自己的手：“我在国外学的是统计学，那天有兴趣就去调查了一下，做成了数据统计图。对了，你要不要看一看？”说着，他迅速地掏出手机，在屏幕上点了几下，将手机展示给白部看。

白部接过手机，屏幕上显示的是两张折线图，清楚地记录着如是餐厅与市中心几家火爆的餐厅的客流量，图上的数据，一目了然，如是餐厅确实不输给市中心的餐厅。

白部点了点头，表示赞许，随后将手机还给许木。

许木激动地看着她，仿佛在等待着夸奖。

白部注意到了这一点，笑道：“不错，图做得很清楚，虽然我不清楚统计学，但是这张图我看懂了。”

“谬赞谬赞！”许木不好意思地摸了摸头，“听说你在写推理小说，还是当红作家，我昨天买了好几本，但是还没来得及看，下次一定全部看完！”

“当红算不上，只是稍微有点人气罢了。”

谈话期间，服务员将菜端了上来，白部身子往后靠了靠，避免汤汁溅到衣服上。

许木伸手帮服务员摆餐，服务员微笑地说了声谢谢。

“很红了，我去书店的时候，都看到介绍你的书的海报了，就那本……嗯……叫啥来着……花瓣？”

“《藏起来的花瓣》！”

“对，就是那本《藏起来的花瓣》！”许木拍了一下脑门，懊恼地小声说，“该死，我怎么忘记了？”

白部并没有将许木的话放在心上，拿起杯子，抿了一口茶。

许木夹了一块椒盐牛肉送到嘴里：“阿部，你收到‘山阅尽’发的消息了吗？”

白部点了点头。

“那你去吗？”许木期待地看着白部。

思索了一阵，白部说：“如果不忙的话，是会去的。”

“那就好，到时候我们一起去吧。”许木又夹了一块肉送到嘴里，边咀嚼边说。

又抿了一口茶，白部放下茶杯，拿起桌上的纸巾，轻轻擦拭了一下嘴唇。

“好呀。”

许木喜出望外，嘴角不自觉地扬起。他想了一会儿，觉得现在时机应该成熟了，缓缓地说：“阿部，我可以问你一个问题吗？”

“嗯？”白部看了一眼许木。

许木的目光并没有落在她身上，而是朝向窗外。

许木一直沉默地盯着窗外看，良久，他才转过头来，注视着白部，认真地说：“阿部，你想要找到凶手，为阿月报仇吗？我可以帮你。”

“嘭——”

重重的关门声。

白部启动车子，快速地驶离了这里，留下车外一脸茫然的许木。

许木不知道怎么回事，当他非常认真地说出他想要帮阿部找寻凶手后，白部的脸色立马变了，语气也变得激动了许多。

“不需要，这件事已经过去了。”

留下这一句话，白部便匆匆下了楼，离开了如是餐厅，许木不敢拦住她。

看来阿月的事对阿部的冲击还是很大的，许木心想。

白部驾驶着汽车，手指快速地在方向盘上敲着，脚下油门紧踩。汽车呼啸向前，超过旁边一辆又一辆的车。路上的行人纷纷被这辆奔驰车所吸引，开得如此之快，又是哪个醉酒驾驶或者不要命的富二代吗?

白部将车开到自家小区门口，才慢慢地减缓了车速，驶入车库，她深深地吸了几口气，缓和了一下心情。

不知道从何时开始，一向在别人面前表现得对所有事情都无所谓的自己，只要有人在自己面前提及白月，便会控制不住自己的情绪，做出冲动的事。

待会儿再跟许木说声抱歉吧，白部这样安慰自己。

回到家中，家里的保姆问白部吃了吗，白部点了点头，走上二楼，恰好碰到迎面下楼的杨子介。

“舅舅。”白部叫了一声。

杨子介点头示意。

杨子介已至中年，但身材魁梧，身子将楼梯占了大半。

“你在外面吃好了？”他问。

“嗯，是，我见到许木了。”

“许木？”

“小时候跟我们玩得很好的那个小胖墩，小学时，全家搬去了国外。”

“哦。”杨子介思索了一会儿，还是没有记起来是谁。

“你……”他看了白部一眼，发现她呼吸有些急促，“你上去好好休息会儿吧，今天别进那个房间了，咳咳……”他突然双眼紧闭，捂着肚子蹲坐在楼梯上。

“舅舅，你……”白部担忧道。

杨子介从兜里拿出一瓶药，颤颤巍巍地往嘴里灌去，几分钟后，他睁开眼睛，然后摆摆手，说道："我没事，老毛病了，反正也没多久了，趁着还有时日，把该做的事都做了。"

白部本想去扶杨子介，见杨子介摇手，便放弃了。

"计划都差不多了，只等周五晚上会不会见到他了，这个人竟然……呼……"白部深深地吸了一口气。

杨子介拍了拍白部的肩，关怀地看着她："小部，你别想太多了，上去好好休息，休息够了，为下本书找灵感，其他的事交给我就好。"

"可是舅舅……"

"什么都别说了，去，上楼休息。"杨子介口气加重，严肃地说。

"是。"白部慢慢地走上了楼，低垂着头，像丧气的兔子，令人垂怜。

"唉……"杨子介看着白部的背影，轻轻地叹了口气，随后便向楼下走去。

白部回到自己房间，走到电脑桌前坐下，打开了电脑，左手拿起手机，在手机上敲击一会儿，随后放下，右手从桌上的小书架上取下了一本东野圭吾的小说《虚无的十字架》，翻了开来，似乎只有在书中，她才能真正地找到自己。

看着书，白部突然想起不久前发生的一件趣事，苦涩一笑。

那是一个午后，她在路边的咖啡厅喝着咖啡，看着书，正好也是看的这一本《虚无的十字架》。途中，一个推销的小哥上前向她推销公司新出的产品。

本着助人为乐的精神，白部并没有显露出不耐烦，而是认真地听着推销小哥的介绍。最后，见小哥没有停下来的意思，她只好打断他，说明自己对他的产品没有购买的欲望。小哥挠了挠头，有点不好意思，只好说了声抱歉。随后他看到她手上的小说，便问了一句：“小姐，你是基督教徒吗？”

她一时没听清，“啊”了一声。小哥声音加大重复了一遍：“小姐你是基督教徒吗，这个‘十字架’这本书……”

白部当时差点没有忍住，只好憋着笑跟小哥解释这是一本东野圭吾写的悬疑小说。

当时气氛十分尴尬，小哥打了个招呼，然后逃之夭夭。

时间嘀嘀嗒嗒地流逝。

夜深了，人静了，小区内十分静谧，偶尔会有一两声不知是蛐蛐还是蝈蝈的叫声，为这无声的黑夜，加上音符，增添乐趣。

白部趴在桌上，手臂下压着《虚无的十字架》，书被翻到了第 175 页，上面标注了一些批注。仔细一看，会发现都是白部留下的寻找灵感的笔记，上面写着一些作案手法、作案动机，还有人物关系。

电脑还开着，只不过因长时间没有触碰，自动转换成息屏模式，门上方的空调依旧“呼呼”地工作，不遗余力地吐着冷气，白部穿着短袖，就这样趴在桌上睡着了。

周五晚上。

山阅大厦十楼的 1001 室。

这里是一个宽敞的礼堂，正北面是一个主持台与超大的 LED 显示屏，台下摆放着四张长桌，长桌被白色的桌布覆盖，上面摆放着各式各样的酒水、甜点与水果。

“山阅尽”的晚会就在这里举行，来的人非常多，占满了大半个礼堂，约莫百人。

一身白色礼裙的白部和一身黑色礼服的许木站在人群中，端着酒水的服务员路过，示意他们取酒。许木取了两杯，将其中的一杯交给白部，白部本想拒绝，但迟疑了一会儿后还是接了过来。

晚会还要5分钟才开始，主持人已经在台上准备好了，只等时间到了便开始。

许木本想四处逛逛，结识一些新朋友，但由于白部在身边，想着还是陪着她好。自上次的事情过后，许木闷闷不乐地回到家，本想打电话问一下原因，但又害怕白部生气，便什么都不敢做，只能默默地打开电视看球赛。好在后来收到了白部发来的道歉短信，她称自己只是一时心情不好，让他担心了，于是他打消了心头的顾虑，原来不是自己惹她不高兴。

这样一来，许木便决定要多陪在白部的身边，让她感受一下好朋友的温暖。

晚会上有几个人过来与白部搭讪，还有个人想要与白部喝酒，许木看了一眼白部，得到白部的默认后，便一一挡了下来。

白部本来不喜欢交际，她不想把时间浪费在无用的人际交往上，与其广泛交友，不如多看一会儿书，提高自己的文化修养。

许木却不同，生性活泼的他更加喜欢交友聊天，他对这种情况得心应手，不一会儿就跟这群人聊得火热，还时不时说一个笑话，惹得众人哄笑。

八点一到，晚会开始了，许木身旁的人也散去，回到自己的圈子里去。许木看似自然地拉起白部的手，见白部没有抗拒，心里十分亢奋，便拉着她朝主持台靠去。

主持人先是大致说了几句场面话，让众人在晚会上玩得开心，随后才说了晚会的重点。晚会期间会公布本周周末的活动安排，不同的是，这一次周末活动会分为好几个地方，大家可以自行选择。

这话一出，礼堂内一阵欢呼，似乎在赞许这一次不同以往的安排。

许木也十分激动，他看出白部脸上的疑惑，便告诉白部：“之前的活动安排都是‘山阅尽’决定好地方，由会员投票选出最想去的地方，选到了自己最想去的地方的会员自然是高兴的，但是没有被选到的会员就会由俱乐部安排来回的车程，只是路上就没有俱乐部的相关人员跟着了。”

许木顿了顿，想了一会儿，继续说：“这一次，与以前的都不一样了。俱乐部选出来的地方，都由俱乐部安排全程，我们只需要选择我们想去的地方，其他的一切都交给俱乐部搞定，而且他们会安排得尽如人意。”

白部点头表示知道了。

许木还想继续说下去，主持人似乎并不给他机会。

大型 LED 显示屏亮了，上面依次显示了七张图片，下面写了地址，是这一次活动的目的地。

主持人眉飞色舞地介绍着这些地方，许木和白部并没有认真听主持人在说什么。

“你打算去哪个地方？”许木压低声音靠近白部的耳边说。

白部没有立即回答他，而是朝着在场的人群中扫视着。

“我再看看。”

主持人还没有介绍完，场中已经有人开始选择自己想去的地方了。从主持台上取一张黄色的便笺，在上面写上名字，之后投到活动地点相对应的收集箱中。

白部还在观望，许木早就跃跃欲试，却按捺住自己蠢蠢欲动的心，等待着白部做决定。

白部深邃的目光扫过人群，迟迟没有做出决定，似乎也在等待着什么。

许木略感无奈，呆呆地站着可不符合他的风格，他走向长桌，随手拿了一个苹果，放在嘴里啃起来。

第一口苹果下肚，正想咬下第二口，许木看到白部朝主持台走了过去，他赶忙把手中的苹果丢到垃圾桶内，追上她。

拿了黄色便笺，白部迅速在上面写下了自己的名字投到“白云山”的收集箱里。

许木疑惑地看了一眼白部，也在上面写下自己的名字，跟着白部投到同一个收集箱内。

“白云山？这不是隔壁市的那座险山吗？看来阿部还是很喜欢挑战自我的嘛。”许木心想。

写完便笺，白部走回原来的位置，目光冰冷地看着人群。过了小半会儿，等到所有人都投完票后，主持人请出了七个穿着西装的男子，并告诉大家这七个便是各个地方的活动负责人，负责大家之后的行程安排。

许木拉着白部朝负责人走去，说是要带着她认识一下。

白云山的负责人一身黑色西装，头发整齐地向后梳着，身高一米八左右，他微笑地面对着大家。

许木走上前去，与他打了个招呼。这时，白部发现，选择白云山的人都靠拢了过来，加上自己与许木一共六个人，其余四人两男两女。

负责人数了数围在他周围的人，确定人数之后，点了点头。他轻松地拍了拍手，笑着说：“好了，看来人数齐了。大家好，我是这一次白云山之行的领队。我叫王腾，也是俱乐部的高级会员。”

王腾快速地扫视在场六人，目光在掠过白部的时候，稍稍停顿了一下，随后不留痕迹地转向下一个人。

“为了方便大家出去玩的时候都能够更好相处，不介意做一个自我介绍吧？”王腾粗略地将每个人的长相记在心里后，对着白部说道。虽然话是对大家说的，但看样子他对白部更感兴趣。

“我我我，我先来。”许木举手示意，“我叫许木，男，今年二十三岁，刚回国不久，特别喜欢运动，在场有没有跟我一样喜欢运动的呀？”他两眼放光，期待地看着其余几人，这模样引得另外两个女生发笑。

“男的？是个人都看得出来你是男的。”似乎不爽许木的样子，其中一个头发染成红色的短发男子不屑地说，这让许木不满地瞪着他。

“瞪什么瞪，我说错了吗？”红发男子不依不饶。

眼看着许木要上前与红发男子发生冲突，王腾连忙打圆场：“都是朋友，都是朋友，大家以后要一起相处的，先介绍自己。”

白部伸手拉了拉许木的手。

许木回头看了她一眼，发现白部的眼神变得冷冰冰的，却没有看着他，他只好做了一个无所谓的表情，便不说话了。

红发男子看了一眼许木，随后也看向了白部，他的眼神在白部身上游离着，似乎在想着什么。

“我叫罗胜，二十三岁，爱好女。脾气暴躁，希望不要有人惹我。”说完这一句话，顶着一头红头发的罗胜便退回自己的位置，退回时还看了一眼许木，似乎最后一句话是专门跟他说的。

许木心中涌出一股莫名的火气，想要冲上去揍趴罗胜，却被白部紧紧地拉住了。

罗胜边上的男子向前迈出一步，仿佛对此时的气氛视若无睹，自顾自地说了起来：“大家好，我叫关轩，是一名心理医生。”说完，他安静地退了回去。来时自然，去时也静，似乎说的就是他。

边上两个女生也主动地做了自我介绍：一个叫顾兰，一个叫张巧盈。

短暂的会晤虽然夹杂着不愉快，但总算是互相认识了对方。王腾随意讲了两三句话后，便让大家自行活动，在晚些时候将具体事宜以短信的方式通知大家。

“实在是太气人了。”许木两手抱拳，握成拳头的手不停地敲打着另一只手。

白部目光冷峻，并没有说话，许木看了她一眼，吓了一大跳。

“没事，阿部，我不跟他计较，不生气了。”许木以为白部这是在为他生气。

白部身体微微发抖，她察觉到自己的异样，摇了摇头，深呼吸了几次：“并不是，我只是想到了其他事情。”

“其他事情？能告诉我吗？”

“不能。”白部重重地摇头，果断而且坚决。

许木抿了抿嘴，显得有些无奈，只好两手抱胸，斜靠着正在朝一楼下落的电梯，眼睛出神地往前看。

出了山阅大厦，白部跟许木打了个招呼，拒绝许木想要送她回家的提议，便急匆匆地驱车离开了。

许木心情复杂，白部变得跟小时候完全不一样了，虽然七八年未见，但是变化实在是太大。或许是父母的去世与妹妹的悲剧，让以前活泼可爱的人变成现在这样冷漠无常。他轻哼一声，望着白部远去的身影，想要好好照顾白部的想法，在他的心间悄悄萌芽。

白部回到家，急匆匆地上了二楼，来到杨子介所在的房间门口，调整了一下急促的呼吸，她伸出手，微微发抖地在门上敲着。

“舅舅，你在吗？”

里面没有声音，白部又敲了下门。

“舅舅。”

依旧没有回音。

白部下楼来到保姆所在的房间。

“董姨，你睡了吗？”

门被打开，出现了上次在厨房做菜的中年妇女。

“小郜，怎么了？”

“你知道我舅舅去哪儿了吗？”白郜急促地问。

“老杨……老杨好像出去了吧？晚饭的时候，我就没有看见过他。”

“好吧。”白郜咬了咬嘴唇，失望地转过身，两手抱着胸，“董姨早点休息吧。”

“小郜,小郜你没事吧?”董姨看着身体微微发抖的白郜,不由得心疼。

“没事，我就找我舅舅有点事。”白郜摇了摇头。

董姨担忧地看着白郜，伸出手，在白郜背上轻轻地抚摸：“你舅舅估计一会儿就回来了。累了吧，你先去休息，等你舅舅回来，我再去叫你。”

“那谢谢董姨了。”在董姨的手触碰到白郜的一刻，白郜发抖的身子慢慢地平稳了。

“那你快上去休息。”董姨的声音变得更加柔和。她在七年前就来到这个家，那时候白郜的父母已经不在了，只有白郜、白月和杨子介三个人，杨子介不能全然照顾好二人，于是便去家政公司找到了她，这一干，就干了七年。

目睹着白郜、白月两姐妹长大，到现在就剩白郜一人，董姨心头也是十分痛惜，这七年，她早已经将两人当作自己的亲生女儿来对待。

白郜离开董姨房间，朝二楼走去。

董姨看着白郜的身影消失在楼梯间，才关上了门。

白郜没有往自己的房间走去，而是绕过自己的房间，来到了走廊的尽头，站在那一扇显得破旧的门前。

思考良久，白郜还是弯腰从地毯下拿出钥匙，打开门，摁亮了里面的灯，反手轻轻地将门关上。

随着门慢慢被关上，漆黑走廊上唯一的光源也逐渐由粗变细，慢慢变成一束、一丝，最终被黑暗所吞没。

不知过了多久，楼梯间的灯亮了，原本充斥楼梯间的黑暗如溃败的军队，向一切能躲藏的黑暗角落逃去。

沉重的步伐踩在楼梯上，发出沉闷的声音，听得出来，这是一个身材魁梧的人上楼了。

“哐——”

白部猛地打开了门，正好看到刚上二楼的杨子介，杨子介也看着她。

“舅舅，我找到了。”白部说。

“找到了？是他吗？”

“是他！”白部回答得斩钉截铁。

“那就好，决定什么时候去了吗？”

“刚刚收到短信，明早 8 点就出发。”

“去哪儿？”

“白云山，”白部一顿，想了想后继续说，“许木也会去。”

“许木？他去做什么？”

“他也在那个俱乐部，而且跟我去同一个地方。”

“嗯。”杨子介摸了摸长满胡须的下巴，眼睛注视着地面，粗壮的手放在门上的把手上没转动。“他不会碍事吧？”

“不会的，他现在似乎还是喜欢我。”白部又顿了一下，像是在犹豫，“他上次说过他会帮我……”

“帮？他怎么帮？”杨子介反问，“别想太多了小部，一切交给我吧。他不碍事就行了，还有你，你只要注意保护好你自己。”

“嗯，我知道了。”

“那就早点去休息吧，现在很晚了。”杨子介转动把手，打开门，走了进去，随后关上。

白部低头看着自己的手，思绪复杂。

是的，也只能靠舅舅了，其他人都不值得相信，况且好几年前的友谊恐怕到现在也没剩多少了吧。白部自顾自地喃喃着。

第二天，白部早早地醒了过来，散乱的发丝垂在眼前，掩盖着疲惫的眼神。她坐起来用力地伸了一个懒腰，无力地看着四周，似乎昨晚并没有睡好。

今天是出发的日子，昨晚王腾给去白云山的六个人都发了短信，约定今天九点到山阅大厦会合，一同出发前往白云山。

白部洗漱过后，带上昨晚整理好的行李，里面装有常用的药品、防虫喷雾、手电筒、剪刀、压缩口粮、一捆登山绳、纸巾，还有一小瓶装的防晒霜，便下楼驱车前往山阅大厦了。

早上八点，山阅大厦就有许许多多的人出入了。

大厦前的广场上，有一个旗台，上面矗立着五根旗杆，最中间的那一根最长，挂着五星红旗，其他四根则挂着不知名的旗子。

旗台边停靠着数辆大巴，在一辆蓝色的大巴边上，白部几个人正站在那儿。

除了带队的王腾，此次去白云山的会员一共六个人，白部、许木、罗胜、关轩、张巧盈都已赶到集合地点了，现在还少了一个。

看着还有人没到，罗胜脸上显得有些不耐烦；白部与关轩面无表情；许木对着白部有说有笑；王腾看着手表不知在想什么；张巧盈靠着车，一页页翻着自己所带的时尚杂志。

大概过了 20 分钟，罗胜脸上的不悦之色越来越重，嘴巴轻微动了动，似乎是在咒骂什么。

王腾从手表上移开了目光，转向远处。

又过了 10 分钟，临近 8 点 40 分，顾兰还没有到。罗胜在一旁早已经开骂，但并没有人理他，也没有人去阻止，只有许木，面无表情地看了他一眼，被他狠狠地瞪了回来。

8 点 50 分，王腾让五人上车等候，自己则一个人在车外。

大巴宽敞，座位绰绰有余，42 座让六个人选择，基本上一个人占了一个两人位，只有许木，选择坐到白部边上。

白部坐在临近窗户的位置，闭着眼睛靠在座椅上补眠。

许木想要说些什么，看着闭着眼休息的白部，又不忍打扰。

终于，在快要到 9 点的时候，王腾上了车，后面跟着一个梳着长马尾的女人，正是顾兰。

顾兰上车的第一反应便是有点惊讶，似乎是没有想到大家都到了。她尴尬地笑了笑，在第一排的位置坐下，戴上耳机，跟白部一样，闭目养神。

王腾数了数车上的人，虽然一眼看去就能看出车上的人数，但他还是不放心。

核对人数后，他跟司机打了个招呼，车便缓缓地启动了。

许木侧着脸看着窗外，或许是在看着白部。

广场上此时只有王腾负责的这最后一辆大巴，其他的大巴都早已经出发了。

大巴在车水马龙的街道上穿梭行驶。

似乎是因为周六的缘故，街道上的车比平常时候少了许多，大巴一路高歌猛进，开上了高速公路。

车内，王腾站了起来，看了眼众人，有人闭目养神、有人欣赏沿途风景、有人低头看书，还有人低头打着电游。

王腾象征性地清了下嗓子，将没睡着的人的注意力吸引过来。

他开始讲解这一趟旅途所需要注意的事项，另外还着重介绍了一下白云山的历史。

许木饶有兴致地听着，但王腾说故事的能力实在太差，他听了一会儿便兴致全无，继续侧着脸看向窗外。倒是一旁的关轩十分感兴趣，跟王腾你问我答，有来有往，从白云山的神话传说，再到“山阅尽”的发展历程，乃至中国古代王朝更替，两人聊得津津有味。

许木虽然看着窗外，却慢慢地被两人所讲的内容吸引过去，虽然没有加入他们，但俨然成了一个忠实的听众。

白部与顾兰依旧闭目养神，没有被他们吵到，罗胜、张巧盈也出乎意料地加入了话题探讨。

四人分别谈论起自己的职业，王腾是“山阅尽”俱乐部的员工、资深会员，这不必多说。

罗胜在说到自己时，俨然一副神情桀骜的样子。

原来这家伙是个纨绔二少，难怪这么嚣张。许木心想。

关轩是一位心理医生，毕业于一流大学，之前在 B 市的某大学进修，现在在 A 市有自己的心理诊所。似乎与白部一样，他在行业内有着一定的名气。

关轩为了显露出自己的真才实学，还特意对在场的所有人进行了心理分析，讲到许木的时候，许木竖起耳朵听着。

“这位男士，体格健壮，外表看起来虽然成熟，但是从为人处事与言行举止上看，心理年龄较小。而且他，似乎对那位美女有意思。”关轩笑道。

这句话一出，众人忍俊不禁。

许木略显无奈，是的呀，他就是喜欢白部，又怎么了？

讲到白部，关轩说道：“这位美女，从外表和行为举止上看，细心、思维缜密、逻辑清晰、做事追求完美。接触得不多，只能猜想到这些，而那位……”他指了指远处的顾兰，“完全没交流，不知道。但是，倒是挺守时的。”

众人大笑。

路途遥远，大巴呼啸在宽阔绵长的高速公路上，离目的地还有一段不短的距离。

众人在车上聊得累了，便也散去，各做各的事，或是闭眼休息，或是低头看书，或是欣赏风景。

不知过了多久，大巴车终于到了目的地，缓缓地驶进停车场。

王腾叫醒众人。

下了车，众人发现这是一处酒店的地面停车场，除了这一辆大巴车外，还稀稀疏疏停着其他的小轿车。

大家收拾好东西，便向酒店走去。

王腾在酒店前台出示了“山阅尽”的工作证后，工作人员热情地为一伙人鞍前马后，帮忙拿行李、带路。

“山阅尽”服务周到，名声在外，在这远离城市的酒店里，给每个人准备了单人房，许木的房间在白部的对面。

等到大家在各自的房间里放好行李，休息了一会儿，王腾便来敲每个人的门。

现在是中午12点半，王腾准备带着大家去饭店吃饭，填饱肚子。众人虽然疲惫不堪，但还是面露喜色，毕竟民以食为天嘛。

没想到罗胜拒绝，称自己想一个人出去逛一逛。关轩也推托了。

最终只有五个人，前往预订好的饭店，是一家位于白云山山脚的老店——藤苇酒家。

该店装修风格古色古香，透露出一种典型的唐代木建筑风格，斗拱、大木作、房梁等都体现出了力与美的完美结合，形体稳健，庄重大方。

王腾率先走了进去，选了一张刚好可以坐下五个人的桌子，五人分散开坐下。

藤苇酒家不大，身穿灰色短袖的老板亲自接待的他们，白部一行人坐在座位上，等着老板过来递送菜单。

闲着无聊，许木四处打量着这家饭店，忽然，像是发现了什么新奇的东西，戳了戳白部，小声地说：“你看那个老板，身材很魁梧啊，一看就知道是练过的。”

白部顺着许木手指的方向看去，看见老板正拿着菜单朝他们走来，从外形看上去，身材确实十分魁梧，比许木还壮上几分。

白部只是稍微看了一眼，点了点头，表示赞同，便收回了目光，她知道他是谁，也很熟悉他。

“你们需要点什么？”低沉的声音响起。

大家抬头看向魁梧的老板，只有白部没有抬起头，因为她知道，这是一个熟悉得不能再熟悉的人——杨子介。

第三章

风雨中的古寺

XIANYIRENDE
YOUXI

▼

别喊了，王队出事了，这是摩斯密码的求救信号。

大家都吃饱喝足，从藤苇酒家出来。

许木摸着自己的肚子，长舒了一口气。他担忧地看着白部，白部刚刚吃得很少。

炭烤牛肉味道很不错的，为什么她不吃呢？难道她要减肥？又或许有什么烦心事吧，女孩子真是看不透。许木心想。

白部走得异常慢，远远落在了众人的后头。许木不放心，只好在她身后大概三米远的地方慢慢地跟着她。

秋天的夜晚黑得很慢，月亮早早出现，高挂在仍旧是蔚蓝的天上，与太阳并驾齐驱。晚风和煦吹过，吹过河边，带着柳枝舞动。

不知不觉，白部走到了小河边，在一棵柳树下停住。

微风吹过白部的脸庞，轻盈的发丝被吹动，或贴在脸颊，或随风飘动，夕阳下的景色，比平常时候更美了几分。

许木呆呆地看着这美到极致的画面，良久，才想起拿出随身携带的摄像机，“咔嚓”一声，留下这美丽的瞬间。

到达白云山镇的第二天，是登山队出发的日子，王腾早上 5 点便起了床，将众人需要的装备器材都整理检查了一遍，确认没有遗落的东西之后，他便打算回到屋中，待到七点再去叫醒众人。

回屋途中，王腾发现许木和关轩也早早起来了，略感惊讶，相互打过招呼，关轩与许木说出去晨跑，三人便分开了。

7 点，王腾准时叫醒了众人，洗漱完毕，带大伙吃完了早饭，7 点 30 分，出发了。

白云山海拔不高，只有七百多米，但地势险峻，就如同一把利剑插在石头上，在连绵不绝的山峦中傲然屹立，四周的山如臣子拜见君王，俯首称臣。

站在白云山脚下，众人望着高耸的山，内心不禁感叹。王腾昨天说过，白云山有“小泰山”的美称，今日一见，果然名不虚传。

上了山，一切轻装上阵，每个人身上只背了一个登山包，里面装着些露营用的睡袋、帐篷，由“山阅尽”一手提供。

白云山的山路从山脚开始就有点难走，由于山上没有特别的建筑，景色也不如其他地方奇异，白云山有的，只有树木与险峻，而这正是登山爱好者往往会选择这里的原因。

许木与王腾有过登山的经验，加上体力也好，走在了队伍的前头；白部与两个女生体力稍差，落在队伍的后面；罗胜和关轩跟在中间，罗胜一个人背着包，自顾自地走着，关轩时而会停下，照顾走在后面的三个女生。

蜿蜒的登山小径隐藏在茂密的草丛中，甚是难走，许木似乎十分熟悉这种地形，在队伍前面走得十分迅速。

前方有一块大石头，许木脚步加快，走到石头所在的地方，双手一撑，矫捷地爬了上去，朝后头喊道："你们快点呀，怎么会这么慢？"

三个女生并没有搭理他，兴许是将全部的注意力放在了脚下。

罗胜抬头不屑地看了一眼许木，低头闷走。关轩和王腾笑了笑，打趣许木说他是不是着急去见山里的女妖怪。

许木连忙摆手，从石头上跳下来，朝白部走去。

"我殿后，免得你们女生掉队，王队，你在前头领路吧。"

王腾做了个手势，表示知道了。

许木来到白部边上，从背包里拿出一瓶水，拧开盖子，递给她："累吗？喝口水吧，要不要休息会儿？"

白部接过水，抿了一口，看着通往山上的小路，摇了摇头："没事，不累。"

"那我先去后面了，有事喊我。"许木拍了拍白部的肩。

白部点头答应。

许木朝队伍后方走去，依次跟张巧盈和顾兰打过招呼后，在最后面停了下来，守护着整个队伍。

队伍慢慢地前进着，像一条小蛇，在山中盘旋。

一座小山峰，王腾找了一块稍微平坦的地方，示意大家坐下来休息一会儿，罗胜直接瘫倒在地上，王腾看着罗胜，心里暗笑，终究是一个富二代，体力太差，总想着玩去了。

心里这样想着，嘴上却不能这样说。王腾擦去了头上的汗，说道："大家辛苦了，先在这里休息一会儿，吃点东西补充体力后，我们再出发。”

“王队，这里离我们目的地还有多远？”一旁站着的关轩问道。

“还没到山腰，离我们的目的地山顶还远着呢。咦？”王腾惊讶，关轩站在自己身边不远，虽然靠着树，却不喘气，跟自己与许木一样，“关轩，你不累吗？看你走这么久都没有喘气。”

“我有经常锻炼的，别看我是心理医生，就以为我不锻炼。”关轩笑着回答，眼睛眯成了月牙状。

“哪有哪有，这样就太好了，我们四个男人要保护好女生呀。”王腾打趣道。

“刺啦——”

许木掏出背包里的塑料布，摊开平铺在地上，用石头压住四角后，让白部和另外两个女生坐上去休息。

白部三人说了声谢谢便不客气地坐了上去，随后拿出自己包里的水，猛地喝了起来。

“喝慢点，别这样灌水，对胃不好。”王腾急道。

话虽出口，却没有什么作用。

喝了大半瓶水的顾兰，摘下了始终戴在耳朵上的耳机，喘着气说：“王队，别这样，这水都不让痛痛快快地喝，多难受呀！”

这是顾兰第一次说话，众人被惊得说不出话来。

“哎，各位，我只是不想说话，不代表我不会说话。还有我耳机虽然一直戴着，但是里面没有声音，你们说的我都听得到。”看见大家如此惊讶，顾兰叹了口气，解释道。

“会说话就早点说，藏着掖着干吗？”

顾兰眉头一皱，循着声音找去，发现说话的是躺在远处的罗胜。

“哎，我说兄弟，你怎么这么硌硬人呢，什么话你都想插两句？”

罗胜噌地坐了起来，盯着顾兰。

顾兰眼神不躲闪，也直勾勾地盯着他。

罗胜盯了一会儿，哼了一声，继续躺在地上，不说话了。

顾兰转回头，伸手从包里拿出来一盒烤鸡腿，拆开包装，分给张巧盈与白部。

张巧盈摆了摆手拒绝，白部接了过来说了声谢谢。

有滋有味地吃着鸡腿，顾兰头也不抬地说："你们男生别想了，这是女生专享的。"

许木、关轩、王腾三人尴尬一笑，表示没关系，便往罗胜的方向走去，坐在了他边上。关轩推了推罗胜，罗胜抬头正要发脾气，看见是关轩后，便什么话也没有说。

四个男生把吃的东西稍微分配了一下，又分了点王腾所带的药汤，就这样凑合着吃了下去。

白部咬着鸡腿，喝着水，不时地朝山下看去。这一个小举动被顾兰发现了，她靠了过去。

"白姐姐，你在往山下看什么呢？"

白部被突然扑过来的顾兰吓了一跳。

"没，没什么，看看风景。"

"看风景？这里没什么好看的呀？"

"这你就不知道了，一千个人心中有一千个哈姆·雷特，你白姐姐看到的，未必你就能看到了。"说这句话的是张巧盈，她只喝了水，坐在地上翻看着杂志。

"咦，那张姐姐你在看什么呀？"顾兰歪着头朝张巧盈看去，"《美约杂志》？"

“嗯，是。我是做美妆的，时常需要看最新的时尚杂志。”

“张姐姐，你真厉害！”顾兰笑着说。

“过奖过奖，我看你和白部底子都很不错，什么时候有时间了去我店里看看，保证把你们打扮得漂漂亮亮的。”

白部点了点头，顾兰笑得十分灿烂，回答道：“好呀！”

“来，你们试试这个。”说着，张巧盈从包里拿出一个蓝色小瓶，递给她俩。

看着一脸疑惑的白部与顾兰，张巧盈解释：“这是防晒霜，今天太阳这么大，补点防晒霜是很重要的。”

顾兰高兴地接过防晒霜，道过谢后，便给自己和白部涂了起来。白部摆摆手，说自己来就好。

不远处，四个男生看着这种时候还忙着抹防晒霜的三个女生，空前一致地冒出一个想法——

“女人真可怕！”

休息完毕，王腾催促大家继续前进。许木帮忙收拾好了白部那边的垃圾，将垃圾装起来塞进了登山包里。

王腾抬头看了看艳阳高照的天：“天气不错我们继续前进，大家加快脚步，争取傍晚到山顶。”

“呀！”张巧盈突然大声叫喊。

一道巨大的闪电划破天空，直击不远处的一座山头，紧接着，震耳欲聋的雷声紧随而来，由于靠得近，雷声更加震耳，张巧盈显然是被吓到了。

“王队，你这嘴巴……”许木尴尬地拍了拍王腾的肩，替他担忧。

“这……这应该是晴天霹雳，没事的，我们出发吧。”王腾镇定地说。

七人麻利地收拾好东西，不约而同地加快了脚下的步伐，张巧盈面带忧色地看着天空，心有余悸。

路上走了许久，白部一行人穿过茂密的山麓树林，来到了一处小瀑布前，他们停下来用瀑布下水池里的水稍微清洗了一下手和脸，浇熄身上的热气。

白部蹲在水池边上，用手轻轻地从水池里捧了些水，淋在手臂上，以此来降温。她把垂在眼前的发丝撩到耳后，抬头看向天空。

这时的天空已不如之前那样蔚蓝澄澈，乌云浓厚，云中时不时有一处地方闪出蓝色的亮光，而后伴随着隆隆雷声。

“这云有点蹊跷，大家别休息了，赶紧出发，找个地方避避雨吧。”王腾焦虑地看着天，催促道。

大家应允。

罗胜稍显不耐烦：“这是什么鬼天气，不是说好的晴天吗？”

“你就将就将就吧，大少爷，”顾兰路过罗胜身边，随口道，“山里的天气不都这样吗，一山一气候，这你不会没听过吧？”

“要你多话了吗？”

“你以为我想说啊，还不是你一直在埋怨，吵死了。”

顾兰大步向前赶去，不再理会罗胜。

罗胜站在原地，愤怒地看着顾兰，突然就想要冲上去与她理论一番。关轩在罗胜身后，发现他想要冲上去，连忙上前伸手拉住他。罗胜转过头，一脸愤怒的神色，关轩对他重重地摇了摇头，示意他克制自己。

白部依旧蹲在水池边上，面无表情地看着这边发生的一切，浸在水里的手暗暗用了几分力。

关轩感觉身后有人看着自己，转过头去，发现白部低头洗着手，许木站在更远处看着天空，皱了皱眉，怀疑是自己多心了。

许木看着天空，面露疑惑，对这山中瞬息万变的气候也是摸不着头脑。

正在出神的许木发现有人叫他，看了一眼，池边的白部正向他挥手，便一路小跑过去。

走过一条弯曲的崖边小路，布满乌云的天空终于爆发怒火，大雨瞬息而至。

白部一行人处于半山腰上，周边树木稀少，只能任由斗大的雨滴打在身上。

“你们都没有人带伞吗？”许木大声喊道。兴许是雨声太大，许木的声音传出来没多久便被吞没。

“没有，没人料到竟然会下雨。”关轩回答。

“女生走中间，保持队形，许木你殿后，大家加快脚步，找避雨的地方。”队伍最前头的王腾用尽力气朝队伍后面喊着。

雨势变大，许木只能隐隐约约听到王腾在喊殿后一词，他估摸着王腾是让他保持殿后的位置。

队伍在雨中艰难地前行，雨水打在地上，山路变得更加泥泞难走，众人深一脚浅一脚地跟着。

三个女生把包里的防水布搭在头上，减少淋湿的面积，四个男生似乎觉得无所谓，任由雨水打在身上。

“快看，前面有座庙！”突然，顾兰大声地喊着，同时手指向远处。

顺着她手指的方向看去，距离他们两百米处有一座寺庙，隐藏在山林中。

“快，大家走快点！去前方的寺庙避雨！”王腾一边说着，一边步伐加快。

前方有避雨的地方无疑是给众人打了一剂强心针，大家的步伐都变得十分迅速。

不一会儿就来到庙前，这是一座不大的寺庙，只有一个正门，正面墙长约十五米，高约三米，通体黄色。这似乎是这山里唯一一座建筑了吧，大家这样想着。

“咚咚！”

王腾上前敲门。

一个年近中年的和尚打开了门，惊讶地看着淋成落汤鸡的一行人。

王腾还没开口，中年和尚便邀请他们进来了。

寺庙里面没有外面看起来的那么小，中间是一块空地，摆放着一个香炉，在如此大的雨下，香炉内还在往外冒着烟。

空地后面的大堂里，供奉着一尊老旧的佛像，隐约能看见有僧侣在里面诵经念佛。中年和尚带着他们七人绕过了香炉，走向了东边的房间。

房间不过十平方米，里面有一个小型的烛火台，上面插着几根正在燃烧着的香烛，微弱的火苗在风中摇曳，却始终不灭。

白部七人进入这个房间。

中年和尚看着大家：“寺庙简陋，现在外面下着大雨，你们就在这里稍微休息会儿吧。”

大家连忙点头表示感谢。

中年和尚没有多说什么，便离开了。

“真倒霉，怎么突然就下雨了？”顾兰跳了跳，把身上的水珠抖落在地上。

“天气预报说这几天都是晴天，谁也料不到今天下雨的。”关轩说。

王腾脱下身上的衣服，站在门外，用力拧干，水流瞬间沿着衣服的边沿流泻下来。

“你们男的把衣服都脱了拧干，小心着凉。”

王腾的提醒让另外三个男生恍然大悟，三个男生也都来到门口脱下衣服，用力地拧着，形成一道有特色的风景线——四个男生排成一排，裸露着上半身，站在门边拧着湿透的衣服。

“喂，你们四个，赶紧把衣服穿起来，这对佛祖是大不敬啊。”突然，一个嘶哑苍老的声音从远处传来。

许木抬头一看，大堂门前有一个主持装扮的老人正在费力地朝他们招手喊着。

随后中年和尚跑了过来，急匆匆地说：“施主们，快把衣服穿起来，这样对佛祖不敬呀！师父要生气了，你们快穿起来！”

四人听了这话，面面相觑，只得将拧得半干的衣服穿了起来，而三个女生，白部和张巧盈捂嘴偷笑，顾兰则笑得人仰马翻。

“哈哈，你看看你们，四个大白膀子，在这出家人之地，也不嫌害臊。”顾兰笑得直捂肚子。

中年和尚再三嘱咐他们不能脱衣服后，一路小跑离开了。

许木看了眼大堂，主持装扮的老者已经不见了。也许是回去念经了吧。他心想。

众人在铺在地上的塑料布上坐下，把背包里淋湿了的东西拿了出来，一样一样地摆放在地上检查。

好在食物都是真空包装并没被淋湿，而帐篷更加无碍，受到影响的只有一些登山绳以及一些衣物。

检查完毕，大家放心下来。

罗胜起身说要去厕所，便出门了。

大家吃着食物，喝着矿泉水，身上湿答答的衣服还粘在身上，着实不好受。

关轩笑眯眯地转头看着白郜三人，笑道："三位美女，你们身上都湿透了，要不要去烤烤？"

白郜、张巧盈、顾兰三人一愣，随后反应过来。

张巧盈连连摇头，白郜冷笑一声，顾兰则伸手从包里掏出一袋饼干扔向关轩。

"吃你的去吧，就你话多。"

众人哄笑。

白郜跟着笑了起来，但目光时不时看向窗外，露出担忧之色。

"没事的，阿郜，雨待会儿就停了。"似乎是看到白郜脸上的担忧，许木给白郜递过去一瓶水，安慰道。

白郜勉强地点头，对许木露出笑容，只是这笑容中，依稀带着一丝苦涩。

关轩眼角瞥了一眼白郜，什么也没说，依旧与顾兰有说有笑的。

约莫过了半个小时，房间外传来嘈杂的吵闹声，隐约能听到骂人的话。

"发生了什么事？"许木问。

"不知道，我去看看。"说着，王腾起身出门。

"我也去。"关轩跟着起身。

"那我也去看看。"许木对着白郜、张巧盈、顾兰三个女生笑了笑。

门外，罗胜骂骂咧咧地朝他们走来，后面跟着一个老和尚和三个小和尚，其中一个小和尚脸上带着怒气。

"发生了什么事？"王腾率先问道。关轩与许木也想开口，看见王腾先说了话，索性闭上了嘴。

"唉，没什么，就弄坏了一个石头桩子。"罗胜不耐烦地摆了摆手，推开三人，走向屋内。

"岂有此理，什么叫石头桩子！"一个左边嘴角有痣的小和尚怒道，

“那叫石佛。”

“师弟，别嚷嚷，让师祖说话。”站在右边的小和尚呵斥嘴角有痣的小和尚。

嘴角有痣的小和尚看了一眼师兄，低下了头。

老和尚先是对许木、王腾、关轩三人作了一揖，三人急忙回礼。

“三位施主，刚刚我在大堂念经，看到这位小兄弟，”说着，老和尚指了指罗胜，“往寺庙后面走去。本来没什么的，但是这位施主，”说着他又指了指罗胜，“他在后院，不安本分，打坏了庙里的一尊佛像。”

“啊？”大家惊讶地发出声音。

“老和尚，别瞎扯了，不就是石头桩子嘛，那个也叫佛像吗？你要是觉得不高兴了，我过几天给你送一尊全新的佛像给你，怎么样？”罗胜不屑的声音从房间里传出来。

“你！”嘴角有痣的小和尚生气地看着罗胜。

“佛在于心不显于表，那尊石像是看管着这片山脉的守护神，虽然破破烂烂的，可十分灵验，你打坏了这尊石像，是会遭报应的。”老和尚盯着罗胜笃定地说。

“嘁，我才不信，本大爷福大命大。”罗胜的声音又传了出来。

“嘣！”

罗胜用力地踹了一脚墙：“这什么鬼地方，又小又破，请我待，我都不待！”

老和尚摇了摇头，对着许木、王腾、关轩三人说：“三位男施主，实在不好意思，本庙实在不欢迎这位施主的到来，你们想要留下可以，但是这位施主必须要离开。”说着，他又指了指罗胜。

话音刚落，罗胜气得跳起来：“什么玩意？老秃驴你算什么东西，想让我走我就走啊？我还偏不走了！”

“你！岂有此理，看来不教训教训你是不行了。”嘴角有痣的小和尚早有怒气，一直憋在心里，这时听到罗胜侮辱老和尚，实在忍受不了，说着便冲向了罗胜。

许木、王腾、关轩三人呆呆地看着，不敢出手阻拦，毕竟是在别人的地盘。

眼看着两人即将扑在一起，老和尚重咳一声：“明松！”

右边那个叫明松的和尚立马上前拦住嘴角有痣的小和尚。

“师兄！”嘴角有痣的小和尚苦苦喊道。

“听师祖的。”明松坚定不移。

“师祖！”小和尚转头看向老和尚，眼里充满恳切。

老和尚叹了口气：“出家人戒嗔戒怒，话不多说，你们都走吧。”

“这……”许木还想说些什么。

“好的好的，我们这就走！”王腾戳了戳许木，打断许木正欲说的话。

“大师们不要生气。”关轩见机也赶紧赔笑脸。

几个男生走进房间，白部疑惑地看着他们。

“阿部，快收拾东西，我们走。”许木说。

白部点了点头，似乎明白发生了什么。

“可是外面还下着雨啊？”顾兰一脸委屈地问。

“别可是了，赶紧收拾东西。”王腾没有多说，冷冰冰地回答。

“顾兰，别说了，先收拾东西吧。”张巧盈拍了拍顾兰的肩。

顾兰只好无奈地点了点头，随后恶狠狠地看了一眼罗胜，后者并没有搭理她。

白部看了下外面的天，发现雨势渐小，心里的担忧淡了一丝。

她把水递给许木，许木愕然，白部解释道：“我有水了，你给了我两瓶，太多了。”

许木点头，接过水瓶，塞进背包。

不一会儿，众人收拾好了东西，在老和尚一群人的注视下，缓缓地出了寺庙。

雨势虽然变小了，但只是从暴雨变成了大雨而已，众人踌躇地站在寺庙门口，惆怅地看着天。

不一会儿，门被悄悄地打开了，露出了先前那个中年和尚的头。

“还好你们还没有离开。”中年和尚笑着说。

“大师，您这是？”王腾问。

“我师父赶你们走，是因为你们打坏了佛像。”说着，中年和尚看了一眼罗胜，罗胜背对着他，不知在想什么。

“打坏佛像的人不能待在庙里，这是庙里的规矩，但是，师父心善，这不叫我出来给你们送伞了嘛。”中年和尚拿出手里的三把伞，“庙里人不多，伞也不多，拿出三把已经是极限了，伞很旧，你们凑合着用吧。”

“哪里哪里，大师客气了。”王腾喜出望外，连忙道谢。许木接过伞，把伞分别分给了三个女生。

“实在是太感谢了，都怪我们，到时候我们来为寺庙上香！”关轩随即也说道。

“阿弥陀佛，施主有心就可以了。”中年和尚双手合十，对他们作了一揖。

除了依旧背对着大家的罗胜，众人都回了礼。

“那我就先回去了，施主们小心。”说完，中年和尚关上门回去了。

离开寺庙，众人担忧地看着雨势渐小的天，希望雨就此停住。

“你们三个一人一把伞。”王腾扫去脸上的雨水对女生说。

“没关系，我们可以一起撑。”白部这时突然站出来，向许木走去，努力把伞举高，遮在许木头上。

许木笑着接过白部手里的伞，帮她撑着。

“对呀，反正现在有伞了，为什么不一起撑？”顾兰也说着，身子朝关轩的方向走去。

“一起撑吧。”张巧盈附和着。

王腾伸出手接过伞，感觉雨势似乎有变大的趋势，没有再思考过多，点头答应了。

伞的确很旧，伞骨都已经生锈，伞面有些地方脱线了，在大雨冲击下，雨伞发出痛苦的呻吟声，仿佛在抗议着这疾风暴雨。

一行人撑着伞，行走的速度变快了，雨势也变大了，渐渐地，旧伞力不从心，在这暴雨中似乎顷刻间就会分崩离析。

雨水拍打在山体上，汇聚成流，顺着山间的缝隙奔腾而下，最终冲刷在山路上。

众人穿着登山靴，脚印一步深一步浅地踩在满是泥泞的路上，溅起的污水，全部粘在了裤子上。

“啊……王哥！”走在前头的张巧盈突然大声哭喊。

听到叫声，许木把伞递给白部，便冲了上去查看详情。

关轩和罗胜早已来到张巧盈身旁，询问着。

张巧盈惊慌地指着一处杂草丛生的地方，带着哭腔说道：“刚刚我们走过这里，王哥，王哥突然就不见了。”

许木皱起眉头，看向关轩和罗胜，发现他们也在看着自己。许木耸了耸肩，表示他也不知道怎么办。

他蹲下身，用手试探地去拨开草丛，白部出声让他小心些，他点头。

许木和关轩二人合力拨开草丛，发现草丛下，靠山壁斜坡处有一个漆黑的洞口，洞口大小能够容纳两个人，地上有痕迹。关轩猜测，不出意外的话，王腾也许就是从这里掉下去了。

“王队，王队，你在下面吗？”许木朝洞口喊。

喊了几声没人回应，许木看向关轩，说：“你们在这上面等着，我下去看看。”

“下面这么黑，你怎么下去？”

“我有登山绳与手电筒，没事。”

“那也不行，还不知道下面是什么情况。”

“王队还在下面，是生是死也不知道，必须要有人下去看看。”

“不要着急，我先打救援电话。”关轩掏出包里的手机，在屏幕上按了几下，随后用力地甩了甩手机，再用手按了几下。

“糟糕，手机进水了。”关轩说，“你们看看你们的手机还能用吗？”

大家都检查了一下自己的背包。关轩看着他们，希望得到一个好的答案，结果，无一例外，大家的手机全都淋坏了，雨太大，普通的登山包根本不能保护好里面的东西。

“试试这个。”

一只手伸了过来，手上拿着一部厚重的手机，包得严严实实的，赫然是三防登山手机。

关轩看向手的主人，那是白部，她站在边上，居高临下地看着他，手里拿着手机。

“谢谢。”关轩接过手机，鼓捣了一阵，面露难色，接着他站起来，高举着手机朝四处走去，过了一会儿，他又走了回来，表情凝重地说，“手机是好的，但是没有信号，一点也没有。”

大家围在洞口边，不知所措，许木见没有讨论出更好的方法，还是决定自己下去查看。

正当他收拾东西，准备下去时，洞里传出了动静。

那是石头碰撞在一起发出的清脆声音。

“嗒嗒嗒、嗒……嗒……嗒、嗒嗒嗒，嗒嗒嗒、嗒……嗒……嗒、嗒嗒嗒……”

许木纳闷，正想要开口询问，白郃拦住了他。

“别喊了，王队出事了，这是摩斯密码的求救信号。”她淡淡地说。

“那怎么办？”顾兰问。

“我先下去，你们等会儿再下来。”许木果断地说道。

“好，你先下去。”关轩点点头。

“绳子给你。”白郃将登山绳递给他，“顾兰，你带着张巧盈去那边休息，还有搭不上手的人都让让。”

一旁的罗胜听到，只是回头看了一眼，便朝顾兰、张巧盈她们走去，拿起放在地上的一把伞。

许木不爽地看向罗胜，没有说什么。

洞里的声音依旧在响着，不知道什么时候会消失，时间显得紧迫。

关轩拿过绳子的一端，绑在自己身上，然后走到不远处的一棵树边，把绳子绕在树上，绑好之后，还用力地扯了扯，保证安全了之后，再朝许木喊：“这边可以了！”

许木举手示意。

雨依旧在下着，山里水汽升腾，白雾将白云山严实地包裹起来。雨水肆无忌惮地落在关轩和许木身上，两人都没有撑伞，此时全身已经湿透。

白郃撑着伞站在许木边上，对许木说着什么，似是在叮嘱他小心。

许木两脚踩在洞口边上，嘴里咬着小型手电筒，双手戴着手套紧紧地抓着绳子，登山绳绕过他的两条大腿内侧与臀部，紧紧地被束缚在腰上，形成一个非常安全结实的结扣。

他一边低头看向洞内，一边手脚并用，依靠敏捷的身手，迅速地向下爬去。

白部此时已经来到了关轩边上，为他撑着伞。关轩笑着对她说了声谢谢，不知怎的，白部觉得关轩的笑容有点诡异，她只是简单地点了点头，便把头转向了另一边。

白部的目光看向他们来时的路上。

似乎有人影！就在来时路边的大树下，那人穿着黑色的衣服靠着树干站着。

白部怕自己看花了眼，用力地眨了眨眼，定睛一看，才发现，那只是山雨打在树上，隐隐约约形成的水雾，并不是什么人影。白部不禁摇了摇头，似乎是自己想得太多。

顾兰在安慰张巧盈，张巧盈认为王腾掉下洞与自己关系很大，在深深地自责，为何当时不拉住王腾的手？顾兰一只手撑着伞，另一只手不停地抚摸着张巧盈发抖的身子，借此舒缓张巧盈内心的不安。

罗胜依旧一个人撑着伞，站在路边，朝山下看去。

很快，洞里传来了许木的喊声："你们快下来，王队还活着！"

听到这个消息，大家松了一口气，特别是张巧盈，紧张不已的她停止了抖动。

关轩觉得腰上的力消失了，似乎是另一端拴着的许木消失了。他说出内心的想法，白部"咦"了一声，跟他来到洞口。

洞内灯光摇曳，不一会儿，许木出现在洞口，喘着气。五人围了过来，听许木想要说些什么。

“呼，这个洞不深，下洞的路也不陡，可以直接走下去，王队在下面，好像头撞到了哪儿，有点迷迷糊糊的，不过还好没事。”

许木顿了顿，调整了一下呼吸，似乎急速地上上下下以他的体力也有点吃不消。

“下面很宽敞，就是有点黑，可以躲雨休息，你们先下来吧。”许木说完，走进洞内，招呼着大家进来。

洞外五人相互看着，似乎对漆黑的山洞有些抗拒。

白部率先进了洞，她微微弯着腰，以便更好地行走。

“给你，你的包。”

关轩第二个下来，并把许木之前落在上面的登山包递给了许木。许木微笑表示感谢。

陆陆续续，大家都进了洞，白部、罗胜、关轩都打开了手中的手电筒，昏暗的洞立马被照亮。

“手电筒都不带，是来旅游的吗？”

安静的洞内，罗胜讥讽的声音冷冷响起，回荡在洞中。

第四章

恐怖故事轮回

XIANYIRENDE
YOUXI

这群人除了拥有精神病人的身份外，还有一个身份——变态杀人犯。

这是一个面积约半个篮球场大小的洞穴，高约三米，地面由大大小小的花岗岩组成，洞的四周有着一堆堆细小的泥沙。

洞顶的边缘似乎不是很密闭，偶尔有几处地方会有光线从外面照射进来，增加洞里的可视度。

白部等人下来的地方，是一个坡度不过30度的斜坡，从上往下，逐渐扩大，洞口最小。

洞内已经生起了火，用的是携带的固体燃料。洞内被火照得通明，众人把手电筒关了，火堆上架着一个锅子，正“咕嘟咕嘟”地发出声音，不知在煮些什么。

王腾躺在火堆边，许木正看着他。

许木给王腾喂了水，给他揉了揉四肢，他似乎恢复了许多。

许木扶着他坐起来，张巧盈关切地看着他，其他人围着火堆坐着。

王腾撑着头，虚弱地说：“谢谢你们。”

“王哥，你没事吧？”张巧盈盯着王腾的眼睛说。

王腾摇了摇头，表示没问题。

许木掀开锅盖，里面煮的是菜汤，用压缩的蔬菜与雨水所煮，雨水已经用明矾消过毒。

用勺子搅了搅，许木发现汤煮得差不多了，招呼顾兰过来，让她拿了几个塑料碗过来，一一盛给大家。

许木先盛了一碗汤递给了受伤的王腾，随后再给白部盛了一碗，之后依次盛给众人，自己则是最后一个。

火堆边上横七竖八地立着一些铁叉，上面叉着各式各样的食物，在火边烘烤，看色泽程度，估计立马就可以下肚了。

喝过热汤，吃过熟食，冷冷的身子得到了一丝温暖的慰藉。许木、关轩等四个男生的衣服早已脱下挂在火堆旁，借着火的温度烘干，四人兴许是累了，正靠着墙壁休息。

张巧盈借着火光，在火堆旁依旧翻看着那一本由于保护不周，已经有点湿的杂志，顾兰盘腿坐在她的边上，一起看着。

白部端坐在一个角落，她走得比较小心，身上淋湿的地方不多。她手上拿着一个笔记本，正在上面窸窸窣窣地写着什么。

笔在纸上流畅地游走着，慢慢地，像是陷入泥潭一般，寸步难行。

白部“啪”的一声，合上笔记本，转身将本子胡乱塞进背包，站起身来，朝洞口踱步而去。

“白姐，你要去……”

白部经过火堆旁时，顾兰看见了她，问了她一句，张巧盈也看着她。

“我去外面看看雨势，马上就回来。”白部微笑地回答。

“好吧，那你小心点。”

白部点点头。

出了洞穴，白部撑着伞站在洞口，向四周张望。

耳边雨声嘈杂，有落在地上的，有撞击在树叶上的，有敲打在伞面上的，不绝于耳，丝毫没有减退的趋势。

白部就这样，望着来时的方向，愣愣出神。

“打扰到你了吗？”

不知过了多久，白部身后响起一个声音。

白部转过身去，发现关轩在她的身后，已经穿上了半干的衣服，正站在洞口雨水打不到的地方。

白部摇了摇头：“没有。”

“你在看什么呢？”

“看雨。”

“喜欢雨？”

“不喜欢。”

“那为什么要看？”

“为了灵感。”

“哦？雨能带来灵感？”关轩嘴角扬起，靠近她一点，“我能站在伞下吗？”

白部背对着关轩，皱了下眉，但还是让了让位置。

关轩站了进去，深吸了一口气。

“这就是所谓的泥土的芬芳吗？好香呀。”

“……”

“这雨看来一时半会儿小不了了。”

“嗯。”

“而且这雨来势汹汹，很奇怪不是吗？”

“嗯？为什么？”

“雨多西风不晴，雨少东风不雨。据我知道，白云山已经一个多月没有下雨了，而这几天刮的又是东北风，没道理会下雨，结果今天却下雨了，还是如此大的暴雨。”

“山里的气候不都匪夷所思吗？”

“哈哈，也许的确如此，但你不觉得这更像是六月飘雪窦娥冤吗？”

“……”

“我胡说的。”关轩不好意思地摸了摸头，随后又深吸了一口气，“我跟你说过吧，我是个心理医生。”

“嗯，怎么了？”白部转头看了一眼关轩，正好撞上了关轩的眼神。

“就这样别动，我可以透过眼神看懂别人在想什么。”

白部立马转回了头，冷冷地说：“读心术？”

“算是吧，不过得观察得久一点，刚刚那一会儿时间是看不透的。”

白部身子微微发抖。

“放心啦，我知道这种被人看透的感觉很糟糕，不过我保证，在你没有答应的情况下，我是不会读你的心的。”

白部并没有说话，她并不是害怕被人看透内心的想法，她知道她不会被看透，曾经也有人借此与她搭讪，结果被她毫无波动的表情阻拦在外。

她发抖，是因为她又看见了一个人影，这一次，那个人影又出现在远处的山中，树干后面。

白部没有告诉关轩人影的事，她对影子是否是真实的仍持怀疑的态度。

“是这样呀，那你给我读读心呗？”许木的声音响起。

许木双手叉腰，赤裸着上身，衣服搭在肩上，身上多年健身形成的肌肉线条分明，此时正站在白部与关轩的身后。

许木醒来发现白部不在洞里面，向顾兰等人问过后才知道白部出洞了，他担心白部，衣服都顾不上穿，急急忙忙出洞寻找，恰好见到这一幕。

“给许兄弟读心当然可以呀，来，让我好好瞧瞧你。”

许木摆了摆手，撑着伞站在了白部的另一侧：“哎，别当真，我只是随口说说。”

气氛尴尬，三个人无言地站了一会儿，便回到洞里去了。

休息的几人已经都醒了，围在火堆边上，商讨着下一步的行动安排。

由于雨势没有减小的趋势，只有三把伞的七人很难继续前行，况且王腾现在身上还有伤，经过讨论，大家决定留在这儿休息一晚。

闲来无事，许木提出玩游戏的建议，大家应声附和，有的提议打牌，有的提议“真心话大冒险”，有的提议讲恐怖故事。鉴于当前的情况，大家都认为讲恐怖故事符合时宜。

从笔记本上撕下同等大小的纸片，在上面标上数字折叠，在扔到地上后，大家都从地上随机捡起一张。

许木一号、顾兰二号、关轩三号、白部四号、罗胜五号、张巧盈六号、王腾七号，这是七人抽签的顺序。

许木抓了抓头，似乎对自己抽到第一个感到很郁闷，他看了一眼围在四周的人，大家正满怀期待地看着他。

“不好意思，我决定再想一想。”许木赔着笑说。

过了许久，许木似乎已经想好了自己要说的故事，他右手握拳轻抵在嘴唇，清了两下嗓子。

“咳咳，我要讲了，这是一个发生在……”许木断断续续地讲了一个关于山间灵异别墅的故事。

一行人前往别墅过夜，却因各种蹊跷的原因相继死亡，讲到有人死亡时，许木还特意营造出恐怖的气氛，奈何演技太过浮夸，众人并没有被吓到，反倒是哄堂大笑，引得许木因为不好意思而脸泛红晕。

第二个轮到了顾兰。

顾兰稍微思索一会儿，便平平淡淡地说出一个细思极恐的短篇小故事：

主人公前往图书馆借书，位于图书馆角落的书架是小说类别的，由于对小说十分感兴趣，主人公便来到角落选书。当他拿出第一本小说的时候，书页从书中散落了出来，而此时，主人公却与书架对面的同样在抽书的人四目相对地交会了一会儿，主人公没放在心上，又花了10分钟挑选了三本有趣的小说，便去柜台办理借书手续。在回家的路上，主人公想起来应该将第一本书也借回来的，奈何书已经散落成那个样子，实在是没办法。

故事说完，众人一脸疑惑，许木问这有什么恐怖的?

顾兰摇摇头：“要自己想，想通了才觉得恐怖，不然就没意思了。”

“我知道了。”

“我懂了。”

关轩和白部一起开口。

“咦？”顾兰十分惊讶，“那你们说说看呗，白姐先来吧，女士优先。”

白部点了点头，目光看向火堆，望着熊熊燃烧不停蹿动的火苗。

“主人公在图书馆角落书架借书，角落两面是墙，抽出书后看到的应该是墙，而不会是人。而他却看到与他四目相对的人，那能肯定的是，他看到的不是人。”

“嘶……”许木倒吸一口冷气。

顾兰高兴地点头：“白姐真聪明，关哥你的想法呢？”

关轩看了一眼白部，嘴角微扬，低头捡了一块小石子往固体燃料里扔去，燃烧旺盛的火堆不受影响，石子如沉入大海，只是让火苗微微跳动了一下。

“我跟白小姐的想法差不多，角落自然不会有人出现，既然出现了，那便不是人，至于脱落的书页，信息太少，我没有办法深入分析。”

其余人不住地发出赞同声，许木朝白部竖起了大拇指。

轮到关轩了。

关轩盘腿坐在地上，挺直了下久坐弯曲的背。

“我是心理医生，平常的工作就是为一些心理病患做心理治疗。这些病人都很普通，大都是情感障碍或者心理障碍，治疗他们的手段也很简单。但毕竟作为一个心理医生，长时间接触这种简单层面的心理疾病很难满足内心的空洞。”

“空洞？”许木疑惑地插一句话，随后低下头为自己插话感到抱歉。

“空虚？空洞？其实都差不多吧，渴望挑战一些高难度问题，这是我时常会有的想法。”

关轩捡起一块石子，在地上漫无目的地画着，发出尖锐的声音。

“于是，我向政府申请去精神病院重病区进行研究，结果获准了，于是我去了A市的精神病院——居山精神病院，进行了为期一个月的研究，期间得知了一些耸人听闻的秘密。”

关轩静静说着，手上的动作也没有停下来，依旧在地上画着，其他人默不作声，认真地听。

居山精神病院重病区，住着一群有着严重精神疾病的病人，这群人除了拥有精神病人的身份外，还有一个身份——变态杀人犯。无论是精神分裂、躁郁症、分裂情感精神病抑或是反社会人格障碍患者等，在这里都不少见，这群人基本都犯下骇人听闻的连环杀人案件。

关轩为了深入了解这群精神病人内心的想法，与他们进行了面对面的交流。

在探索精神病人内心真实想法时，关轩发现这群人大多时候与正常人都一样，正常说话、正常交流、正常做事，而他们产生变化则需要一个契机或者说按钮。

关轩将这群人曾经犯下案件的犯罪经过、手法、心理用自己的语言讲述给在座的六人，六人深深地被故事所吸引，洞内静得出奇，只有固体燃料燃烧发出的“吱吱”声。

在关轩说完一个认为自己有严重贫血症需要输血而去杀人饮血的疑病症患者故事后，他停下了手中的动作，将石子扔进火堆，拍了拍手，轻描淡写地说了句：“我说完了。”

沉默片刻，众人才回过神来，惊叹于故事的真实与诡异，不禁面面相觑。

“接下来，呃，是到白小姐了吧。”关轩看向白郃，眼中充满着期待。

“对呀，阿郃，到你讲故事了。”许木显得尤为激动。

三人讲的故事一个比一个精彩，白郃会说出一个怎样的故事，是精彩抑或是无味，众人都十分好奇，满怀期待地看着白郃。

白郃慢条斯理地从包中拿出一个笔记本，从表面上看，是之前她在上面胡乱涂鸦的那本。她麻利地翻到某一页，上面密密麻麻用黑笔写满了字。

白郃低头看了一眼纸上的内容。

“我将我下一本即将要写的悬疑小说的主要内容当作故事讲给你们听吧，你们听了后也可以给我一些建议。”

白部有条不紊地讲述着，条理清晰、节奏紧凑的叙事风格深深地吸引了众人，然而却有一个人，随着故事的发展渐入高潮，脸色越发难看。

这是一个复仇的故事，内容有点类似于国外电影《我唾弃你的坟墓》。

青年女教师唐某是一名高中化学老师，品行端正教学严谨，并且相貌出众。

一日，学校举行活动，组织老师和学生外出游玩，夜晚休息的地点是一处河边别墅，学生老师都住在这里。晚上在别墅外进行野炊，唐某为接一个陌生人的电话远离别墅，这时，突然出现一个蒙面歹徒，趁机掳走了唐某，对其施暴并侵犯了她。

夜黑风高，难以看清歹人模样。那边欢歌笑语，并没有人发现唐某消失不见。

良久，唐某在树林中回过神来，她没有惊惶恐惧或是大喊大叫，她冷静下来，检查自己的东西，发现手机已被抢走，便决定先回营地，再找解决办法。

此时唐某在学校的好友杜某出来寻找唐某，发现唐某脸上有伤，出口询问。唐某编了个借口说被人偷袭，将自己被人侵犯一事隐瞒了。

回到营地，唐某要求杜某不要告诉任何人她遭遇袭击的事。唐某回到房间，通过蛛丝马迹发现事情蹊跷，她怀疑是学校的人袭击了她，于是她先报了警，但从最近的警局赶来这里至少需要两个小时，她便趁这段时间，开始悄悄调查。

利用自己所学的化学知识，唐某成功发现对自己施暴的人——身上留有化学药物痕迹的李某。紧接着，她又发现了与李某狼狈为奸的窦某与赵某，她悄悄收集好证据等待警察到来。

警察到来，唐某提供证据指认李、窦、赵三人，警方带走三人，而唐某被强暴一事也被所有人知道。

本应被审问的李、窦、赵三人，靠着自己的关系，只是受到一点处罚便被从警局释放了。三人回到学校，发现唐某已经辞职，他们也被学校辞退。

三人本想着就这样逍遥法外，没想到有一日，李某死了，死相惨烈。

窦、赵二人发现事出蹊跷，也许与唐某有关，于是二人与唐某斗智斗勇。唐某凭借着自己所学的知识与遭受灾变后心性的转变，一步步将窦、赵二人逼入绝境，两人遭到世人的唾弃，最后无法正常生活，选择了自杀。

最后，唐某功成身退远走他乡。

故事讲完，众人依旧沉浸在故事中，佩服唐某的处变不惊，惊讶唐某的复仇手法，也为唐某的凄惨遭遇感到悲哀。

许木突然拍手叫好，众人看向他，随后也默默地鼓掌。

“这是什么狗屁故事，把主人公吹嘘得这么厉害？她如果真有这么厉害，她就不会被别人强暴，谁让她三更半夜跑那么远的地方，真是活该。”一旁，罗胜冷不丁地冒出一句话，他冷哼一声，不屑地嘲笑着，“在我看来，也只有你们女人才能写出这种故事来，真要是遇到这种事情，你们怕是害怕得一点声音都不敢发出，只知道哭吧，嗯？”

“罗胜，你嘴巴放干净点，狗嘴里吐不出象牙。”顾兰嗖地站起来，指着罗胜骂着。

白部脸色青得可怕，一句话都没有说，冷冷地盯着罗胜，眼神中毫无掩饰地透出一股凉到骨子里的恨意，身体不住地轻轻发抖。

张巧盈摇着头，面带怒意地看着罗胜。

“哟，顾兰，之前你呛我，我一句也没说忍忍就过去了，现在你还蹬鼻子上脸了？”罗胜也站了起来，戏谑地看着顾兰，冷笑着说。

顾兰不甘示弱：“我呛你？你也不看看你自己是个什么德行，以为自己是个富二代，就什么都不放在眼里了？我看你就像井底之蛙，只知头上青天！”

“臭女人，你说什么？”罗胜大声吼道，也站了起来。

“我说什么？我是说你这只蠢驴,来爬什么山！本来可以在庙里休息，都因为你，害得大家现在只能住山洞，成事不足败事有余！”

“你再说一遍试试？”罗胜向顾兰走近一步，冷漠道。

“别吵了，罗胜你少说句话，让着顾兰。”王腾有气无力地说。

关轩坐在一旁,面无表情地看着罗胜,似乎不想插手,想要看一场好戏。

许木看向白部，发现白部正盯着罗胜，目光冰冷，一眨不眨。

“说就说，你以为我怕你呀，啊！”顾兰正要继续反驳，却见罗胜三两步便朝她走来，手举过头顶，就要挥在她身上，她吓得惊叫一声。

白部噌地站起，挡在顾兰前面，恶狠狠地看着罗胜：“罗胜，你要做什么？”

“要做什么？呵，这不是我们的白大小姐吗，一路上一声不吭的冰山美人，现在想要站出来引起我的注意吗？”

罗胜一开始被突然挡在自己面前的白部吓了一跳，看清人后，把手放了下来，双手交叉抱在胸前。

“你的故事写得可真烂，真是一个女权主义者，就你这样的水平，还不如不要写了，过来跟我玩两天？”

白部并不回答，只是看了站在罗胜身后的许木一眼。

许木自事情发生后，目光就一直盯在白部身上。早就想冲上去揍罗胜的他，暗自忍着等待白部的指示，看到罗胜正在调戏白部，他内心怒火更烈了几分，欲喷薄而出。

白部用眼神示意许木，许木早已接收到。

许木出其不意地抓着罗胜的肩膀，大叫一声：“罗胜！”

听到有人喊自己，罗胜转过头，就在这一瞬间，一个巨大的拳头，落在了他的鼻子上。

“砰——”

随着一个沉闷的声音响起，许木的拳头结结实实地打在了罗胜的脸上。

罗胜“啊”的一声惨叫，随后左手捂着鼻子，难以置信地看着许木，鲜血从指缝中流出来。

“你！你竟然敢打我。”罗胜歇斯底里地喊着。

“砰——”

又是一拳。

这一次，许木打在了罗胜的肚子上。

罗胜往地上倒去，蜷缩着身子，背弓得像一只虾，一只手捂着鼻子一只手捂着肚子，嘴巴张得老大，却没有发出声音，大概是疼得没有力气发出声音了吧。

许木还想上去殴打罗胜，关轩上去阻拦了他。

许木想要挣开关轩的手，却发现身材不是很健硕的关轩，力气却大得惊人，这一抓，让他的手暂时不能挣脱。

“你放手！”

“许木，不用再打他了，他那身板吃不了你几拳的。”

“我不管，这浑蛋太过分了，竟然敢这样跟阿部说话。”

“算了吧，你看他现在这个样子，什么也做不了，也不敢做什么了。”

许木摇了摇头，伸手抓住关轩的手想要掰开，却发现关轩的手纹丝不动，就像粘在了他身上一样，一时半会儿挣脱不了。

关轩眼神坚定，不容反驳，似乎下定决心不让许木再殴打罗胜。

许木心里不悦，对关轩偏袒罗胜感到一丝厌烦，他抓着关轩的那只手渐渐发力，想要用蛮力挣开关轩。

关轩吃痛，眉头微微一皱，但并没有因此放开手。

眼看着冲突升级，王腾站了起来，来到两人中间："算了，一人退一步，没什么大不了的。"

"许木，算了吧，我没事。"一旁的白部开口。

此时她面色已经恢复正常，身体也不再发抖，只是眼神依旧冷冷的。她转过身，安抚着顾兰，张巧盈也上前，站到顾兰身后，轻声说着什么。

听到白部制止的话，许木也不再咄咄逼人，看了关轩一眼，示意他放手。关轩松开了手，回到自己的位置上，也不去管还蜷缩在地上的罗胜。

洞中渐渐恢复平静，罗胜的哀叫声也随着变小。

第五章

洞穴深处的墓

XIANYIRENDE
YOUXI

久与黑暗做伴，不慕光明之所。

安静的洞中只有火堆燃烧的声音，罗胜早已经从地上爬起来，此时远离火堆，蹲在一个昏暗的角落里，不知在做什么。

经过刚才的小冲突，众人已经不想关心罗胜在做些什么了，自顾自忙着，除了许木，他担心罗胜会做些出格的事，两只眼睛没有从罗胜身上离开过。

“喂，你在干吗？”许木突然朝着罗胜喊道。

众人看过去，罗胜正在墙角狠狠地踹什么东西。

“喂，罗胜，你到底在干吗？”许木加大音量。

罗胜没有理他，依旧在踹着。

许木朝他走去，想要看清他到底在做什么。

那是山洞的西北面，这里的地势比山洞中间要低一些，地上铺着一层沙土，偶有两三株坚强的小草破壁而出，在夹缝中生存。初看之下，这里与山洞中其他地方并没有很大的不同，只是洞壁上的裂纹比其他地方多了些。

而此时，罗胜朝着洞壁上裂缝最多的地方用力地踹着。许木疑惑，双手交叉站在罗胜边上，正要开口询问。

“这里，有风。”罗胜先开口说话，语气中已经没有之前的那股暴戾，他用手指向某一处裂缝。

许木这时看清了罗胜，他脸上的血已经清理干净，鼻血也被止住了，他似乎有些惊讶。

“哦，这里怎么会有风？”不知是否是因为罗胜萎靡的语气，许木不太好意思再用强硬的态度回答，只好降低语调。

“不知道，好像下面是空的。”

“于是你想踹开看看？”

“嗯。”

“那你继续吧。”

许木耸了耸肩，回到火堆旁。

“他怎么了？”王腾问。

“他说那边有条裂缝有风吹出来，怀疑下面是空的，想要踹开看看。”

“裂缝中怎么会有风？”

“我也不知道。”许木摇了摇头。

“如果下面有洞或者有一条长的裂缝通往外面，这边有风吹进来是有可能的。”关轩说道。

“那就是说下面会有洞中洞了？”

“我也不确定。”

“可真有意思，如果有，一定要下去看看。”许木这样说着，转头又看向罗胜。

“这家伙，脾气好像收敛了一点，刚刚我过去，他语气变好了不少。”

“哦？是吗？”

“也许是我听错了吧，不要在意。”摆了摆手，许木没有继续说话。

白部在笔记本上写着什么，此时黑笔换成了红笔，在写满字的那一页上标记注释。

听到许木他们的谈话，白部头也不抬，专心致志地进行自己的工作。

顾兰倚靠在张巧盈身边，和张巧盈继续看着那一本杂志，她知道白部正在工作，便有意不去打扰。她也不关心罗胜在做什么，毕竟，罗胜刚刚实在太过分了。

罗胜依旧在踹着，似乎觉得再加把劲就能把洞壁踹开，他脚下使的力越发大。

“砰砰砰——”

在连续用力踹踏几下后，罗胜惊呼一声：“有洞！”

听到呼声，众人聚集到罗胜边上，白部、顾兰、张巧盈三个女生也出于好奇，走了过来。

山洞西北面原本有裂缝的地方已经完全塌陷了，出现了一个半人多高的洞穴，里头黑乎乎的，看不清有什么。

许木一路小跑，折回拿了一个手电筒过来，往里照去。

洞穴内有条小路，并不是直垂而下，而是呈45度左右的角度向下延伸，强光手电筒可视范围只有三百多米，但由于道路不是笔直，深一点的地方便看不到了。

“这下面，居然真的有洞？”许木难以置信。

“洞中洞的现象不奇怪，很多山洞中都有这种现象。”王腾回答。

"就是不知道这洞里有什么？"

"下去看看就知道了。"罗胜突然开口。

"可这下面不知道是否安全啊？"顾兰有些担忧。

罗胜看了她一眼，顾兰似乎有点怕他，躲闪开。

"我先下去，你们再做决定吧。"罗胜淡淡地说着，转身朝自己包裹走去，从里面掏出一个手电筒与一捆登山绳，进了洞中洞。

看着罗胜的身影随着灯光的闪烁，渐渐地消失在洞穴中，剩下的一群人踌躇不安，到底是下去还是不下去呢？

大家最终决定，通过投票表决的方式，想下去的人就下去，不想下去的人留在上面看行李。

"唰唰唰——"

六人齐刷刷地举起了手。

"太好了！我们事不宜迟，赶紧出发。"许木一脸兴奋，似乎是忘记了刚才的不愉快，他迅速地收拾好东西，强光手电筒、登山绳、干粮……

"你带压缩饼干做什么？"顾兰好奇地问，白郃也朝这边看过来。

"以防万一呀，万一我们被困在下面呢？"

"呸呸呸，你可别乌鸦嘴，怎么可能会被困在下面？"

"这不是害怕嘛，有备无患，有备无患。"许木露出了笑脸。

由于现在外面下着暴雨，又在这荒无人烟的山中，似乎不必担心行李放在山洞中有什么不安全的，于是六人轻装上阵，带着手电筒、登山绳和干粮，就出发了。

洞穴的路不是很难走，平坦光滑，像是人力凿打出来的，许木在前面，关轩殿后，王腾和白郃三个女生走在队伍中间，在洞穴中慢慢地向下前进。

罗胜走的速度不快，似乎有刻意等待的意思。没走多久，白郃一行人便看到了罗胜的身影。罗胜对六人的到来没有感到任何惊讶，好像认定所有人就是会来。

王腾朝罗胜打了个招呼，让罗胜加入队伍中。

随着队伍渐渐深入洞穴内部，四周的气温降低，隧道中十分安静，只有七人脚步踩在石头上的窸窣声。

“这隧道好长。”许木的声音响起。

“的确有些长了。如果再走一会儿依旧看不到头，我们就上去吧。”王腾回答。

“这是什么？”白部似乎发现了什么。

在隧道右边，有一块非常突兀的半圆形石头，石头呈灰白色，十分光滑。

白部将手电筒聚焦到石头上，走近了观察。

“这块石头，太光滑了。”身后的张巧盈凑近了看。

“这边也有！”顾兰的声音从另一边传来。

大家转过头去，发现隧道左边，在距离右边这块石头两米的地方，也有一块相似的半圆形石头。

“我这儿也有。”许木说道，指了指头顶。

“奇怪，怎么有这么多光滑的石头，还有……你们看！”许木将手电筒一转，照向前方，距离白部发现石头的位置往前三米，也有一块奇怪的石头突出在隧道内，只不过并不是半圆形，是一个类似于圆柱体的东西，他的手正抬着，想要去触摸。

“等等。”关轩突然急切地开口，“这好像不是石头。”

“不是石头？”许木问。

“是的，这不像石头，我好像见过这东西，但不确定，你让我仔细地看看。”说着，关轩绕过一干人，凑近了白部身边的那块石头，借着白部的手电筒灯光仔细地看着。

“我也觉得不是石头。”白部声音变低，内心有点不安，“这个可能是头骨。”

“什么？白姐你再说一遍？”顾兰在一旁惊讶得说不出话来，张巧盈还往后退了几步，一脸惊恐的表情。

“这有可能是头骨，我之前做调查时见过头骨模型，跟这个非常像。”

白部不假思索，以手支着下巴，轻轻点头：“我敢肯定，这是头骨。”

“白部你不要吓唬我。”张巧盈的声音带着哭腔。

“她没有吓唬你。”关轩蹲在半圆形的石头边，细细观察。

“这上面虽然粘着土，但是扫除之后，”关轩用手擦掉半圆形石头上凝结成块的灰土，“你们看，这一条裂缝。”

顺着他手指看去，在石头表面，隐隐约约有一条不平滑的曲线。

“这是顶骨和额骨的契合点，还有这一条，”关轩手指往下移去，停留在一条呈人字形的曲线上，“这是顶骨和枕骨之间的人字缝，这是头骨没错，不信的话我们再去看看其他几个。”

来到另外一块半圆形石头前，仔细观察，也发现了人字缝与其他骨缝，其他几块石头，不，应该说是头骨，都发现了头骨独有的特征，众人不由得倒吸一口气。

“那这一块呢？”许木指着之前突出洞壁一段距离的圆柱体。

“这个，我猜是腿骨或者手骨吧。”白部轻声回答。

“呃……”

“看来这条隧道是人为开采出来的，不小心挖到了乱葬岗，尽头就是我们刚才所在山洞的那一块洞壁。”

关轩站在隧道中，前后观望着，似乎在找寻其他的头骨。

“乱葬岗？”许木挠了挠头。

“是的，这隧道四周肯定还有很多的骸骨，不然不会无缘无故地出现这么多头骨……罗胜你去哪儿？”

关轩发现罗胜独自一人朝隧道深处走去，对他的询问置之不理。

“我们跟上去吧，这地方不吉利，别让罗胜一个人走丢了。”关轩转过头，挥了挥手，示意还在后方犹豫不决的五人。

“啊？还要往里走吗？”张巧盈胆怯地看了一下隧道深处，抓着顾兰的手更紧了。

“要不，我们别进去了吧，你看盈姐和白姐，都怕死了。”顾兰一只手握着张巧盈，另一只手抓着白郃。白郃转过头，发现顾兰一个劲地对她使眼色，似乎想让她附和。

白郃面露微笑，看穿了顾兰的心思：“也是，这洞有点邪门，我们还是先出去吧。”

顾兰见白郃看懂了自己的暗示，心里乐开了花，表面却做出一番十分害怕的表情。

“是呀，白姐都这么说了，这里还这么多、这么多这个……”说着，顾兰小心地环视了一圈，“这么多的人骨，说不定有什么鬼呀，不干净的东西呢。”

“啊！小兰你别吓唬我！这里会有那种东西吗？”张巧盈一声惊呼，被顾兰的话吓得不轻。

顾兰摸了摸张巧盈抓着她的手，安慰道：“没有没有，盈姐，那是我瞎说的。”她随后看向关轩等人，脸上露出恳切的表情，双眼放光，似乎在哀求着让他们放行。

许木看着顾兰的一番表演，心里觉得好笑，无奈地看了白郃一眼，白郃此时正皱着眉看着往深处走的罗胜，他发现，白郃的眼中似乎透露着一丝不甘。

是我看错了吧？许木揉了揉眼睛，再度看去，白郜的眼眸清澈如水，依旧是之前那番淡然处之的样子。

果然是我看错了，许木心想。

关轩看着罗胜的身影越走越远，心里急了几分，但顾兰的话也不能不听，他转过头，几秒钟之内就迅速想好了解决方案。他嘴角微扬，在暗无天日的洞穴里，经灯光一照，显出一丝诡异。

“那这样吧，白郜、顾兰、张巧盈，还有王队，你们四人先回去，我和许木去把罗胜带回来。”关轩看向四人，征求四人的意见。

“我不回去，我和你们一起去，我对这里还挺感兴趣的，兴许可以给我的新书找些灵感。”白郜眉头一蹙，诧异关轩的决定，她不想让许木跟她分开。

许木看了关轩一眼，又转头看了白郜一眼，他对白郜的决定感到十分莫名其妙。关轩决定没错，但白郜不是觉得这个地方邪门想要出去吗？怎么这个时候又说对这个地方感兴趣了？

关轩眼中闪过一丝异样，好奇地看着白郜，脸上依旧挂着笑容。

“那这样，我也去！”

出乎意料的是，原本闹着想要早点离开这个地方的顾兰，这时也站了出来，一只手举着，生怕别人看不到她。

“我和白姐一起去，不然就白姐一个女生，没人照看她。”

众人哑口无言，白郜也摇了摇头。

顾兰似乎也明白过来自己所说的话漏洞百出，脸噌地变红了，好在处在黑暗中看得不是很清楚。她其实是想让张巧盈和王腾单独相处，这才只好随便编了一个理由。

“快走吧，不然罗胜就要丢了。”

顾兰摆摆手，不想让大家把重点放在这个问题上，她急急忙忙地推着王腾、张巧盈朝来时的路走去，等把他们送出一段距离，才又跑了回来。

白部意味深长地看了顾兰一眼，仿佛将顾兰看穿了一样。

顾兰被白部看得发怵，趁着许木与关轩不注意的时候，悄悄地对白部做了一个噤声的手势。白部笑着点了点头，顾兰咧嘴一笑，上去抓住了白部的手，朝许木的方向走去。

前方罗胜走出了很远，身影已经消失在隧道中，关轩追了上去。许木担心白部和顾兰走散，一直在等着她们。这时看到顾兰和白部手挽手朝他走来，他略感惊讶，顾兰和白部相处得很好呀。

他将手中的手电筒递给白部，他们七人只有四人带了手电筒，罗胜手里一个，关轩带着一个，王腾和张巧盈拿走了一个，现在只剩下了他身上的这一个，他想都没想，就将手电筒给了白部、顾兰二人。

白部本想推却，但是看到许木坚决不容拒绝的神情，只好作罢。她笑着对许木说了声谢谢，和顾兰走在了前头，为许木照路。

隧道内黑得令人有些窒息，人若长期处于这种环境，难免会生出一些病来，比如幽暗恐惧症。但也有些特别的人，尤为喜好这黑暗，久与黑暗做伴，不慕光明之所。

在黑暗中人会失去方向感与时间观念，待得久了，便不知现在是何时，自己所处何方。

白部、顾兰和许木三人未走多久便看到了在前方的关轩与罗胜，关轩已经追上罗胜，两人一前一后缓慢地前行，似乎是关轩告诉罗胜后方还有人未到，让他放慢脚下的步伐，等待他们。

不知在隧道走了多久，兴许是有些担忧，白部拿出了身上携带着的，并没有遭雨水浸湿的登山手机。

低头看了一眼手机，白部自言自语：“15 分钟。”

走在白部身边的顾兰正在出神，被白部这没来由的一句话拉回来，一脸迷茫。

“啊？什么？”

“刚分开时我特意看了一下时间，发现我们才走了 15 分钟，果然，黑暗会将时间变得很漫长。”

顾兰听到，十分惊讶，眼睛睁得老大，一脸不相信：“15分钟？不可能吧，我怎么感觉我们走了好久，起码半个小时。”

没等白部回答，关轩懒洋洋的声音从前方传来：“这是正常现象。康德说过，空间知觉是身体的外感，时间知觉是身体的内感。我们在黑暗中，缺乏可以观察到的其他物体，所以我们的注意力全部集中在了我们自己身体里，时间知觉就变得更加敏感，对黑暗的恐惧和无所事事的无聊就会让我们在痛苦中感觉到时间过得很慢。虽然我们在行走，但是啊，看了这么久黑暗的隧道，换作是谁都会觉得很无聊。”

白部等人讶然，没想到关轩竟知道这个。

许木看向关轩的眼神更加佩服了：“康德还说过这个呀，我都不知道。”

顾兰眼皮一翻，觉得实在好笑：“许哥，你不知道的可多了去了。”

“那可不一定，”许木嘿嘿一笑，“闻道有先后，术业有专攻嘛。我大学学的又不是这些文绉绉的东西，当然不知道什么康德。不过你要是问我一些跟数学有关的，我就可以跟你讲上好久了，不过我也怕你听不懂。”

“顾兰，你从事什么职业呢？”

顾兰一怔，看了问这个问题的白部一眼，随后慢慢地低下了头，看不到她脸上的表情，只听得到她略带后悔和失望的声音从下方传来。

“我是高中历史老师……”

“怎么了？”兴许是察觉到顾兰的异样，白部低头看向她，挽着的手从两手中抽了出来，绕过她的腰，搂紧了她。

“没什么，就觉得有些委屈了。”

“委屈？”

“嗯。”顾兰的声音平淡如水，就如石子落入池中也泛不起一丝涟漪。

“我在B市读的大学，读的是历史系，主修经济史，我成绩虽然不算是顶尖，但是好歹也算是系里的翘楚。”顾兰顿了顿，“可惜大学进修时选错了学校跟错了导师，让我没有办法深入学习。那群老头子整天只知道钩心斗角，为了自己的地位忙碌奔波，根本没有花心思在学术研究上，我受不了他们，就早早离开，跑到学校做老师去了。”

白部搂着顾兰的手更紧了。

顾兰让她想起了一个人，一个记忆深处的人。

那个人跟顾兰一般大小，到今年应该也有二十二了吧。白部这样想着，哦，是的，她也是学习历史的，也在B市读书。跟顾兰一样，研究生进修期间，导师的不负责让她每天都在自己面前抱怨，抱怨老师的差劲，抱怨学校的坏，抱怨食堂的饭菜难吃，抱怨好多好多。而每到这时，白部就像这样搂着顾兰一样，紧紧地搂着她，安慰她，跟她聊有趣的事：比如今天逛街时，在路上看到哭着跟妈妈要东西的鼻涕小孩；比如天冷了，A市上空成群飞过的候鸟；比如自己写书时突发奇想的突破天际的脑洞等。聊到这时，两人都会心一笑，继而瘫倒在床上，扭打在一起，只不过这拳头，大多只是玩笑之拳，一点也不重。

而现在，却只剩她一个人。

想到这里，白部搂着顾兰越加紧了，身体忍不住轻轻颤抖。

“啧？”

前方传来罗胜疑惑的声音，关轩招手让白部三人赶紧跟上。

白部一看，原来是前面没路了，甬长的隧道到这里结束了，像是一条巨蟒，被拦腰斩断。

“这里堵住了？”许木看着前方手电筒照射下的石墙，一副不敢相信的表情，他想过很多种可能，隧道的终点可能是一处通往山外的入口，或者是一汪水潭，又或是连接着另一个更幽深的洞穴，也有可能通向一处桃花源，但万万没想到的是，隧道就这样到了尽头？

白部面无表情，头脑却飞快地转动。隧道在这儿中断，没有继续往前挖，那么之前这是通往入口的说法就不成立，这样的话……想到这里，白部突然睁大了眼，这样的话，那不就表示，他们来时的路才是真正的入口！

那么，有裂纹的石壁又是怎么一回事？白部陷入沉思。

顾兰发现前方道路中断，没有显得太过惊讶，她一脸天然呆的表情看着各自沉思的四人。

“路在这儿断了，那我们就回去吧？”

“不行！”罗胜突然开口，语气十分急躁。

“为什么？”顾兰反问。

“没有为什么，不行就是不行！”

“怎么就不行了，路都没了，为什么不回去？”顾兰被罗胜怼得发恼，语气中带着一丝咄咄逼人。

“真烦！”

“你！”顾兰气得说不出话。

“这不是墙，是扇门。”关轩半蹲在墙角，仔细地观察，蹦出一句让所有人匪夷所思的话，打断了顾兰与罗胜的争吵。

“你们看这儿，”似乎看出大家的疑惑，关轩指着墙角的缝隙，“仔细看这里。”

众人朝关轩所指的地方看去，那是隧道尽头的右下角，挡在前方的石墙与右边的洞壁相接的地方，出现了一个肉眼可见的缺口。

“这是……有人故意堵上的？”白部一惊。她看到这个缺口时，大抵就知道了这是什么——一扇被人故意封上的石门。

“应该是的，许木，你那儿有军工铲吗？”关轩点了点头，赞同白部所说的。

许木从包里拿出一把黑头木柄的小铲，递给了关轩。

关轩摆摆手，扬了扬右手不知什么时候拿出来的铲子：“你去那边相同的位置，用铲子挖一下，看是不是也有缺口？”

许木点头，白部等人站在他的身后，往后退了一步给他让出空间。

许木手握军工铲，左手扶着木柄，右手握着把手，用力地把铲头朝石壁左下角铲去。

石壁看起来十分坚硬，但其实是由许多碎石挤压在一起的，十分脆弱，许木这一铲，石壁上的碎石往下掉落，零零散散地散落了一地。许木发现这一铲有用，于是手下的力气使得更大。

一下，两下，三下，石壁左下角被许木挖出来一个长约三十厘米、宽约五厘米的缺口。

“还真有缺口。”许木感叹，“其他地方的墙壁很硬，靠近这块石头的墙壁却很容易被挖开。”

许木在挖墙角时，往别处地方也使了劲，他发现，只有靠近面前这块石壁附近的土石很松软，一挖就挖开了，而其他地方比这块地方要坚硬许多。

关轩听着许木所说的，手上的动作没有停下：“罗胜，你挖上面，注意一点，观察上面有没有落沙。”

罗生闻言瞥了关轩一眼，关轩正专注地挖着墙角。他咂咂嘴，无奈地耸耸肩，只好不情愿地拿出包里的铲子，抬起头，按关轩所说，小心地观察头上的缝隙。

顾兰有点不敢相信，震惊地看着罗胜，那个纨绔少爷，竟然会乖乖地听关轩的话?

白部的眼睛不停地在罗胜和关轩身上来回扫视，她内心也觉得十分奇怪，那个人，竟然会乖乖听关轩的话。

虽然觉得奇怪，但白部并没有一副事不关己的样子站在边上，而是拿着手电筒，为三人打光。

“顾兰，你拿着这个，也帮忙照着点。”

关轩右手奋力地拿着铲子挖着，左手朝后伸去，将手里的强光手电筒递给顾兰。

顾兰“哦”了一声，拿过手电筒，认真地帮关轩照着。

没过多久，石壁边上人为封起来的缝隙，此时已经全部显露在了众人面前。

那是一道大概宽十厘米的凹槽，挡在他们面前的石壁像是被镶嵌在凹槽中。

“现在凿这面墙，这墙是人为砌起来的，你们看，这里有石砖的纹路。”关轩指向石壁上一道小小的裂缝。

从裂缝中看去，里面有一块灰色的石块，上面带有粗糙的纹理。

“先把外面这一层凿了，我们再仔细看里面的。”关轩异常兴奋，手里拿着军工铲就在石壁上用力地剐蹭。

“如果这真的是墙，我想，里面是个墓也说不定！”关轩兴奋的声音再度传来。

众人闻言，内心一震！这又是哪一出?

唯有罗胜不在意，嘲笑道：“我说了这下面有好东西，还有人不信。”

顾兰一听便知道罗胜说的是自己，面对着他的嘲讽，顾兰怒从心起：“这算什么好东西，这是墓，墓！里面有死人的！”

罗胜冷哼一声，没有搭理顾兰。

顾兰再一次遭到无视，内心的怒火烧得更旺了，她往前跨出一步，想要与罗胜理论，却被白部拉住了。

她转头看了白部一眼，发现白部正对着她摇头。

“先让他们挖，我们照着。”

见白部都这么说了，顾兰只好收回脚步，她本来就不是冲动的人，刚刚的举动是因为被罗胜气得有点失去理智，在白部的阻止下，她渐渐恢复平静。

不能跟这种人怄气，只会累着自己，顾兰心想。

白部拦下顾兰，将目光转向关轩，眼里闪过一丝严重的怀疑。

“关轩，你怎么知道这是墓的？”白部问道。

“直觉。”

“心理医生也相信直觉？”

“心理医生当然相信直觉，更何况是自己的直觉。”

“你的直觉告诉你这是个墓？”

“是的。”

关轩用袖子抹了一把额头上的汗，兴许是太热，又或者是一直在挖，挖墙的三人，脸上不约而同地渗出了汗水。

“如果里面是墓，为什么还要进去？”白部质疑。她实在不相信这是关轩的直觉，她甚至觉得，这是关轩蓄谋已久的行动。

“你不觉得这样很刺激吗，登山遇到洞穴墓室，多棒的一场经历啊！”关轩脸上笑容更灿烂了，隐约透出一股诡异，“这肯定会让你找到新书的灵感！”

白部眉头紧蹙，她觉得自己的想法站不住脚。如果这是关轩蓄谋已久的行动，那未必太强人所难，调查出白云山有墓穴，预测到今天会下雨，设计让王腾掉入洞穴，再让罗胜借机打开隧道入口……无论哪一条，如果其中一个环节出了问题，这个计划就会被破坏，无法进行，并且突发暴雨、掉入山洞这些现象出现得太过突然，不像是人为计划的。

关轩作为一个心理医生，难道他还有另外一个身份：盗墓贼？这个想法在白部脑子出现了一秒钟，就被她抹去了，不可能不可能，这个想法太匪夷所思了。

突然，白部脑中蓦然闪过一个想法——人影，树后躲藏的人影？难道是他？不，白部在心中否定了这个想法，应该不是他，他一直跟在大家身后，而且这个人影是否真的存在还是未知，也许是自己看错了。

难道真是误打误撞就进了这隧道吗？白部百思不得其解。

没等白部想透彻，关轩的声音再度传过来：“许木、罗胜，我数三下，我们一起推，一、二、三、推！”

“哗啦”一声，挡在面前的石壁轰然倒塌，碎成一块块瓦砖，散落在地上。

“哇哦……这还真的是墙。”许木十分惊讶，嘴巴张得老大，吃惊地看着地上的瓦砖。

“我猜得没错，是新砌没多久的，还不是很结实，而且没有用上水泥这类的东西固定。”关轩撑着下巴，嘴角依旧翘着。

“走吧，我们进去看看，说不定会看到好东西。”说到“好东西”三个字时，关轩的嘴角翘得更高，咧成一个难以言喻的弧度，在白部看来，诡异极了。

"疯了疯了，我才不要跟你们进去，我们是来探险的又不是来盗墓的！"顾兰突然大声叫道，她拼命地摇着头，脸上厌恶之色尽显。

"白姐，我们走，让他们自己疯去。"说着，顾兰拉着白郤的手就往回走，后者稳如泰山，顾兰用力过猛，差点摔了一个趔趄。

"白姐，你？"顾兰疑惑地看着白郤，刚刚她想拉走白郤时，发现白郤站在原地暗自发力丝毫没有要走的意思，两力相碰，结果她没保持好平衡，险些摔倒。

白郤一脸歉意："小兰，我……我其实挺想进去看看的……"她想要跟着进去看看，到底关轩他们葫芦里卖的是什么药。如果她和顾兰这样离开，许木要是出了什么事那就糟糕了。

顾兰脸色十分为难，她从小便讨厌与死亡有关的东西，因此长大后所学的历史学也只是与经济有关的经济史，并不是与古人有关的考古学，但学历史的难免会有几门课程，会接触到以前古人的遗物或者陪葬的礼器。每当上这种课的时候，她都无比煎熬，盼望着早点下课。

但眼下，白郤想要跟进去查看，自己胆小又不敢一个人回去，总不能让白郤不去看而陪自己回去吧，顾兰立刻在心里否决了这个想法。

白郤拉过顾兰，看她一脸烦忧，便轻轻地揉着她的手，安慰道："小兰，你跟我一起进去吧，你就跟在我身后，里面是不是墓还不一定呢。如果是墓，我就跟你一起回去好不好？"

顾兰如获大赦，高兴极了，脸上的阴霾一扫而光，心里的担忧消散了许多。只要有人陪自己一起回去就好，顾兰心里想着。

跨过碎砖，白郤瞥了一眼，发现原本堵在面前的石壁，是由石砖与红土堆砌而成，现在碎了一地。

往里走了一小段路，隧道中参差不齐的墙壁消失不见，取而代之的是甬道整齐的石砖墙，垒砌在两边。

石砖墙呈青灰色，散发着古朴的气息，甬道上方呈半圆形，也由青砖砌成。也许是年代久远，有些青砖间长出青苔，为这突然出现的甬道，更添一份神秘。

许木走在甬道中，好奇地用手指在墙上轻敲，发出沉闷的声音，这是实心砖。

“这里，难道真的是墓穴？”

白部看到甬道的一瞬间，心里也觉得这里极有可能是墓穴，看着长满青苔的墙壁，内心的猜想落实了几分。

顾兰又惊又怕，好在白部在身旁不停地抚摸着她的手，让她焦躁的内心平静一些。

关轩脸上依旧挂着笑容，只不过，脸上兴奋之色太过，遮盖了笑容，外人看去，就像是饥饿的野狼瞧见了羊群才会出现的神态。

“你们有什么好怕的，这是一条甬道，喊，胆小得跟什么一样。”罗胜嘲讽着，自己大大咧咧地往前走，之前出于兴趣看的几本有关盗墓的小说，这时派上了用场。

甬道无机关，开启墓室门时或者待在墓室中时才会有概率触发，这是他在书里看到的一段，因此，他看到众人如此小心翼翼的样子，心中颇为不屑。

“这里应该只是墓道，再往前走一点，应该就可以看到墓门了。”关轩难以掩饰内心的兴奋。

果然，向前走了二十多米，转过一个拐角，出现了一扇青石门。青石门古朴简单，上面没有任何雕刻，就像一块浑然大成的美玉一样。此时，青石门半掩着，似乎欢迎白部等人的到来。

“门！”顾兰环惊恐地叫着。

“安静点，别大呼小叫，不就一扇门嘛。”罗胜做了一个噤声的手势，示意顾兰安静点。

不知是出于害怕还是其他原因，顾兰听话地没有发出声音。

“这扇门好像被人打开了。”许木慢悠悠地说。

大哥！这门一看明显就是打开的好吗！

关轩走上前，用手电筒往门口一照，地上铺着一层厚厚的灰，他一脚轻轻地踩上去，留下一个脚印。

“应该是很久之前就被打开了，门口才会这么干净，没有脚印。”

“走，我们先进去看看。”关轩上下完整地照了一遍石门，发现没有异常。

听说还要进去看，顾兰觉得自己有些腿软，若不是白部在一边扶着，她恐怕就要唰地坐在了地上。

白部安慰着顾兰，不断重复着“里面并不会有什么的”这句话。

罗胜将手电筒照向石门内，里面黑乎乎的，手电筒的光照进去，就像被黑暗吞噬一样，看不清里面的情况。

“这里面好像很大。”罗胜往地上啐了一口口水，“不管了，先进去看看。”说着，他不管关轩的阻拦，一只脚踏了进去。

脚落地后，一切安然无恙，只是罗胜的脚步有些沉重，激起地上的厚厚灰尘，飘散到了空中。

白部挥手扫开眼前的灰尘，皱着眉头看向罗胜。

顾兰也挥着手，扫除眼前的灰尘。

“罗胜你这家伙！”顾兰愤怒地低声吼。

“你们没事吧？”许木朝她们看来，帮忙挥手扫去灰尘。

两人摇头，表示没事。

许木看向石门内，面带淡淡的忧虑：“里面好像很宽敞，手电筒照进去都看不清里面有什么，等下你们先进去，我跟在你们后面。”

白部点头答应，并将手中的手电筒还给许木：“你拿着，你比较需要这个。”

“不行，那你呢？”

“我有这个。”

白部抿着嘴，扬了扬手中的登山手机。

自带闪光灯的三防手机，果然是登山必备。

罗胜走在队伍前头，关轩紧随其后。

两人拿着手电筒在墓室中胡乱地照着，似乎是想发现什么。

石门后是一个宽敞的房间，大概一百平方米，里面空荡荡的，什么都没有，只有四根石柱分散地伫立在四角，石柱一人多粗。

四下观察了一圈，在房间的正前方发现了一扇门，许木则在房间的左边和右边都发现了门，只不过都小于正前方的门。

“看来这的确是个墓，而且有可能是个空墓。”关轩四下逛了一圈，发现除了门和柱子，就没有其他的东西，他感到有些失望。

“你怎么这么清楚？”白部面无表情。她内心已经充满了疑问，为什么关轩这么清楚墓穴的构造？难道他另一个身份真的是盗墓贼？那可是小说里才出现的人呀。

似乎看出了白部所想，关轩头也没回，在琢磨着如何打开面前的三扇石门。

“我上大学那会儿痴迷过一段时间古墓，买书自学过，所以对这种简单的知识还是知道的，我知道你在想什么，你放心好了，我不是盗墓的。”

被看穿心思的白部，脸上微微泛起红晕。

“没想到，你还会这个？”许木不知什么时候来到了关轩身边，佩服地看着他。

关轩笑着，没有接许木的话。许木不想自讨没趣，没有继续说下去。

“你们看这柱子，上面好像有东西！”顾兰压低颤抖的声音，对着众人轻声喊着。

众人闻声朝顾兰看去，发现顾兰正抬着头看着房间东北角的那根柱子。

白郃站在顾兰身边几步远的距离，顺着顾兰的目光抬头看去，这一看，把她也惊出一身冷汗。

东北角的柱子是方形柱，由青砖砌成，其他三根柱子跟它一模一样，柱子光滑笔直，没有任何的花纹雕刻。

在柱子的最上端，靠近房顶的地方，有一个黑色影子盘踞着，从轮廓看上去，像是一个椭圆形的物体，此刻，黑影像是活的一样，正轻微摇动着，似乎是在摇头。

第六章
黑色影子盘踞

XIANYIRENDE
YOUXI

她内心深锁着的那无人知晓的秘密，无声打开。

顾兰被吓得不敢出声，呆呆地看着黑影，一动也不敢动。

白部脸上不再是平静如水面一样的表情，她瞳孔微缩，怔怔地盯着黑影，额头渗出一滴冷汗，冷汗缓缓滑过脸颊，从下巴落下，砸在地上。

“嘘！”许木做了一个噤声的动作，他似乎也被这个黑影吓到了。

关轩站在门边，看不清方柱上到底有什么东西，便朝他们喊：“柱子上有什么？”

许木大惊，连忙挥手让关轩不要说话。他猜想，这方柱上的东西，有可能就是传说中的魑魅魍魉、山精野怪，从小接受无神论教育的他，活了这么多年，想到这是第一次见到这种“东西”，心里更多的不知道是害怕还是惊讶。

关轩当然不知道许木的意思，在他看来，许木正拿着手电筒对着他挥舞来挥舞去，像是在跳大神一样，也不回答他的问题。

“许木，你怎么了？说话啊！”关轩再次开口，害怕许木没听清，加大了音量。

“我去！什么毛病！”许木在心里暗骂关轩，他瞥了一眼白郜和顾兰，发现两人依旧呆呆地盯着黑影看。怎么回事，她俩还没看够吗？这有什么好看的，一个会动的圆球出现在这里，不管怎么想都很诡异。

眼下来不及去管她俩，许木现在一心只想阻止关轩大声说话。

关轩缓缓朝许木走来，走得近了，关轩看清了许木的动作，他在努力地挥着手，好像是在阻止自己靠近？

关轩停下脚步，站在离许木五米外的地方。

许木见关轩不再过来，心里松了一口气，正当他想要示意关轩朝柱子上看的时候，关轩手中的手电筒发生了变化。

原本照向地面的手电筒缓缓向上移动，扫过地面，扫过石柱，看目的是想照清柱子上的物体。

许木心里大惊，虽然不知道上面是什么东西，但是不能让它见光，这一点他还是知道的，毕竟没吃过猪肉还没见过猪跑吗？

他向关轩大步跑去，离得只有两米时，他纵身一跳，将关轩扑倒在地。

关轩被撞得生疼，发出一声呻吟。许木压在他的身上，此时来不及说明，只好急促地说：“柱子上有鬼，不要去照它。”

关轩一脸呆滞：“鬼？”

鬼是不存在的，这事关轩从小就这样认为，这时从许木嘴里听到这个，一时间竟然觉得有些好笑。

不过关轩没有笑出声来，因为他也看到了那个悬挂在柱子顶端，一晃一晃的黑影。

许木感受到关轩倒吸了一口气，于是站起身，拉起关轩，拍了拍身上的灰尘，小声地说："看到了吧，那个东西有点诡异。"

关轩情不自禁地点头。

正当许木想要提醒罗胜不要乱照乱跑的时候，"唰"的一声，罗胜的手电筒已经朝石柱顶照去。

映入眼帘的并没有传说中的恐怖的鬼怪，而是出现了一个用竹条编制而成的竹篓，不知道被谁挂在了石柱的最上方，此时正一摆一摆地撞击着石柱，虽不算恐怖，但也十分吓人。

"扑通"一声，顾兰瘫倒在地，她被这黑影吓得不轻。白部见状，步履蹒跚地走过去扶起她。

"这……这是什么？鬼怪呢？"许木看到挂在石柱上的竹篓，先是一愣，重重地舒了一口气，然后惊疑地看着竹篓。

关轩脸上的表情变化也跟许木差不多，最后，他把目光停在许木身上，一副"原来这就是你刚刚推倒我的原因"的表情。

许木察觉到关轩的目光，不好意思地笑着摸了摸头，一脸委屈的样子，就差把抱歉两个字写在脸上了。

罗胜歪着嘴，脸上嘲笑的表情尽显无遗，讥讽道："啧，一个竹篓就把你们吓成这样？"

众人刚从惊吓中回过神来，没有心情理会罗胜的话。

见众人都不说话，罗胜扬扬得意，又添了一句："真是乌龟看青天——缩头缩脑。"

许木听了这句话，心里有点生气，为了转移注意力，他看了一眼顾兰和白部。顾兰没有力气站直，白部正费力地扶着她，两人此时已经没有力气去反驳罗胜。

许木正想开口呵斥罗胜，一阵刺耳的声音突然回荡在房间里。

“嘶嘶……嘶嘶……”

“什么声音？”罗胜叫道。

由于房间密闭，嘶嘶声在墓室中异常恐怖，一股寒意升起。

“等等，这个声音。”关轩仔细地听着，试图找寻声音的来源。

众人感到一阵莫名的恐惧，嘶嘶声就像从耳边传来，离得非常近，但转过头，身后却是空荡荡的，让人捉摸不透。

“嘶嘶……嘶嘶……”

“嘶嘶……嘶嘶……”

房间里，又响起几道嘶嘶声，与第一道声音相比，这几道声音有的高，有的低，有的断断续续，声音持续不断，听起来诡异极了。

嘶嘶声此起彼伏，没有一丝停下来的意思。关轩皱着眉，始终找不到声音是从哪里传出来的。

顾兰站得有点累了，一只手撑着腰，另一只手拉着白部，示意她靠着柱子休息。白部刚刚也被吓得够呛，此时被顾兰一拉，也没再坚持站着。

虽然四周依然存在嘶嘶的声音，却看不见有什么危险，似乎只是声音诡异了一些。

想到这里，白部稍微安心地靠着石柱休息，下了洞穴后，不知在隧道中走了多久，一直没有休息过，也许时间不是很长，但是在黑暗的环境中待得久了，难免会心生抑郁，使人疲惫。此时能够坐下来休息一会儿自然是很好的，虽然这嘶嘶声有些诡异，但听得久了，却让人感到有些发困。

用来安眠的话，想来会有很好的作用吧？白部内心突然冒出一个这样的想法，随即白部摇头自嘲，看来是在黑暗中待得太久，想法都有些不正常了。

靠着石柱休息，白部放空大脑，不再去思考任何事情，她扫了一眼墓室，关轩在墓室里来回走动，似乎在寻找嘶嘶声的来源。许木和罗胜也没有闲着，他俩正分别在另两扇石门门口仔细观察，好像在探索打开石门的办法。

白部看见大家都各忙各的，没有什么需要帮忙，便闭上了眼睛，右手握着顾兰的手。顾兰此时脑袋正枕着白部的肩膀，白部顺势靠着顾兰的头，乍看之下，像是一对关系亲昵的情侣正相互依偎在一起。

“这嘶嘶的声音有点熟悉，好像在哪里听过？咦，这声音怎么越来越清晰了？”

白部皱了皱眉头，不满突然变得清晰的嘶嘶声，心想，这嘶嘶声怎么会突然变得这么清楚了？好像就在耳朵边上叫唤一样。

耳边……头顶……等等！白部突然睁开了眼睛，像是明白了什么，竹篓！头顶的竹篓！白部在内心咆哮着，蛇！嘶嘶声是蛇的声音，就在柱子上的竹篓里！不止一条！

白部脑子乱得像一团麻，但是很快，她便理清了思绪。嘶嘶声是蛇的声音，不出意外，蛇就在柱子上的竹篓里，而且还不止一条！

得赶快离开柱子！白部心里立马想到这一点。

“小兰，快离开这里，动作轻点！”

顾兰还没反应过来，就已经被白部急匆匆地拉起身。

“白姐……怎么……”没等顾兰说完，白部打断了她。

“安静点，我们先离开柱子。”白部做出一个噤声的动作。

尽管不是很明白白部要做什么，顾兰依旧乖乖地听话了。

白部刚走出没几步，耳边的嘶嘶声更加清晰，频率也变得快了，她暗自叫道不好，只好减缓脚下的步伐，尽量不发出声音。

“白姐？”顾兰见白部脸上出现了无比沉重的表情，心中疑惑，试探性地问。

“嘘！”白部再次做了一个噤声的动作。她没有直接回答顾兰，注意力更多地放在了柱子上悬挂的竹篓上。

“跟着我走，动作轻点。”白部小声地说，语气不容置疑。

顾兰虽然疑惑，但也没有多问。

两人慢慢地向许木的方向走去。

“许木。”白部轻声叫着，生怕惊动头上的蛇。

许木正在右边石门附近观察着，石门紧闭，向左向右都推不动，像是浇筑在了墙壁内，不让外人进入。他正愁着怎么才可以打开这扇门，耳边传来了白部气若游丝的呼吸，夹杂在嘶嘶声中，不仔细听很难分辨得出。

许木转过头，看到动作奇怪、速度缓慢朝他走来的两人，他正要开口，发现白部的手指向石柱。

洞内昏暗，难以看清白部脸上的表情，许木以为白部想说石柱上有什么发现，想都没想就把手电筒照向石柱顶端。

白部本想阻止许木说话，才伸手示意石柱有异，没想到许木竟然一根筋直接用手电筒去照。情急之下，白部大喊：“竹篓里好像有蛇，别照！”

可惜已经晚了。

手电筒的光直直地照向了竹篓，竹篓没什么异样，四周还是响着嘶嘶的声音。

关轩和罗胜也看向竹篓，被白部的话所吸引的他们正朝许木这个方向走来。

竹篓被手电筒照射着，没有异样，白部正要松一口气，看来自己的猜想是错误的。

幸福是短暂的，白部还没吐完一口气，下一秒，异象突生！

房间内嘶嘶声骤然加剧，频率加快，头上还传来了竹篓迅速转动的声音。

“啪！”

一瞬间，三个手电筒照向方柱上的竹篓，竹篓迅速地抖动着，持续十多秒后，戛然而止。

耳边的嘶嘶声不绝于耳，众人面面相觑。

这是怎么回事？众人内心产生了一万个问号。

“蛇！”顾兰突然叫着。

循声看去，竹篓背后不知什么时候出现了一个灰棕色的三角扁平蛇头，头的前端有一处尖状凸起，凌厉的蛇眼直勾勾地盯着柱子下方的众人，血红色的信子灵活地抖动着，不时地发出嘶嘶声，似乎在寻找猎物的气味。

“这是尖嘴吻腹！”关轩沉声说道。

“啊？”许木一脸迷惘地看着他。

“就是五步蛇！”白部解释。

“先别说话，大家慢慢往后退，往我这里走来。”关轩看了四周一圈，来到房间的东北角，对着众人挥手。他刚刚在寻找声音的时候，将这个墓室整体观察了一遍，他现在所在的角落，是墓室里离四根石柱最远的地方。

嘶嘶声不止一处，代表蛇不止一条。在这个地方遇上蛇，跑到出口时间已经不够了，这里离石柱最远，还有一个凹进去的槽，躲在这里，后面是墙壁，只要守好前面，趁机杀死蛇就有可能跑出去，只是，这个概率有多大？

关轩头上滑下一滴汗珠，这个概率，他也不敢去想。

顾兰的腿已经软了，走路时踉踉跄跄，好几次要摔倒，多亏了白部扶着。竹篓上的蛇冷冷地看着他们，一动不动，若不是蛇信子还在剧烈地晃动，白部恐怕会把这蛇看作一条假蛇。

五人聚在一起，许木、关轩和罗胜把白部、顾兰护在身后，关轩和罗胜一只手拿着一把军工铲，另一只手拿着手电筒，照着五步蛇。

许木夸张地把手电筒尾部用牙齿咬住，左手把背包移到身前当作盾牌，右手上青筋突起紧紧地拿着铲子。由于要让手电筒照着蛇，他只好使劲抬起头，让手电筒对准目标，他这样子就像乌龟一样，头伸得老高，颇为滑稽。

顾兰靠在角落的墙上，眼神里透着恐惧。她本就害怕坟墓这些东西，这时墓室里还出现了活蛇，前所未见，让她更为恐惧，她紧紧地握着白部的手，当作一根救命稻草。

白部全神贯注地看着四周，她也想到，这里肯定不止一条蛇，否则其他的嘶嘶声是从哪里传来的？她生怕不知道什么时候从哪里就会蹿出来一条蛇偷袭他们，只能拿着开着闪光灯的手机来回地在地上扫来扫去，一时没来得及去安慰顾兰。

方柱上的五步蛇只是直勾勾地盯着他们，并没有任何袭击动作，一蛇与五人就这么对峙着。

“它怎么不动？”罗胜盯着蛇，神情严肃，他的额头也由于紧张渗出了汗水，蛇他吃过，可这毒蛇他是真的没遇到过。

关轩不敢摇头，只敢轻微动动嘴巴：“不知道，这是蛇，我也看不懂它在想什么。”

“它会不会是在考虑先咬谁？”许木没来由地插了一句嘴。

“……”

其他人没搭理他，许木自知失言，也闭上了嘴。

白部仔细地观察地面，脑中迅速地搜寻以前看过的有关于蛇的书。

“我猜想……”

“什么？”许木轻哼一声。

“蛇是夜行动物，喜欢黑暗，它不动的原因……是不是因为它在黑暗中待的时间太久，眼睛已经不习惯光照，我们突然拿着强光手电筒照它，让它有点不适应？”

有可能！

白部言之有理，三人当下敲定，那他们就这样继续照着它，慢慢离开这里。

“阿部你说得对，我们就这样照着它，你扶着顾兰先出去。”许木点点头，心想着先让白部离开这鬼地方，由他们断后。

“别，你们照着，我先走。”

话音未落，照着蛇的光束消失了一束，罗胜举着手电筒，先跑了出去！

“罗胜别跑，其他地方还有蛇！”关轩也是一惊。这罗胜也太胆小怕事了吧，一点也不符合他之前所作所为的风格，虽然惊讶，但关轩还是出于好心提醒了一下。

“什么？还有蛇？”罗胜的声音传来，带着一丝惊慌，“哪里还有蛇？”

众人不说话，心想着让你自个儿先跑，害怕了吧。

“石柱上都有。”白部冷冰冰地回答。她想，若是罗胜被咬死，那正好达成了自己的心愿，虽然这难以发泄她的心头之恨，但如果让他在清醒的时候，能够享受一下濒临死亡的绝望，这样也许能够慰藉在天之灵的白月。

白部的身体开始颤抖，怨恨地盯着罗胜的背影，她内心深锁着的那无人知晓的秘密，无声打开。

白部的亲妹妹白月，是被罗胜害死的！

第七章

回忆里的灰烬

XIANYIRENDE
YOUXI

白月，我的妹妹，我不会让你带着伤痛离开的。

白月，白部的妹妹，小白部四岁。

两姐妹小时候，父母因一场事故双双离世，两人举目无亲，只有一个舅舅——杨子介。

杨子介年轻时还在部队，白部父母死亡的消息并没有传到杨子介耳朵里。举目无亲的两人只好相依为命，后来杨子介知晓白家发生的事，毅然从部队退下，亲自照顾两个小孩，这一照顾就是十五年。

从小父母双亡的她们，感情比一般的姐妹还要深，要知道，这个世界上她俩是最亲的血缘关系了。因此，白部从小就十分疼爱白月，白月也十分听从姐姐的话，更佩服姐姐。

姐姐说往东，那必然往东就是对的；姐姐说糖吃多了对牙齿不好，那就不吃糖；姐姐说花裙子没有白裙子好看，那就不穿花裙子；姐姐说……姐姐说……白部说了很多，白月也听了很多。

白部还记得，得知父母出事死亡那一天的情景。

当时，天下着蒙蒙小雨，空气十分压抑。

年仅九岁的她，正在家中玩洋娃娃。洋娃娃已经旧了，她心想，等爸妈回来，就撒娇让爸妈给自己换个新的娃娃。

白月在一旁看着电视里的动画片。白部不喜欢看动画片，若是不玩娃娃，她更喜欢看书。

“月月，动画片少看点，这些都太幼稚了！”小小年纪的白部，说话竟然像个小大人。

白月从床上爬起来，露出缺了两颗门牙的牙齿，软软地笑着说：“我知道啦，姐姐，看完这一集我就陪你玩娃娃。”

“不要你玩娃娃，看完这一集去看书。”白部正给手里的娃娃梳头，听白月这么说，内心觉得好笑，但还是装成生气的样子说。

白月一脸难过的表情，肉嘟嘟的脸上，嘴角正委屈地耷拉着：“可是姐姐，我不认识字呀！”

“啊，对了。”白部拍了拍自己的脑门，“那看完这一集，姐姐给月月讲故事好不好？”

“好呀好呀，听故事咯，听姐姐讲故事咯……”白月高兴得在床上打起了滚。从小她就喜欢听姐姐讲故事，同一个故事能够听上好几遍。

“丁零零，丁零零……”楼下的电话响了。

白部一路小跑来到楼下，接起电话：“喂！你好。”

“……”电话那头没有声音。

白部纳闷，本想挂了，但出于礼貌只好又问了一遍：“你好，这里是白麒瑞家，请问你找谁？”

“你好……”一个中年男子的声音响起。

“你好，请问你找谁？”白部细小的眉毛轻轻一皱，因为这个声音太难听了，低沉嘶哑，就跟唐老鸭一样。

“你好小妹妹，我是A市萧阳区公安局的警察，我姓辛，叫辛国党。”

白部“咦”了一声，警察？警察叔叔来找我干吗？

“是警察叔叔啊，你的编号是多少，公安局在哪儿，你的上司是谁？”

辛国党被小白部一连串的问题问得应接不暇，心里不由得好笑，好家伙，这小孩子警惕心这么强。他只好老老实实地把所有的问题都回答了一遍。

白部见辛国党对答如流，而且不假思索，便相信了他是警察。

“警察叔叔，有什么事吗？”

“小妹妹，你家里就你一个人在吗？”辛国党有点支支吾吾，他有一个坏消息要告诉白麒瑞的家人，但这个消息不宜让小孩子知道。

“嗯……”白部有点担心，不知道要不要告诉辛国党家里只有自己和妹妹，思索一会儿，她决定还是告诉辛国党，因为他是警察嘛。

“没有，家里就我和妹妹。”

“你爸妈的亲戚呢？爷爷奶奶、外公外婆呢？”

“没见过他们，听爸妈说好像都已经去世了。”

对于这样的回答辛国党并不意外，但仍是觉得震撼，他打电话之前已经查询过白麒瑞的家庭关系了，亲戚甚少，只有白麒瑞的妻子杨小蕊有一个弟弟，叫杨子介，目前正在E市的部队营里。

辛国党内心十分纠结，面对电话另一头的白部，他怎么都开不了口，当着小孩的面告诉她父母去世，是一件多么残酷的事。

“叔叔，你怎么了？”白部见辛国党久久不说话，心中起了疑问。

“姐姐，姐姐，是爸爸的电话吗？”楼上，白月糯糯的声音传来，想必是一个人看电视看得寂寞了。

“不是，月月你先看电视，姐姐打完电话再陪你玩。”

“哦，好的！”

辛国党从电话中听到白月的声音，心想还是两个孩子，不禁同情起白部、白月。

“小妹妹，你叫白部是吧？”

“咦，你怎么知道？”

“叔叔是警察，当然都知道，不过现在叔叔要告诉你一件事，一件很坏很坏的事！”辛国党语气凝重，他决定还是要告诉孩子真相。

“很坏很坏的事？”白部摸不着头脑，十分疑惑。

“是的，你听叔叔说……”辛国党顿了顿，纠结到底讲还是不讲。

“好的，我听着。”白部听出了辛国党语气中的凝重，不再漫不经心。

“白部，你爸妈，白麒瑞和杨小蕊，今早出门跟你说的最后一句话是什么？”

“爸爸说让我们乖乖的，他们很快就回来，妈妈让我们记得吃饭。”白部脱口而出。

“你爸妈很疼你们的，从B市忙完就提前回来了，将车开得很快，但是，你爸妈在高速上因为超速，转弯时来不及刹车，跟护栏相撞，飞出了高速公路……”辛国党又顿了顿，随后缓慢地说，“他们……当场死亡了！”

“啊？”白部像是没听懂，嘴巴张着，只迸出一个字。

辛国党可以想象这个消息给孩子带来的巨大震撼，一时间不知道该如何劝慰这个可怜的孩子，这时候任何语言都显得无比苍白无力。

许久，听筒里传来孩子颤抖的声音：“叔叔，死了……就是说再也回不来了吗？”

“……是的。”

“哐当！”

耳边传来电话摔在地上的声音，辛国党心中一震：“小妹妹！白部！”

白部手还举着，电话却掉在了地上，听筒里面沙沙的，还传来辛国党的声音。她脑袋里一片空白，颤抖着蹲在地上，使劲抱紧自己。

假的，都是假的！爸爸妈妈不会骗我的，说早点回来就会早点回来的。刚刚那个是假警察，他是个骗子。是的，他一定是个骗子，我竟然还跟骗子聊了这么久，等爸爸妈妈回来我一定要跟他们说这件事……

想到这里，白部像是得到了安慰一般放松下来。

“姐姐，姐姐，”楼上，白月软软的声音又响了起来，“姐姐，是爸爸的电话吗？”

“不是。”

“那是妈妈的电话吗？”

“也不是。”

“那是谁的电话呀？”

“是一个骗子的电话。”

“骗子啊，那姐姐没跟他说什么吧？爸爸说骗子都是坏人！”

“当然没有，月月，姐姐给你念故事吧。”白部站起身朝二楼走去。

“好呀，好呀，月月最喜欢听姐姐讲故事了。”

掉在地上的电话，白部并没有将它捡起来，里面传来“嘟嘟嘟嘟”的声音，辛国党早已挂掉了电话，正派人往这边赶来。

念了好几段故事，白月才心满意足地睡过去，白部站起身，伸了一个懒腰，看了一眼挂在墙上的钟。

爸爸妈妈是时候回来了。她心想着。

“叮咚……叮咚……”楼下的门铃声传来。

“爸爸！妈妈！”白部高兴极了，爸爸妈妈果然回来了，中午那个臭骗子，还好自己聪明没有听他的话。

但是爸爸妈妈不是有钥匙吗？带着疑惑的白部下了楼，在门前停了下来，他们不用按门铃的呀，为什么不直接开门进来？

白部搬过一张凳子，踩在凳子上，从猫眼往外看。

外面有四个人，其中三人都穿着警服，还有个身穿着黑色长袖的老人。白部认识那个老人，是隔壁的吴奶奶，与她家关系很好，经常会送些吃的东西给她们姐妹。

既然有吴奶奶在，那应该就不是坏人了。想着，白部打开了门。

“吴奶奶。”打开了门，白部先向吴奶奶打了招呼。

“哎，是小部啊。”吴奶奶笑着回应，不过笑容中掩藏着一丝悲哀与同情。

“唉，命苦的孩子哟！”吴奶奶喃喃。

“吴奶奶，他们是谁呀？”白部好奇地看着穿着警服的三人，虽然心中猜了个大概，但还是忍不住想问。

“小部，这是公安局的警察，来你家跟你说点事呢。你不要怕，奶奶在这儿呢。”吴奶奶牵着白部的手，来到客厅坐下，并招呼三个警察也坐下来。

“月月呢？”吴奶奶问。

“月月在楼上睡着了。”白部安静地坐在吴奶奶腿上。

“睡着了啊，那就好，她还太小，别让她知道吧。”

“啊？”白部抬头，黝黑明亮的眼睛看着吴奶奶，让人忍不住疼爱。

“没事，小部，你还是听这三个警察叔叔说吧。”

“白部小妹妹，我就是之前打电话给你的辛警官。”坐在中间的辛国党挥了挥手。

“你就是那个骗子啊！”白部不客气地瞥了辛国党一眼。

“骗子？”辛国党疑惑不解。

“你骗我说我爸爸妈妈不回来了！吴奶奶，就是这个人，中午打电话骗我说我爸爸妈妈……吴奶奶？”白部抬着头想要跟吴奶奶告状，却发现，吴奶奶眼中含泪默不作声。

“小部啊，他们……没有骗你。”半晌，吴奶奶终于说话了，带着哭腔抚摸白部的头。

“不，吴奶奶你骗人！”白部拼命地摇着头，眼中充满了泪水，她努力睁大眼睛，不让眼泪落下来。

“我不信，爸爸妈妈不会骗我的，他们会回来的！我不听，你们都是个骗子！呜呜……你们都是骗子！骗子！呜呜……”白部还想反驳，但看着吴奶奶笃定的目光，与辛国党三人脸上沉重的表情，小小年纪的白部终于撑不住，哭了出来。

吴奶奶心疼地抚摸着白部的头，把白部抱得更紧了，任由白部的泪水沾湿衣襟。可怜的孩子，哭吧，哭出来更舒服些。

不知过了多久，白部哭累了，躺在吴奶奶怀中睡着了。

吴奶奶抱着白部，走上了楼。

辛国党三人已早早离去。白家举目无亲，没什么亲戚，只与作为邻居的吴奶奶关系颇好，于是他们就将那个消息告诉了吴奶奶，让她来安慰两个孩子。

吴奶奶与白家交往颇多，因家中只有她一个人，于是白麒瑞经常邀请她一起吃饭，久而久之，她俨然算是白部、白月的奶奶了。

吴奶奶熟练地打开卧室门，把白部轻轻放在睡熟的白月身边，心疼地整理一下白部哭乱的发丝，便带上门出去了。

白部在睡梦中，似乎梦到了什么甜蜜的场景，嘴角不禁翘起，说着梦话："爸爸！妈妈！"

出殡的日子到了，白部穿着一身白裙，牵着同样穿白裙的白月，她们站在白麒瑞和杨小蕊的遗像边，等待着在场的白麒瑞与杨小蕊的同事好友，上来鞠躬献花。

遗像正前方摆放着一个方形的棺椁，里面白布为底，周围铺着鲜花，白麒瑞和杨小蕊穿着黑色的礼服，安详地躺在那儿。

白部与白月已经站了很久，小孩子的腿不一会儿就酸了，白月摇着白部的手臂，撒娇地说："姐姐，我好累啊，脚好痛啊，我快要站不住了。"

白部何尝不是，她也站了很久，只感觉腿像是麻木了一般，她当然知道妹妹白月也遭受着这些折磨，她很想让妹妹去休息，但是她不能。

作为女儿的两人，在父母的葬礼上如果显示出懦弱，这会让别人看不起的，于是，白部看向矮她一个头的白月，轻轻揉着白月的脸，强颜欢笑地安慰道："月月乖，月月跟姐姐再站一会儿，等结束了姐姐就给月月买糖吃好不好？"

"那还要多久啊？"白月睁着大眼睛问道。

"一会儿就好啦，很快的呢，月月听话。"

"我听姐姐的话。"白月眼睛弯成一道月牙，笑着看向白部。

白部心想，年纪小真是好，白月什么都不懂，自然就不会有什么悲怒的情绪。

站了一会儿，白部看着场内的人渐渐变少，心里也松了一口气。她害怕再站下去，妹妹恐怕要撑不住了，虽然自己也是一样。

她看向白月，发现白月此时正盯着摆放父母遗体的棺椁怔怔出神，她心中一紧，差点忍不住哭出声来。

“姐姐。”白月突然开口，语气中没有了平常的软糯，取而代之的是无比平静。

“怎么了？”

“姐姐，爸爸妈妈为什么躺在那里呀？”

白部一时哑然，虽然她设想过如果白月问起这件事，她就用许许多多的借口搪塞过去，但是，当白月真的问起，她却不知道说什么。

“月月乖，爸爸妈妈只是在那里睡觉……”白部最终决定用电视剧里老套的说法来安慰白月。

“睡觉？”

“是的呀，爸爸妈妈累了，要睡好久好久。”

“那他们为什么不脱衣服睡觉啊？”

“爸爸妈妈怕冷，这边没有暖气，不穿衣服会感冒的。”

“姐姐，爸爸妈妈是不是死了呀？”

“啊？”白部大惊，年纪不过五岁的白月是如何知道死这个字的？

“我听别人说，爸爸妈妈死了，要去很远的地方，不回来了，不要我和姐姐了。”

白部抓着白月的手更紧了，她转身抱着白月，眼泪止不住地往外流，滑过脸颊，滴落在衣服上，滴在白月的额头上。

白月一声不吭，并没有哭，只由姐姐白部这样紧紧地抱着，不哭不闹。

“月月，爸爸妈妈没有不要我们，他们……他们在天上看着我们，保护着我们呢。他们变成了星星，变成了月亮，变成了太阳，变成了白云，他们并没有不要我们。”白部想起电视剧里都是这么说的，一时情急，便拿过来用了。

“我听姐姐的，姐姐你别哭了。”白月小小的手轻轻替白部擦拭满脸的泪珠，乖巧地回答。

“月月乖，以后姐姐会照顾你的。”

白月没有回答，默默地伸出双手，紧紧抱住了白部，这一瞬间，她似乎长大了很多。

白部憎恨地望着数十步外，正满脸惊恐地看向四周的罗胜，思绪万千，再次陷入深深的回忆。

父母去世十四年后，白部刚满二十三岁，刚从大学毕业没多久的她，带着一股年轻人才有的满腔热血，全身心地投入到写作中去，这一年，她写出了她的第一本推理小说《消失的左手》。

十九岁的白月此时正在B市读大学，她生性活泼好动、思维活跃，属于那种静不下心来的小姑娘。但是她所热爱沉迷的专业却是枯燥乏味的，她正在B市大学学习历史。

一日周末，天空死气沉沉，乌云好似做了约定一般集聚在这儿，一场暴雨蓄势待发。

B市离A市很近，驾车不过一个小时，每到周末，白部都会驱车前往B市，亲自接白月回来。

还未服完兵役就提前从部队退下来的舅舅杨子介，对她这种母鸡般的行为很排斥，每次都语重心长地对白部说：“小月已经长大，不再是小孩子了。”

白部通常默不作声以微笑回应，杨子介一看白部这种表情，心中就明了大半。

在白部的记忆中，第一次见到舅舅是在父母葬礼后的一个月。那时候，杨子介风尘仆仆地从E市赶回来，见到白部的第一眼，就将白部紧紧抱在怀中，疼惜地说："乖孩子，不要怕，舅舅在这儿呢。"

后来的许多年，杨子介都用实际行动证明了他对这两个孩子的爱。这么多年，他也始终没有婚配，白家两姐妹是他在这世上唯一有血缘关系的亲人了。

从B市回来，白部开着车，白月坐在副驾驶座上，车子在B市通往A市的高速公路上疾驰着。这段时间并不是车辆出行的高峰期，因此，高速路上车辆稀少，白部可以肆无忌惮地在路上飙车。

"姐，你开得太快了，慢点……"白月伸手从怀里的包装袋里掏薯片，大剌剌地往嘴里塞。

"是不是碍着你吃东西了呀？"白部松了松脚下的油门，汽车行驶的速度立马降了下来，她目不转睛地看着车前的景象，"吃吃吃，你都吃了一路啦，小胖子！"

"我才不胖，我又不是许木那小胖墩，我可吃不胖。"白月并没有因为白部的话感到不高兴。

"知道了知道了，你吃不胖！"白部故意在"吃不胖"上加了重音，"就知道显摆自己吃不胖，你可知道你姐姐我都不敢乱吃东西，一吃就胖，你还故意在边上吃，想要馋死我啊？"

白月又抓了一把薯片往嘴里塞，她在白部面前吃东西从来不注意形象。一听姐姐吐槽，她脸上立马扬起笑容，讨好地说："哪有，姐姐你又不胖，你看你这手和腿，哪里不细得跟葱一样呀。而且我俩每次出去吃饭，你顿顿都吃那么多，还不是没有变胖，你说我吃不胖，我这次回去称给你看，我比上次重了一斤多了。”说着，她还夸张地比画了一个大圈，来说明自己胖了这么多。

“好，知道了知道了，你这嘴巴可真会说。”白郜笑了。

“对了，你有许木的消息吗？”白郜突然问。

“没有，小胖墩那一年跟他爸妈出国后就跟消失了一样，一点消息也没有。”白月不自觉地顿了一下，像是勾起了不好的回忆。

“没有就算了，想一想，也有十五年了，不知道他现在变得怎么样了，还是不是那么胖？”白郜话说得轻松，但仔细听着，话中却带着一丝难以言明的悲伤。

白月依旧看着窗外，看着灰蒙蒙的天。

“是啊，不知不觉都过了十五年，小胖墩哥哥都跟我们分开十五年了……”白月松开手中把玩着的发丝，眼眸低垂，怔怔出神。

白郜瞥了一眼白月，眼神复杂。她知道白月想要说什么，这句话白月几乎每年都跟她说过。

“爸妈也走了十四年了……”白月的声音缓缓传来，听不出一丝情感。

“月月！”白郜边直视前方，边提高音量。

白月没有反应。

“月月！”白郜敛眉，微微侧了侧头。

白月依旧没有反应。

“白月！”白郜又大喊一声。

“啊？”白月突然缓过神来，一脸不知所措地看着白郜，“姐，怎么了？”

“你老毛病犯了。”白郜平静道。

“啊！我……”白月惭愧地垂下头，“对不起，姐姐。”

白部摇了摇头："姐姐没有怪你，只是不想让你沉浸在过去。"

白月五岁时失去双亲，童年记忆里几乎没有爸妈的身影，虽然杨子介待其如亲生一般，但是孩子心中，一直渴望着得到真正的父爱母爱。白月时常会一个人发呆，幻想着自己有一对父母疼爱她，陪她玩耍，久而久之，便生出癔病来。

虽然得到及时治疗，但还是落下了后遗症，那就是当白月想起父母的时候，会不自觉地陷入幻觉中，这时候需要一个人唤醒她。

"轰隆——"

车外电闪雷鸣，天空乌云压城，仿佛要塌下来一样，狂风怒吼着，吹得路旁树木枝丫乱晃，一场暴雨呼之欲来。

白部皱着眉看向乌云蔽日的天空，她不喜欢雨天，不喜欢沉闷，记忆中所有不好的事情都是发生在雨天。

她讨厌这些事情，继而讨厌雨天。

"又要下雨了，这个月都已经下三次雨了！"白部皱眉，愤愤地说。

"没事，姐姐，我带着伞。"白月看到姐姐面色不悦，立马安慰她。

白部失笑："我的傻妹妹，我们开着车呢，不需要伞。"

"那那那……那这雨下不了多久的，很快就没了！"白月也知道白部不喜欢雨，但一时半会儿不知道怎么安慰姐姐，只好祈祷老天爷赶紧在10分钟，不，5分钟内下完雨，不，干脆就打打雷，别下雨好了。

白部知道白月有心，便没有再说什么，将话题一转："这周准备去哪儿玩？"

白月不知白部为什么问起这个问题，但还是老老实实地回答："A市不是有个'山阅尽'登山俱乐部嘛，准备去那儿玩玩。"

"登山？"

白部也是知道“山阅尽”的，那是A市一家非常有名的登山俱乐部，但平常不喜欢运动的白月，怎么就突然想去登山了呢?

“是呀，我跟朋友约好了一起去玩玩，姐姐你要不要也一起？”

白部摇摇头，她不喜欢登山：“我不喜欢爬山，你不是也不喜欢吗？”

“是的呀，但这次是跟朋友一起去，就当陪她玩。”白月想要抓一把薯片塞进嘴里，却发现包装袋里已经空了，只有一些碎末。她双手一压，把袋子揉成一个球，扔到了脚下的垃圾袋里，随后打开面前的收纳盒，从里面花花绿绿的零食中抽出一包，打开，车厢内又传来“嘎吱嘎吱”咀嚼零食的声音。

“够了，少吃点，零食吃多了对身体不好！”白部一脸嫌弃地看了白月一眼。好家伙，这什么时候藏了这么多零食啊！但此刻她更关心的是另一件事，“一起去登山的是男朋友还是女朋友呀？”

“咳咳——”白月被白部突然提出的问题惊到，嘴里的东西差点喷出来，“女的女的！怎么可能是男的？”

“那好吧，等会儿回去你把她的联系方式给我。”

“干吗呀？”白月娇嗔。

“我也认识一下她。”

“姐姐你真是……”白月叹了一口气。

“我真是什么？”白部笑着看向白月，期待着她的回答。

“姐，你看路！”

“看着呢，你先说，我真是什么？”

“真是狗拿耗子多管闲事。”白月小声地说，同时把脸撇向另一边，细小的笑声传来。

“好呀，你翅膀硬了，竟然敢说姐姐是狗啊，等回去看我不好好教训你！”白月大笑。

两人在车中欢声笑语，之前压抑的气氛顿时烟消云散。车外狂风大作，车内言笑晏晏，虽然空气中令人压抑的气息还在，厚重如盖的乌云还在，但是这雨，始终还是没有下下来……

晚上，白部屋内。

白部坐在电脑前，眼睛盯着屏幕没有离开，手下噼里啪啦地快速敲着键盘，屏幕上不停地蹦出一个又一个字。

键盘边摆放着一个黑色的记事本，上面密密麻麻地写着一些东西，那是白部整理了许久的资料，随时将灵感记录下来，这已经成了她的习惯。

白月已经离家两天了，昨天早上她匆匆跟白部打完招呼，便与朋友前往了“山阅尽”。

按白月所说，今天她就会回来，白部看了下左手上的手表。

“11点34了。”白部喃喃着，“怎么还没回来？”

窗外下着大雨，雨声嘈杂切切，让白部心烦。

“啪！”她起身重重地关上了窗。

“电话打不通，给的朋友的电话号码也是假的，这个点还不见人，到底去哪儿了？”白部坐在电脑前，继续着手中的工作。每次心烦时，她都用创作来让自己静下心来，而且这个方法屡有成效。

虽然心里焦急，但是也束手无策。舅舅已经出门寻找白月去了，他那么厉害，应该可以找到白月。此时，她只能寄希望于舅舅身上。

白部望向窗外。窗外下着暴雨，隔着窗子和雨幕，窗外的景色模糊不清，只能勉强看见不远处昏黄的路灯在暴雨中孤单伫立，以一灯之姿对抗着暴雨。

更加心烦意乱了，这是白部看到雨景后的感受。

“唰！”

她又重重地拉上窗帘，走下楼，来到厨房。董姨已经睡了，她只好自己动手煮咖啡。

片刻过后，白部端着冒着热气的咖啡，小心地抿了一口，坐在了电脑桌前，强迫自己静下心来继续工作。

“丁零……丁零……”

手机铃声响起，白部迅速地拿起手机，她希望这是杨子介或者白月打来的电话。

手机屏幕上赫然闪着“舅舅”两个大字，白部满心欢喜，立马按下了接听键。

“喂，舅舅。”白部迫不及待地叫道。

电话另一头没有人回答她，传来的是噼里啪啦嘈杂的雨声。白部心中一震，生出一丝不安。

“喂？”她试探性地问了一声。

沉默许久，电话另一头终于传来声音，杨子介疲惫的声音响起：“阿部……”

不知是否是错觉，白部从杨子介短短两个字中竟听到一丝愤怒。不过她现在一心只想问杨子介是否有白月的消息。

“舅舅，找到月月了吗？”

“嗯。”

“找到啦？”白部像是没听清，不确切地又问了一遍。

“找到了……”电话那一头的雨声消失了，伴随而来的是一道响亮的关门声，随后刺耳的警笛声也响起。

白部心里生出一股莫名的不安，她赶紧问：“您和月月现在在哪儿呢？”

“阿月出事了……”

白郃内心惊恐不安，脚下油门踩了又踩。她来不及在电话里问清楚，直接要了医院地址，就匆匆出门。

窗外大雨倾盆，雨滴如弹不断地拍打在车窗上，噼啪作响。车内空调开着，勤恳地朝外吐着冷气。

白郃心急如焚地开车，好在天色已晚，又下着瓢泼大雨，马路上车辆稀少也没什么人，她的车一路呼啸，没出什么意外。

从舅舅的语气听来，白月出的肯定不是什么小事！

这该死的下雨天，又是下雨！白郃在内心恶狠狠地咒骂着。每次下雨，不好的消息都会蜂拥而至，年幼时父母离世，前段时间收到舅舅的患癌体检报告，就连这一次，白月也不知出了什么意外待在医院，这些都是在雨天发生的。

月月，你可千万不要出什么意外啊！白郃苦苦祈祷着。

到了医院，白郃慌乱地停好车，冲进医院。询问过守夜的护士后，她来到了医院住院部六楼。

从电梯里出来，白郃寻找着妹妹所在的1624病房。

“1601……1604……1610……在哪儿呢？”白郃丧气地摇摇头，这都不是白月的病房，她没有放弃，仔细地查看每个病房门口的编码牌，忽然，她止住了步伐。

在走廊的拐角处，她看到一个熟悉的身影——杨子介。杨子介穿着灰色的短袖，魁梧的身材让白郃一眼就认出了他，他正倚着栏杆，手上拿着一根未点燃的香烟，也许是因为医院禁止抽烟，有着军人意识的他没有违反规定。

白部也奇怪，杨子介很少抽烟，只有在十分愤怒或者烦恼的时候才会偶尔抽上一根，难道……白部想起白月的事，心揪得更紧了，可千万别出什么大事啊！

白部踱步靠近杨子介，轻声喊道：“舅舅。”

杨子介应声转过头，发现是白部站在身后。

他叹了口气，将烟收起来。

“你自己进去看看她吧，我发现她的时候她全身湿透，失了神一样淋着雨走在路上。我叫了她很多次，她起初很害怕地躲着，最后看清是我，却哭成了一个泪人。”

杨子介不疾不徐地说着，重新把没点燃的烟叼在嘴里，鼻子里喘着粗气，白部看得出，他心里难受。

“我本想带她回家，但她突然晕倒，我就带她来医院了。打过针后，好了一些，但是她现在什么话也不说，还很抗拒别人，不知道是怎么了？”

白部让杨子介放宽心，说自己最了解白月，她进去问一问。

缓慢地推开门，没有发出一点声音，白部不想惊扰到白月。

病房里有两张床，不过只有一个人，白月在靠里的那一张床上。白部看着白月，正抱着双腿坐在床上，两眼空洞，失去了以往灵动的光泽，呆呆地看着前面。

这小丫头片子瘦了，这是白部的第一反应。

白部靠着白月坐下，紧紧地抱着她。

白月身子冷冰冰的，也许是刚才淋过雨的缘故，白部拉过被子，盖在两人身上，以防白月感冒。

她把头靠向白月，依偎在白月的肩上：“月月，姐姐来了。”

白月身子轻轻一颤，白部感受到她的抖动，抱得更紧了：“月月，跟姐姐说说，你怎么了？”

白月身子越抖越厉害，白部忽然心疼起来，她从没见过白月这个样子。

“月月，不要害怕，姐姐在这儿呢，不管发生了什么，姐姐一直在这儿！”

这句话就像是压垮白月的最后一根稻草，白月身子剧烈颤抖，头埋进白部怀里，抽泣声从里面传来。

“想哭就哭吧，哭出来好受些，再把事情告诉姐姐，让姐姐为你分担一些。”白部眼角有泪，自小心疼的妹妹变成这个样子，做姐姐的她却连发生了什么都不知道，愧疚难当。

“哇”的一声，白月终于忍受不住，大声哭了出来。

白部紧紧地抱着白月，任由白月在自己怀里哭泣，也不嫌弃衣襟上沾染的鼻水眼泪。

“姐，我……呜……我……呜啊……我好难受啊……”白月边哭边诉说着。

白部心疼不已，只好轻轻地拍着白月的背：“哭吧，哭吧，哭出来就好了。”

“姐，我……我被人……被人……强奸了……”

“什么？！”白部一时没反应过来。几秒的停顿之后，白部发现，天，塌了！

几天后，白月的病情好转，可是人却始终浑浑噩噩的。白部报了警，警察上门询问，经过调查，锁定了犯罪嫌疑人，最终捉拿归案。

犯人虽被抓了，可白月却得了抑郁症，治疗过后，有些好转，但好景不长。

那件事对白月影响太大了。白月虽活泼开朗，与姐姐文静多智的性格大相径庭，但两姐妹骨子里都十分骄傲，自己曾被玷污过，这让白月无法正视自己，即使经过心理医生治疗，她还是心存芥蒂。

那天，白部出门，白月抑郁症发作，一时想不开，在浴室中割腕自杀，留下一封遗书。

白部拆开遗书，泪如雨下地看完了。

白月一身傲骨，遗书字里行间也处处透露出她的不甘与煎熬。白部心疼妹妹，妹妹是她在这世间最亲的亲人了。她恨那个玷污妹妹的坏蛋，永远不可能原谅他，她要替妹妹看着他走进监狱！

然而，她却得知犯罪嫌疑人罗胜，依靠家里的关系，找了一个人顶罪，依旧逍遥法外。

她想要复仇，想要让犯人血债血偿！

于是她心生一计，凭着杨子介的人脉和她自己的努力，混入白云山登山小队，想要趁机杀了罗胜为白月报仇。

动手的人，就是生命只剩下几个月的杨子介！

第八章

五 步 蛇 的 袭 击

XIANYIRENDE
YOUXI

▼

它露出两颗漆黑的映出光芒的毒牙，在黑暗中让人胆寒。

虽然计划是如此制订的，但登山路上意外繁多，杨子介尾随在众人身后一直没有机会得手，于是一拖再拖。而现在，大家误打误撞地闯进了一处深山古墓，古墓里还有剧毒无比的五步蛇，这种机缘巧合下，若是罗胜被毒蛇咬死，那既可报了白月的仇，又能让杨子介手上不沾上人命，一石二鸟。

听闻石柱上都有蛇，罗胜的脸唰的一下子全白了，他胡乱地将手电筒照向其他石柱。

东北方向的石柱上，那一条被两个手电筒照着，失去了光感的五步蛇，正茫然地发着呆，漠然地吞吐着血红的蛇信子。

罗胜先照向了离他最近的东南方向的柱子，柱子上挂着一个竹篓，上方却没有蛇，他又转头照向了西北方向、西南方向的两根柱子。

白部下意识地跟着去看。

“西北方向的柱子上有两个竹篓，西南一个。”她在心里默默记下，喃喃着，“如果这两根石柱跟东北方向的石柱一样，一个竹篓只有一条蛇，那么这整个墓室就有五条五步蛇了。”

“什么？”许木听到白部在身后小声自言自语，但嘶嘶声太大，他并没有听清，于是下意识地问了一句。

白部顿了一下，决定说出自己的想法：“我刚看了一下，这墓室立着四根柱子，有五个竹篓，如果一个竹篓有一条蛇……”

“那就是有五条蛇？”关轩反应迅速，打断了她。

白部点点头，十分肯定：“是的。”

“五条蛇？！”许木和顾兰同时惊呼，“那罗胜怎么办？”

许木看向罗胜，罗胜此时手忙脚乱，将手电筒在墓室里乱照，虽然他心里也讨厌罗胜，但是危急关头，他不希望任何人被毒蛇所咬。

看到许木担心罗胜，白部脸上闪过一丝难以察觉的不悦，她目光复杂地看了一眼许木。

“他，要么被咬死，要么运气好逃出去，要么我们去帮他，然后跟我们一起逃出去。”关轩眼珠子骨碌转了转，思考了一番，他手里的手电筒稳稳地照着东北方向的石柱上的五步蛇。

“我去帮他！”许木语气坚决果断，没有一丝犹豫。

关轩嘴角一翘，饶有兴致地看了许木一眼，他此时觉得许木这人，颇有意思。

“阿部，你把手机给我。”许木转头看向白部。

白部看着许木闪烁着坚定的眼神，心里生出一丝苦涩，她想要拒绝许木，不想让许木以身涉险去救罗胜，也不想让罗胜被救。

“我……”白部硬生生地把“不”字吞了下去，她忽然想到了奄奄一息、吓得站都站不直的顾兰，想到了关轩脸上那一抹熟悉的微笑，虽然那笑让她觉得很不舒服，甚至有一丝诡异。

她不能让大家都陷入危险，有罪的只有罗胜一人，要出事只要罗胜一人出事就好。白部脑子聪明，逻辑缜密，几秒就将这件事的得失想得很清楚。

不救罗胜，任其被咬，那就变成五蛇四人，两个女生不可能有什么战斗力，五蛇二人，几乎没什么胜算；如果救了罗胜，那就是五蛇三人，逃脱的概率比之前大了很多。

思考过后，白部决定还是去救罗胜，山路遥远，有的是机会让杨子介出手，而且依靠蛇这个不确定因素胜算不大，蛇会不会咬罗胜还不好说，万一罗胜运气好跑了出去，那么剩下的四个人都会有危险。

白部把手机递给许木。

许木拿到手机后随意地照了一下四周，登山手机闪光灯亮度虽然不如手电筒，但是在这昏暗的墓室，也足够让人看清脚下的路。

许木满意地点点头，对登山手机的照明效果十分满意，他伸出另一只手，把手电筒交给白部。

“阿部你拿着这个，照着它。”许木指了指石柱上的蛇，“照着它，它就不会动，这样就只需要对付四条蛇了。”

白部点点头，有些担忧，万一两个人都被蛇咬了，那可怎么办?

关轩在一边沉默不语，他抬眼看向柱子上的蛇。

“唉，真倒霉，算了算了。”

关轩咂了咂嘴，目光转向罗胜，这家伙可真会惹事啊！随后，他快速地伸出左手，牵过白部：“白部，你拿着。”

他将手电筒稳稳当当地递到白部手中，见后者一脸愕然，他轻飘飘地说：“我也去帮忙，我身手不错。”

简单的一句话，却体现出关轩极大的自信。白部愣了，顾兰呆了，一旁的许木也有点蒙。

“顾兰！”关轩朝顾兰喝了一声。顾兰此时满头虚汗，双腿发抖，大气也不敢喘地靠在墙边。

“啊？”顾兰从呆怔中反应过来。

“你坚强点，学学你白姐！”

顾兰意味深长地看了一眼白部，然后强撑着站稳。

关轩从包里掏出另一把军工铲和一小袋手工纸包起来的东西。他把军工铲递给顾兰：“这把铲子是王腾的，还好我要了过来，你拿着，防蛇用。”

顾兰点点头，抖着手接过，却因惊吓过度导致肌无力，军工铲差点从手中滑落掉到地上，还好被眼疾手快的许木接住。

顾兰无力地道歉，不好意思地从许木手中接过铲子，又靠向墙壁。

白部看着虚弱的顾兰，心里没来由地想到了白月病后的样子，她想了想，关怀地说：“小兰，你拿着手电筒，铲子给我，我比较有力气。”

“可是……”

“没什么可是的，你拿着手电筒照着蛇，铲子给我。”白部不容顾兰反对，便拿过了铲子，把手上的手电筒交给顾兰。由于传递过程中手电筒歪斜了一下，从蛇头上离开，石柱上的蛇蓦地动了一下，吓得刚接过手电筒的顾兰，连忙把手电筒又对准蛇头。

白部发现这一现象，朝着已经向罗胜走去的两人轻声喊：“这蛇太长时间不见光照，两个手电筒的光一起照它们才不会动！”

许木和关轩没有回答，也没有做动作回应。白部不知道他们有没有听到，她只好一只手拿着手电筒照着蛇，另一只手拿着军工铲，眼睛朝他们看去。

许木和关轩小心翼翼地朝罗胜方向走去，许木拿着光线较弱的手机谨慎地朝四周扫着，期待发现蛇的踪迹。

罗胜手足无措地胡乱照着，刚刚他看过另外三根柱子，上面的竹篓空荡荡的，不知是没有蛇，还是蛇还没从篓里爬出来，抑或是蛇已经爬出来，不在柱子上了？

如果前两种情况还好，罗胜害怕的就是第三种结果，那可是剧毒的五步蛇。如果蛇已经爬出来了，毒蛇的轨迹和动作难以预测，说不定自己都有可能死在这儿。罗胜想到这里，不禁后背一凉，只能一步一步缓慢地朝来时的入口挪着，不敢加大步伐，也不敢发出声音。他全身的注意力都放在如何跑到十米外的入口，对身后许木和关轩两人的靠近丝毫没有注意。

许木简直气得要死，他和关轩冒着生命危险来救罗胜，罗胜却假装没有看见，还一心想着朝入口逃去，他若不是顾忌着不见踪影的蛇，真想立马就扑上去揍罗胜了。

墓室里回荡着不知疲倦的嘶嘶声，在知道嘶嘶声是由毒蛇发出后，大家都由之前的疑虑好奇变成了现在的心惊胆战。

罗胜小心地挪动着，一步一步，不，不应该叫一步一步，而是像软骨动物，脚贴着地面，慢慢滑行。

许木和关轩跟在后头，并不像罗胜那样胆小，虽然速度也不快，但是两人步伐稳健，也没有产生太大的声音。

“罗胜，你一个人跑了，还算是男人吗？”许木不满地低吼着。由于害怕惊动隐在暗处的蛇，声音被压得很低，他也不知道有没有传到罗胜耳朵里。

罗胜虽然怕蛇，但听力还是很好的，他自然听到了许木的话，但他并不想理会，一心只想逃跑："呸，不一个人跑，还跟着你们在这儿送死？我就不信这儿这么多人，这瞎了眼的蛇就咬我一个。"

快挪到东南方向的石柱了，罗胜看着近在咫尺的入口，喜出望外，当下顾不得轻重缓急，在地上滑行的脚抬得半高，重重地往前踏了出去。

"砰！"

一声巨响！罗胜重重往前踏出去的那一块地方，塌陷了！

罗胜满头大汗，这……什么时候自己变得这么胖了？

还没等他反应过来，许木在他身后大喊一声："小心！"

罗胜条件反射性地转头朝后看去，一回头，映入眼帘的是两颗透着寒光的毒牙，还有一双散发着暗红色的蛇眼。

那是一条通体黑色，身长不过一米的蛇，黑色的鳞甲在手电筒的照耀下，熠熠闪耀，一张血盆大口张得极大，似在告诉众人——"我可是毒蛇！"

罗胜被吓得全身肌肉僵硬，站在原地丝毫不敢再动，一双黑眼睁得老大，透露出绝望。

"嗖——"

一声呼啸而过，黑暗中一团黑影飞向毒蛇。

"啪！"

清脆的一声巨响，半空中的毒蛇改变了原先的轨道，重重地飞向墙壁，随后传来一个重物落地的声音。

罗胜从鬼门关走了一遭，见眼前的毒蛇蓦然出现，又突然消失，久久没有回神。

许木反应快，在黑色毒蛇被击飞的一瞬间，手机闪光灯紧紧跟随着黑蛇，只见黑蛇被击飞后，依着惯性朝墙壁撞去，掉在地上，痛苦地扭曲几下，不再动弹。

离蛇不远处，一把军工铲正歪斜地躺在地上，左右晃动。

许木瞥了一眼铲子，发现这铲子有些熟悉，随后他一脸不可思议地转过头，看着关轩。

关轩的动作有些奇怪，手保持着一种投掷的姿势。

许木咽了咽口水："这……不会是你打飞的吧？"

关轩点点头，脸上不见丝毫放松："以前练过一段时间打靶。"

许木汗颜："这是拿什么练打靶可以练得这么准……"

"石头，以前参加过一段时间的野外生存，教练教的。"

许木此时已经完全确定，关轩这人不是个简单的心理医生，谁家的心理医生这么凶猛，能够这么远距离一铲子直接拍飞毒蛇?

没等许木继续思考，刚被拍出去的毒蛇却不给他机会。

原本摔在地上不动的毒蛇，片刻后就苏醒了过来，暗红色的蛇眼死死地盯着关轩，似乎比起许木，关轩让它更加忌惮。

黑色毒蛇的信子灵活地抖动着，发出的嘶嘶声，频率比之前更加快，似乎在宣泄自己的怒火，蛇身紧贴在地上，不停地游走。

许木不敢掉以轻心，收回思绪后，手上的闪光灯紧紧照着毒蛇。

"罗胜，罗胜！"

关轩顾不得四周还掩藏着的危险，径直走到罗胜身边，用力地推了推罗胜吓得僵硬的身体。

"啊？啊……有蛇！"

罗胜被推得回过神来，嘴巴还未合上，大声地喊着。上一秒眼看着就要被蛇来一个空袭，下一秒就被救了，短短的几秒便经历了人生的大起大落，罗胜心有余悸。

"照着后面！"

关轩厉声说了一句话，不再管他。

罗胜还没有完全恢复过来，但还是战战兢兢地拿起手电筒照向身后，他怎么也没想到，不过一次爬山，就让自己如此狼狈，不仅被揍，还被毒蛇吓得动弹不得。

他越想越生气，自己在城里逍遥快活的时候，哪有人敢对自己这样。罗胜朝地上吐了一口痰，愤愤地拿起手电筒警惕地看向身后，他心想要让这些畜生好看！

许木与黑色毒蛇僵持着，谁也没动，一人一蛇，大眼对小眼。

黑色毒蛇的蛇头突然歪了一下，许木心头一跳，右手握着军工铲暗自发力，想着它要是敢动就拿铲子拍它，虽然不如关轩厉害，但也要让它知道自己的厉害。

黑色毒蛇并不是要发动攻击，它这一歪头，是发现许木身后的关轩朝着它走来了。由于刚刚在空中被突然飞过来的铁头怪物拍了一下，现在它还是头晕眼花，有点分不清方向，罪魁祸首虽然在它的右边躺着，但它也知道这铁头怪物并没有生命迹象，而眼前这两个人，才是真正的敌人。特别是之前拿铁头怪物拍它的关轩，这个人绝对不能轻视，因此，它在等待着同伴的帮忙。

关轩听着刺耳的嘶嘶声，脸色更加沉重了，他拍了拍许木的肩："有点问题。"

"啊？什么？"许木不明所以，有问题？有什么问题？

"它这叫声有问题，它好像在召唤其他蛇。"

"你……你是说这家伙在喊其他蛇来帮它？"

关轩点点头，神色凝重地看向黑色毒蛇边上，那里有一把安静地躺在地上的军工铲。

“现在有件事很紧急，不得不跟你说……”

许木差点笑了出来，紧急的事，现在还有什么比解决眼前毒蛇的事更紧急的？不过他还是示意关轩说下去，毕竟，关轩刚刚扔铲子着实让他心服口服。

“你看到那把铲子了吗？”关轩指了指军工铲的方向。

许木顺着手指的方向看去，一眼就看到了远处的军工铲，他心想这算什么大事，但随后，像是想起了什么，猛然回头，难以置信地看着关轩。

关轩看着许木那充满惊愕的表情，嘴角一翘，不好意思地笑了笑：“嗯，你想得没错，那是我的铲子……”

许木心中宛如万千匹野马奔腾而过，马蹄声震得心房久久不能停歇。

怎么办？军工铲就这样拿来当石头扔了？那还拿什么当武器？那还怎么跟这看起来一点也不打算和解的蛇打斗？兄弟，你刚刚拍蛇时的样子很是威风，怎么做事情这么不靠谱呢？完蛋了，这还怎么逃？毒蛇战五渣，关轩没武器不可能赤手空拳跟毒蛇对抗吧？阿部和顾兰能够自保就不错了，难道要靠我一人？难道要我去拯救世界？天啊，别搞笑了吧，我只是一个爱好健身的大学应届毕业生呢！我可打不过这些畜生呀！许木内心在咆哮着，沮丧地看着关轩。

关轩耸耸肩，风轻云淡地说道：“那不是情况紧急，手上只有铲子了嘛。放心，我有计划，就用你手上的铲子我就可以把我的那把拿回来。”

许木听着关轩信誓旦旦的说辞，表示一万个不相信。

难不成你拿我当诱饵，自己一个滚身过去捡起铲子，再一个飞铲把蛇拍走？许木摇摇头，觉得自己的想象力太丰富了，当这是电影呢。话虽如此，但眼下也没有好的办法，其他人也没有提议，现在只能先听听关轩说什么了。

“你说说看。”

关轩靠近许木耳边，轻声说道：“你去吸引它的注意力，我一个滚身过去，捡起铲子拍它，把它弄死后再回来这边。”

“？？？”

“你别这样子看我，相信我，我刚刚不是拍得很准嘛。”关轩依旧笑得十分灿烂。

许木本能地摇头，他觉得这个想法太荒谬了。

“你先别急着摇头，这事成功的机会很大。”

“你只要和它僵持十秒钟，我十秒就可以翻身过去捡起铲子拍在它头上。”

“十秒？我害怕我五秒都不能坚持。”许木语气有些松懈，他看着关轩笃定的眼神，开始有点相信关轩的话。

“十秒，必须十秒，我计算过了，十秒钟是我花费的最少时间。”关轩见许木面有难色，便晓之以理，“这边只有你才能完成这个任务，你看罗胜，他能不添乱就不错了。”

许木心里默许，关轩所说不假，这边只有他才能完成这个任务，但吸引毒蛇十秒钟的注意力，这毒蛇不是他想吸引就能吸引的呀。

另一边，白部和顾兰拿着手电筒照着五步蛇，眼睛却看向许木。刚刚黑色毒蛇的突然出现，也吓了她们一跳，见毒蛇被关轩拍飞了，松了一口气。白部看着关轩的眼神出现了一丝异样，这个关轩，绝对不简单。

思考片刻，许木做了决定：“好，我就去吸引这畜生十秒钟。”

关轩赞赏地给许木竖起大拇指，那动作似乎在说“我给你点赞”。

许木盯着黑色毒蛇，心扑通扑通跳个不停，这绝对是他二十几年来，干过的最疯狂的事情之一。

“咻——”

许木轻轻地朝毒蛇吹了一声口哨，试图像逗狗一样逗它。

“咻——咻——”

见毒蛇不理自己，许木朝着它又吹了几声。

毒蛇僵着的头歪了一下，凶恶的眼神从关轩身上移到了许木身上，看了一眼，便把头移了回去。

许木见这招有效，乘胜追击。

“咻——咻——咻——”

毒蛇又转过头来，看了一眼，又转回去。

“咻——咻——”

毒蛇不耐烦地转过头来，瞥了一眼，再次转回去。

“咻——”

兴许是被闹得烦了，毒蛇干脆不再转头看许木，一心一意地盯着关轩。

见毒蛇闹起了脾气，许木有点慌神，他迅速地转动脑子，眼睛扫视四周。

他看到自己脚前不远处有一块小石子，心生一计。

“咻——”

毒蛇没有反应，它已经不想理这个脑子似乎出了问题的人类，这个人类与眼前的关轩一比，带来的危险实在太小。

许木看见毒蛇没有转过头，冷笑一声，他伸出左脚，把小石子挪到自己面前，弯腰捡起。

瞄着毒蛇，许木深吸一口气。

角度正确，成功在此一举！

“嗖——”的一声轻啸，小石子已经飞了出去，在空中划过一个优美的弧度，稳稳当当地落在了毒蛇的头上。

“中了！”许木在心中为自己鼓掌。

“嘶！”毒蛇发出更大的嘶嘶声，之前已经被军工铲拍过，憋着一肚子怒气的它，现在又被石子打中，怒气倾泻而出。

毒蛇转头盯着罪魁祸首，暗红色的蛇眼缓缓变亮，到最后，红得仿佛要渗出血来。

许木倒吸一口冷气，这蛇不是一个善茬，虽然早就做好了准备，但看到这血红的蛇眼，内心还是忍不住一颤。

毒蛇缓缓扭动身体，改变了方向，它整个身子面向许木，做出攻击的姿势。

许木见状俯下身子，军工铲背放在身后，不停地轻敲地面，继续吸引毒蛇。

这军工铲敲击地面的频率迅速，传出的声波让它无法准确定位，只能盲目地朝声源移去。

关轩早在一旁做好了准备，他看准时机，毒蛇转头的一瞬间，他便右脚一蹬，翻身而出，就势一滚，然后左手撑地，右脚再一蹬，转眼间便到了铲子边。

他右手抄起铲子，快速地瞄准黑色毒蛇，然后，用力掷出。

黑色毒蛇早已做出攻击姿势，缓慢地移向许木，它靠得近了，发现声源地附近还有一处声波，料定是之前朝它扔石子的许木，就想要发动攻击。

嘴还未张开，空气中传来一声熟悉的呼啸，毒蛇还未反应过来，“啪”的一声，军工铲准确无误地又落在了它头上。

关轩一击成功，准备不给毒蛇喘息的机会，上前结果它。

另一边许木仿佛看出了关轩所想，早在军工铲飞出的一瞬间，便准备贴身上前。当军工铲落在毒蛇头上后，他三步并作两步上前，来到毒蛇边上，将手中铲子竖着，对着蛇头，狠狠砍下。

军工铲铲刃锋利，可轻易砍断木头，所以在军工铲砍下的时候，许木本以为能够轻松地斩下蛇头，却发现军工铲好像砍到了一个极具韧性的物体上。

他低头看去，不禁吓了一跳——由于坚硬鳞甲的保护，黑色毒蛇竟没被砍下头，而是吃痛地张着嘴，露出两颗漆黑得映出光芒的毒牙，让人胆寒。

许木知道这是最好的一次机会，于是不管不顾，手起铲落，一下又一下地用力地砸着蛇头，就算砍不断，也要把它砸晕过去。

关轩将许木的动作都看在眼里，不禁感叹。他走过去，拉住许木挥着铲子的手。

“它死了。”

“不，它还没死，它还会复活，得赶紧杀了它。”许木喘着粗气，方才那一顿不要命的连砍，让他有些力竭。

“没死它也活不长了，留点力气，还有四条蛇呢。”

许木恍然醒悟过来，还在用力的手停了下来，他看了眼昏死过去的黑色毒蛇，几秒后，如释重负地喘了口气，艰难地站起身。

“其他蛇呢？”

关轩摇摇头，其他蛇在哪儿，他的确不知道。

“不知道，它们躲起来了，找不到具体位置。”

“可恶！”许木顿了顿，“你发现没，嘶嘶声好像变小了？”

环绕在墓室里的嘶嘶声，不知什么时候小了些。

关轩仔细一听，面色随即大变：“不好！这是蛇要发动攻击了，它们掩藏起声音，不让我们发现它们的位置。”

许木闻言，面色也变了：“那怎么办？”

“先让人集合，直接往门口跑去，不能再拖了。”

关轩注意力高度集中地望向四周，生怕毒蛇突然跑出来。

许木点点头，转过身，也顾不得是否会被蛇发现，大声喊："阿部！顾兰！快过来，别管蛇了！"

白部一直观察着这边，看见关轩脸色发生变化的时候，便猜到是否发生了什么危险的事情。果不其然，下一秒，许木就喊话让她俩赶紧离开。

来不及细思为什么，白部拉着顾兰的手便朝许木跑去，也顾不得石柱上的五步蛇了。

没跑出几步，白部便听到耳后生风，一股腥味传来，心中暗道不好，却又不敢转过头，只能硬着头皮拉着顾兰往前跑。

"阿部小心！"许木冲向白部，他看到白部身后一条灰色大蟒正朝她袭去，这条有两米多长，头上长角的大蟒，赫然就是刚刚在石柱上不能动弹的五步蛇。

人的速度比蛇慢，何况还是在黑暗中，白部没走几步，就知道自己要被身后的东西追上了。

怎么办？怎么办？白部内心在急呼。

蛇蛇蛇……对了，蛇怕火，固体燃料！白部瞬间就想到了固体燃料，布满绝望的脸燃起了一丝希望，她朝着向她奔来的许木大喊："许木，火！拿火烧它！"

许木听到白部的呼叫，脚下一顿，不禁佩服，可情况危急，用火来得及吗？

这一思考，又耽误了几秒，灰色五步蛇离白部又近了几分。

"阿部！"许木心中焦躁，一时不知是先生火还是先跑过去救白部，就在这时，他感觉自己的肩膀被一只大手拍了拍。

他转过头，关轩正看着他，手上拿着刚扔出去的军工铲。

"你生火，那边交给我！"

许木立马点头，他已经完全相信关轩的能力了，此时让关轩出手，比他亲自出手都要放心。

他反身卸下背包，迅速拉开拉链，掏出了固体燃料铺开，另外，又在背包里找防风火机，可这一掏，却发现防风火机不见了。

关轩那边已经靠近了白郃，灰色五步蛇虽然体形较大，但是速度慢，一时竟没有追上白郃。

白郃拉着顾兰一路狂奔，见到关轩来了，喜出望外，觉得这下有救了。但她知道危险还没有消除，不敢放慢脚下速度，而顾兰却一下大意，见到关轩，便停了下来。这一停顿硬生生地拉扯住了白郃，白郃差点摔倒。

白郃费力地稳住身形，她没去询问顾兰为什么停下，时间也不允许，她只能尽力带着顾兰跑，跑得越快越好。

离关轩只有五步了，再前进五步，就可以让关轩对付蛇了，可是关轩怎么办？就算他很厉害，对付这条蛇真的没问题吗？要是关轩不小心被咬到了，那是不是因为我们的原因？白郃心中一下子冒出了很多问题，她甩了甩头，想要甩去这些毫无意义的想法。

距离关轩四步！三步！两步！就剩最后一步了！

耳后嘶叫声突然大作，就像是贴着耳朵一样，白郃大张着嘴，不敢想象五步蛇已经到身后什么位置了。

顾兰已经面无血色，她只能凭着本能被白郃拉着走，耳后的腥味越浓，也无心去担忧。

“蹲下！”关轩突然大吼一声。

白郃闻声拉着顾兰一个俯冲，凭借惯性作势扑倒在地上，紧紧地将头埋在臂弯里，不敢抬头看。

关轩手上的军工铲早已蓄势待发，他看着灰色五步蛇在地上弯弯曲曲前进着，等追近白部后，它一个用力，蛇身弯成弓形，用尾部的力量把自己送到半空，直直地朝白部脖子咬去。

看准这个时机，他用军工铲反手一拍，就像挥击棒球一般，狠狠地将灰色五步蛇拍了出去。

灰色五步蛇原本直直地朝白部飞去，没想到白部突然消失，眼前出现了一把军工铲，它躲闪不及，蛇头被军工铲重重地击中，一瞬间，它就像泄了气的皮球一样，嘶哑地低吼一声，飞了出去。

俗话说，打蛇打七寸，虽然击中了蛇头，却也不能掉以轻心。关轩看着飞出去的灰色五步蛇，心里早已做出决定，一个箭步跟了上去。灰色五步蛇被击飞后撞到了石柱上，弹回地上，没等它恢复过来，关轩将军工铲侧锋挥下。

蛇头后七寸，一击毙命。

白部趴在地上，不知道刚刚发生了什么，不过到现在她还没被咬，想必是躲过了一劫，那么关轩怎么样了？

耳边传来脚步声，白部抬起头，一只手出现在她面前。

“起来吧，安全了。”关轩半蹲着，朝她伸出手，微笑地看着白部。

许木喘着粗气，也是刚刚才到白部身边。

白部一愣，应声爬起，没有去扶关轩的手，她来不及拍弄脏了的裤腿，而是转身扶起顾兰。顾兰仍是被吓傻的样子神不守舍。白部看着心疼，搂在怀里，不时地安慰。

许木看向白部，眼神里满是关切，他伸手想要捋一捋白部额前的头发，手伸到一半，却停住，绕了一个弯，摸向自己的后脑勺。

白部注意到许木的异样，微笑地看着他，摇了摇头示意自己没事。

许木像犯了错的小孩，低着头，什么也没说，只是不断点头，说：“没事就好，没事就好。”

“赶紧走，趁另外三条蛇还没出现。”关轩看了两人一眼，目光在白部身上停留许久，然后又看了一眼顾兰。

三人恍然大悟，现在还没有逃离危险，当务之急是先离开这个地方。

关轩催促三人，许木收拾好背包，让白部和顾兰先走，自己断后。

看着前方的关轩、白部、顾兰，许木总觉得哪里有些不对劲，却说不出来。这时，白部突然开口：“罗胜呢？”

许木一拍脑袋：“对呀，罗胜那小子呢？”他赶忙环视一周，却没发现罗胜的身影。

“关轩，你看到罗胜了吗？”许木问。

“看到了。”关轩一指来时的入口，“他早就跑出去了。”

许木一下子憋不住了，破口大骂：“什么王八犊子，我们冒着危险来救他，他就自己先跑了？还不告诉我们一声？你说，我们这样子救他有什么意义，差点连命都搭进去了！”他越说越生气，后面就直接动脚踹柱子发泄。

白部一时阻拦不及，许木的脚已经踹到柱子上了。

沉闷的一声，柱子上激起一层灰。

还好没什么意外，白部心想。

关轩也被这突然的动静吓了一跳。好在动静不大，没有引起意外，关轩这才放下心，随后沉声道：“小心点，别又把其他蛇给引出来了，罗胜的事我们等逃离了这里再解决。”

许木仍愤愤不平，想要再踹一脚以泄怒气。

白部上前，拍了拍他的头，像哄小孩子一样，轻声说：“没事的，你看我们这不是没出什么事嘛。等我们出去了，再去找罗胜算账！”

许木想要说些什么，被白部拦住：“我们先出去吧，有事在路上再说。”

他只好作罢。

第九章

偷走背包的人

XIANYIRENDE
YOUXI

▼

幽深的墓穴里，我们都怀揣着不那么见得光的秘密。

从东南方向的石柱走到出口，只有十米左右的距离，说长不长说短不短，由于四周还潜伏着不知下一次会从哪里出来袭击的毒蛇，白部、关轩、顾兰、许木四人走得异常缓慢。

一路相安无事，眼看着离洞口越来越近，白部不禁有点想要跑出洞口。

洞口漆黑一片，难以看清有什么，担心有毒蛇已经埋伏在洞口袭击，白部强忍住自己想要跑的冲动，慢慢地跟在关轩身后。

离洞口越来越近，关轩和许木也越来越紧张，他们也想到了最安全的地方也就是最危险的地方，毒蛇有可能就埋伏在洞口，但身后的墓室也非常危险，因此两人十分默契，走在前头的关轩探查着洞口，殿后的许木则防范着身后。

白部心细，看着洞口的时候觉得有些奇怪，来时看到的洞口，虽说不上干净整洁，但好歹也是一个清爽的半圆形的入口，现在，洞口右下角却出现了一团青色异物。

白部以为自己看错了，揉了揉眼睛，再仔细看去。

那青色的异物自然下垂，表面布满褶皱，乍一看，像是一片布。她把手电筒的光移过去，想要看得更清楚一些，结果就这么一瞬的工夫，青色的异物消失不见了。

白部眉头一皱，颇觉诡异，想要告诉众人，不过这时，隧道内传来了一阵沙沙的声音。

“有声音！”白部轻呼一声。

“什么？”关轩转过头，他的注意力刚刚分散到四周，并没有听到声音。

沙沙声再次响起。

“你们听！”白部轻声说，“是不是有沙沙的声音？”

关轩做了一个噤声的手势，他努力地在墓室中找寻着声源处。

片刻过后，关轩摇摇头：“没听到。”

“我也没有。”顾兰和许木同时摇头。

“难道是我出现幻听了？”白部咬了下嘴唇，“不会的，不是幻听，我刚刚听得真真切切。”

白部想起之前消失的青色异物，联系起刚刚听到的沙沙声，她冒出一个惊人的想法。

“我不知道猜得对不对，隧道里好像有人。”白部吞吞吐吐，不确定地说。

“刚才的沙沙声，跟我们走路的声音一模一样，只是小了很多，很像有人在放轻脚步走一样。”

白部话刚说完，洞内突然传来一连串众人都听得到的沙沙声，急促响亮。

“果然有人！”关轩显然被吓了一跳。他静下心来仔细听，发现这沙沙声十分有节奏，而且频率飞快，像人在小跑。

许木听不清前方两人在说些什么，等到他靠得近时，只听到关轩在说前面有人。

许木想都没想，脱口而出：“罗胜这王八蛋，刚刚那个肯定是罗胜！”

白部一怔，心想，不对，隧道里的如果是罗胜，那青色异物是什么东西？

许木按捺不住，急忙说：“关轩你走快点，赶紧追上罗胜那小子！”

被许木催着，关轩加快了脚步，四人快速地穿过了隧道口进入隧道。

走出墓室，众人都松了一口气，许木朝墓室拍了拍屁股，当作饯别的礼物。

一路无言，关轩在前头带队，三人在后面跟着，除了虚弱得需要人搀扶的顾兰，另外三人体力都还有保留，因此，三人轮流扶着顾兰，步伐不疾不徐地赶着。

“罗胜这小子，胆子不大，腿脚倒是很利索，一下子都走得这么远了。”许木扶着顾兰，不屑地说。本来是轮到白部扶顾兰，许木心疼白部，就替她扶着。“我待会儿一定要揍他一顿，关轩说好了啊，你待会儿可不准拦着我。”

关轩无奈地摇摇头，这许木难道是好斗分子？

“现在都是新世纪了，有什么话不能好好说，非要动手。”

许木“啧”了一声，语气要多不屑就有多不屑：“新世纪还讲究团队精神呢，你看罗胜这家伙，有团队精神吗？”

他哼了一声，继续说：“反正我不管，你不准拦着，我们一起战斗过，好歹也算是战友，我不需要你帮我，你就出去抽根烟，晒下太阳都可以，装作没看到就好。我手轻点，就图个痛快，不会把他打出事的。哎，你们怎么不走了？”

许木边走边说，顾兰突然停了下来，他一看，发现前面两人也都不走了。

白部的声音从前面传了过来，带有一丝颤抖：“前面有人倒在地上。”

“是什么人？”许木大惊。什么情况，隧道里竟然有人倒在地上，难道是……

“阿部，那人是谁，不会是罗胜吧？”

没等到白部说话，关轩略带嘶哑的声音传来：“是罗胜，不过没死，只是晕了过去，像是被人打晕的，后脑有点血迹。”

“血迹？被人打晕的？”许木不解，罗胜的身子被白部挡住了，看不清具体情况。”

“看样子，应该没什么大碍，只是昏迷过去了，过一会儿就会醒，只不过……”关轩继续说道。

“只不过什么？”许木问道。

“只不过……”白部开口了，她背对着许木，许木看不到她的表情，但从她的声音听来，他能感受到她巨大的不安，“我之前说的，隧道里有人，看来是真的。”

短短一句话，许木听完之后，全身犹如被冰覆盖一般，寒彻骨髓。他知道白部这句话是什么意思，罗胜被打晕，那么之前的脚步声不管是不是罗胜发出的，都不重要了。重要的是，隧道里还藏有一个人，一个打晕罗胜的人。这是一个对他们有危险的人，不，也有可能是一堆人，而这人跟踪了他们，到现在才开始动手。如果这个人或这群人是从他们来时的洞口进来的，那么，王腾与张巧盈又怎么样了？

许木不敢多想，最坏的情况就是王腾与张巧盈已经遭到毒手，现在最好的办法，就是四人带着昏迷的罗胜，尽快赶回洞穴，查看情况。

“走，我们赶紧回去！”许木催促着。

前方关轩“嗯”了一声，一把背起罗胜，脚下生风，急忙朝前赶去。

白部、许木见状，立马拉着顾兰追上。

加快了速度，隧道显得不再那么深邃冗长，不一会儿，四个人加上被关轩背着的罗胜，已经走到了隧道的出口。

白部担忧地看着出口，她许久没有这么不安过了，不知是为谁担心着，抑或是她已经知道了打晕罗胜的人是谁，是在为他担心？

关轩一脚踏出隧道的出口，面前一片漆黑。

洞穴的火堆早已熄灭，洞内昏暗无比，关轩呼唤着王腾与张巧盈的名字，没人回答他。

出事了！关轩脑中蹦出这么一个想法。

手电筒的灯光在地上扫来扫去，拿着手电筒的人是许木，他最后一个出隧道，一开始他也十分惊讶为何洞穴如此黑暗，他们明明有燃烧着火堆，紧接着他看到白部和关轩脸上凝重的神色，便知大事不好。

莫非打晕罗胜的人，把王腾和张巧盈带走了？又或者王腾和张巧盈一起打晕罗胜？更坏的结果是，难道王腾和张巧盈已经……

许木挥散脑中这些乱七八糟的想法，当务之急是找到王腾和张巧盈，他们是不是还在洞里？

洞穴不大，不一会儿，白部就在一个角落发现了两人的踪影，刚看到的时候把白部吓了一跳，两人的姿势蹊跷无比，就好像两个人偶一样被随意地堆放在角落。

白部叫来关轩和许木，让他俩去看。

关轩检查了一下两人的身体，发现两人也只是被人打晕了，并没有生命危险，而且两人所受的伤较轻，并没有见血。

另外，白部还在洞内发现了几处湿漉漉还未干透的脚印，看样子就是潜入洞穴打伤王腾等人的凶手留下的。

洞穴内的火堆已经被重新点燃，只是之前有一部分固体燃料被许木落在了墓室里，为了节省燃料，只用了少量的固体燃料。

顾兰失神地坐在火堆边上，一言不发。白部找了临近她的位置坐下。

半天的奔波让白部也身心俱疲，但看着像妹妹一般的顾兰如此，白部顾不上休息，便上前抱着顾兰。

刚从隧道里出来的顾兰，一直处于失魂的状态，此时也没有回过神，直到白部上前抱着她，安慰她，她才明白，她还活着，她安全了。想到这里，泪水流出眼眶，哭成泪人的她趴在白部的怀里呜咽。

把昏迷的王腾、张巧盈、罗胜三人，分别平放在火堆边后，关轩与许木总算完成了自己的任务。两人重重地深呼吸了一下，便瘫坐在白部的边上，许木干脆直接躺在了地上，若不是喘着粗气，别人会误以为地上躺着四具尸体。

关轩为昏迷的三人做了简单的处理，下手的人似乎很熟练，力度掌握得很好，只是打晕了三人，并没有造成额外的伤害。

休息片刻后，白部想起一件重要的事还没做，于是让关轩与许木去检查一下他们之前落在这边的行李是否还在。

检查过后，许木黑着脸回来，他告诉白部装着少量食物的背包被人拿走了，不过大量食物都装在他的背包里。关轩那边则是发现王腾和张巧盈的背包不见了。

白部看着火堆，火苗不停地跳动，映在她晶亮幽深的眸中，她面无表情，让关轩和许木看不透她在想什么。

关轩这时不知是劳累了，还是真看不透白部，他只是瞥了一眼她，便低垂下头，闭目养神。

许木想要询问，动了动嘴唇，最终还是没有开口，而是躺在了之前躺的位置，望着洞顶出神。

洞内，燃着不是十分明亮的火堆；洞外，雨淅淅沥沥地下着，看样子似乎马上就会停止。

火堆旁，昏迷的三个人躺在地上，沉默不语的四人或坐或躺，围着这黑暗中唯一的光源。也许是短短时间内经历了一连串如此诡异的事，四人各怀心事，不想做更多的交谈，洞内一时只剩下火堆燃烧的声音，以及那洞外传来的雨声，嘈嘈切切错杂弹，犹如大珠小珠落玉盘。

火苗蹿动，白部的思绪也在涌动：那个人影是谁？会是舅舅吗？舅舅很有可能跟随我们上了山，可是这么大的雨，他可以躲在哪儿呢？如果之前在树下看到的人影是他，那他为什么害怕被我看到？难道他跟进洞穴，发现里面没人，继而走进了隧道，正好碰到返回来的王腾、张巧盈，避免被发现只好打晕了他们？可是他为什么还要拿走行李？舅舅当兵出身，打晕人而不致残的身手应该是有的，但是他后来碰见罗胜，为什么不直接杀死罗胜，而仅仅是打晕了罗胜？还有那几处湿脚印，为什么感觉比舅舅的脚印小一点，是因为过了太久，蒸发了一部分吗……

心中的疑问太多，很多都无法得到解决，白部觉得头有点胀痛，干脆不去想这些，闭目休息了。

洞外，离洞二十多米远的一处半山坡上，一个魁梧身影杵在树旁，他一身迷彩色防水衣装扮，头上戴着一顶帽子，身后背着与衣服同色的登山包，手上拿着望远镜正看着白部所在的洞口。雨势减小，本不多的雨滴被树叶又阻拦几分，落在地上只有少许几滴。零散的雨滴从树叶上滴落，拍打在他的防水衣上，滴答作响，他却置若罔闻，认真地用望远镜观察洞口。

良久，他才放下望远镜，一张成熟中年男人的面孔出现，青色胡楂，两鬓斑白，脸上有几道不是十分明显的皱纹。若是白部在这儿，她一定会惊讶，因为这个人就是她的舅舅——杨子介。

杨子介在这里已经观察了许久，他一路跟随白部，路过小池塘，冒雨走过山路，途经半山庙，最后又看到白部一行人进了山洞，于是就在这里等候。一路上他小心翼翼，生怕被人发现，就算是白部转头，他也尽量躲避，不被她看见。

跟踪途中，杨子介对一行人都进行了观察，他认出了罗胜、许木。罗胜看起来虽然脾气暴躁，但是很好对付。而许木，上次来家里时，他碰巧瞥过一眼，听白部说许木是她小时候的玩伴，他对许木认真地观察了一番，发现许木心眼不坏，一路上对白部呵护备至，在他心里也算是个好娃娃。另外几人，也都算是正常的。

只有关轩，杨子介一想到他，心中就有一种莫名的排斥。一路上关轩似乎在掩掩藏藏着什么，不想被人发现，杨子介说不出是一种什么感觉，他只是凭借着自己当兵时留下的直觉，认为关轩不简单。关轩这个人给他的感觉非常神秘，表面看上去笑眯眯的，人畜无害，但谁也不知道关轩的内心到底是不是真正的和善，因此他一路上颇多注意到这个关轩。只是关轩除了表现得能打一点，体力好一点，喜欢咧嘴笑外，也没有其他可疑的地方。

杨子介相信自己的直觉，决定继续盯着这个关轩。

在树下观察了两个小时，杨子介站得也有些累了，于是斜靠在树干上，百无聊赖地等着。他虽然好奇洞穴中的情形，但为了保险起见，还是没有冒险走到洞口观察，于是就在这儿一直等，等待的过程中雨势由大变小，再由小变大。

就在他觉得平静会一直持续的时候，突然，洞口附近冒出一个人影，引起了他的注意。

那个人不高不胖，约莫三十岁，穿着青色衣服，有点像和尚穿的衲衣，杨子介称奇，因为他发现那人头上光溜溜的，并没有头发，看样子还真是个和尚。那和尚小心翼翼地移动着，慢慢地接近洞口，到达洞口后，在那儿张望了一会儿，似乎是发现没什么危险，踌躇片刻后，便进了洞穴。

杨子介瞳孔微缩，他没想到那和尚竟然如此明目张胆就进去了，难道是去化缘？

虽然好奇，但杨子介并没有轻举妄动，而是站在原地等着。

半小时后，洞口有道光闪过，杨子介立马拿起望远镜看去，只见和尚出现在了洞口，他四处张望了一下，似乎发现没有人在附近后，便跳了出来。杨子介发现，原本空手进去的和尚，出来的时候手上竟然多了两个登山包。

“这和尚肯定抢了他们的东西，他们怎么不出来抢回去，难道……”杨子介暗叫不好，想要出去询问，但距离太远，怕打草惊蛇，于是耐下心来，准备等着和尚靠近再出手。

和尚拿着两个登山包，不知是太欢喜还是太害怕，走路走得有些不稳，但好歹是出家人，身体素质过硬，不一会儿便找回平衡，健步如飞。

杨子介静静地伏在路边草丛里——他刚刚还在思考着如何拦截这个和尚，转头便发现了这条山路边上有一簇茂密的草丛，穿着迷彩服的他，躲在里面是绝对不会被发现的。

和尚走得近了，并没有发现异样，杨子介半蹲在草丛里，观察着和尚。他发现，和尚的眼神里竟然有一种狂热，就好像瘾君子看见了毒品一样，是一种近乎疯狂的眼神。

当下，杨子介便觉得这个和尚绝对有问题，不能放过！

和尚疾步走近草丛，杨子介等他路过身前时，一只脚伸了出去，想要绊倒他。

和尚虽然处于亢奋的状态，但反应迅速，见脚下有异状，腾地跳起，躲过一击。

杨子介心中稍稍惊讶了一下，没想到和尚躲了过去，他反身一个后踢，踢向和尚的胸部。原本跳起来的和尚，落地后还没站稳，就发现前方又飞来一脚，见躲闪不及，他只好拿起登山包挡在面前，一只手紧紧地护住脑袋。

“砰”一声闷响。

杨子介这一脚力度极大，踹得和尚控制不住身体，硬生生地往后退了几米，手上的背包差一点飞了出去。

和尚定住身子，这一脚来得突然，他眼中的狂热被踹去了一丝。

雾蒙蒙的天空还下着雨，雨水滑过和尚的脸颊，顺着下巴落下，他一身青衣被雨水淋湿，贴在身上显得有点沉重。

和尚抬眸，盯着这个一脚把自己踹得后退几米的人。眼前的人穿着迷彩色雨衣，背着背包，脸被帽子遮住，看不清长相，但从外形看去，身材魁梧。

和尚没有说话，谨慎地盯着杨子介，心中略有一丝不服气。在这山中一向只有他打劫别人，还没有被人打劫过的道理！但是杨子介刚才那一脚，让他明白了杨子介并不是普通人，必须要认真应对。

手上拿着背包不方便动手，和尚两手一松，把背包扔在了地上。他双手握拳，扎下马步，摆好打斗的姿势。

杨子介心中也十分惊讶，刚刚他那一脚已经用了八分力，换作一般人早就飞出去了，最弱的也应该倒在地上。而这和尚只是往后退了几米，还能立马做出反击的姿势，也是不简单。

杨子介不敢小瞧这和尚，当下也摆出搏击的姿势。

起大风了，狂风吹过山间，呼呼作响，原本减小的雨势，在风的催化下，隐约有变大的趋势。

雨中的两人盯着对方，谁也不敢先出手。

终于，和尚忍不住了。

他目光下移，瞥到脚边的石子，身形一转，右脚踢起石子，石子直直飞向杨子介。

杨子介敏捷地向左移一个身位，躲了过去。

趁着杨子介移动身子的空当，和尚欺身贴了上来，一只手变拳为爪，抓向杨子介的脖子。

杨子介身体往后一倾，右手抓住和尚的手，躲过一击，他知道和尚不简单，却没想到速度竟然这么快。

见对方躲过了自己的攻击，和尚面无表情，稳住身子，朝后用力，想要收回手的同时拉回杨子介。杨子介身材魁梧，超过了和尚所想，他一时间竟然没有拉动杨子介。

拉不动人，想要抽回手就很困难，和尚机敏，立马凭借着速度优势，右手挥向杨子介腹部。

杨子介右手不得空，只好左手来防，这正好中了和尚的下怀。和尚右手轻轻下移，拍在杨子介的左手手臂上，这一拍，把杨子介的左手拍离了方位，而和尚的右拳一转方向，朝着杨子介的下巴飞去。

杨子介暗叫一声不好，他的左手手臂被拍开，很难阻拦和尚的拳头，只能歪头，尽量减小所受的伤害。

和尚拳头擦着杨子介的左脸颊滑过，好在杨子介刚刚歪了一下头，和尚的拳头并没有直直地打在他下巴上。

虽然躲过了一拳，但杨子介觉得自己的左脸颊火辣辣的，似是擦伤了。

和尚见杨子介条件反射性地歪头，又躲过了自己的一拳，心里颇为不爽。他缩回手，抓向杨子介的左手。

杨子介反应迅速，往后一跳，沉下身子，左手抓住和尚的右手。两人四手相扣，一时间纠缠在一起。

两人用力试图挣脱了几次，都以失败告终。杨子介盯着和尚，和尚也盯着杨子介，似乎都在推测对方下一步的行动。

眼看僵持不下，杨子介开口了，他只想知道和尚进洞做了什么事，为何带了两个白部一行人的背包出来，并不想跟和尚在这里纠缠下去。

“你在里面做了什么，手上的这两个东西哪里来的？”

和尚先是一愣，随即明白，原来这家伙一开始就看到自己进了洞，那么这家伙跟那群人有关系?

见和尚并不说话，杨子介有点不耐烦：“快说，你进洞干了什么？！”他担忧着洞里的白部，没有时间在这里耗下去，于是加重口气，企图喝制住和尚。

和尚皱着眉，隐隐不悦，没来由地被人偷袭，还被人吼，这个人怎么一点都不讲礼貌?

“施主，你问这些干什么，难不成里面的人跟你有关系？”

“有没有关系不关你的事，你先把包给我，然后再告诉我里面出了什么事，我才考虑放你走。”

和尚冷哼一声：“要是这么简单把包给你，那我岂不是白忙活了？”

“忙活？你做了什么？”

和尚摇头：“没做什么，只是进去看到地上有包，就拿出来了。”

杨子介冷冷地盯着和尚，如果眼神能杀人的话，这和尚早已死了上千次了。

“你最好先告诉我，这包你是怎么从里面拿出来的，不然，有你好受的。”

“施主，出家人不打诳语，我一进去就在地上看见了包，便了出来。”

“呵，道貌岸然，若你是出家人，佛祖的脸怕是早就给你丢光了。”

“话不能这么说，施主，酒肉穿肠过，佛祖心中留，出家人只要心中有佛祖就可以了。”

“一派胡言，原来只是个下三滥的酒肉和尚。”杨子介心中冷笑，他还在部队的时候，每次上山下山帮助村民，便多次见过这种打着宗教幌子，专挑不识字的村民骗财骗色的人。很多贫困的村民，都因为这种人而雪上加霜，家破人亡，他对这种人深恶痛绝。

“酒肉和尚也是和尚，只是属性不一样罢了，一个是苦行僧，而我是享乐僧。”

“强词夺理，看来不能跟你讲道理了。”

和尚“呵”地冷笑一声，一点也不畏惧：“别忘了，我们两个现在手是扣在一起的。”

杨子介不以为意，他刚才已经想好了如何把手抽出来。

刚才短暂的交锋后，杨子介能够确定的是，和尚的力气并没有自己的大。凭借着魁梧身材的优势，他手臂发力，胳膊上肌肉紧绷，青筋暴起，随着一声低沉的怒吼，他硬生生地把和尚举了起来。

和尚没想到杨子介会来这一招，反应过来的时候，脚已经离开了地面，没有着力点，无法使力，他现在就像刀俎上的鱼肉，只能任由杨子介摆布。

“你……你……你要干什么，快放我下来！”和尚有点慌了，脚不住地乱蹬，手上却不敢松开。

杨子介举起和尚，等到和尚双脚离开地面有五十厘米左右时，一个抱摔，狠狠地把和尚摔向地面，他已经不想手下留情，如何更快地让和尚晕过去，他就怎么做。

和尚虽然慌了神，但多年来练武积累的经验告诉他，不能直着身子遭到撞击，于是他在空中费力地调整位置，弓起身体，以此减少受到的冲击。

杨子介的这一下抱摔，力度极大无比，这是他在部队中学到的，在面对灵活的对手时，只要抓住对手使用这一招，对方基本都会在一段时间内失去抵抗能力，屡试不爽。

双手的束缚感没有如期消失，杨子介心生疑惑，他仔细看了一眼和尚。

这一下抱摔和尚吃得结结实实，满脑子被摔得只有星星在围着打转。一般来说，这个时候被抱摔的人没昏过去就已经万事大吉了，和尚竟然还能在这种状态下，紧紧地抓住他不撒手。

杨子介眉头紧锁，没想到这个和尚竟然这么难缠，不过，吃过这一招，和尚应该也坚持不了多久了吧?

两人依旧僵持着，不过，也就只是僵持着。

果然，没过多久，杨子介觉得和尚抓着自己的双手的力道渐渐消失，而和尚的身体也渐渐软了下去。

不一会儿，和尚整个身体躺在了地上，失去了意识。杨子介蹲下身子，用手拍打和尚的脸，还查看了一下和尚的眼睛，发现和尚眼睛翻白了，才起身拾起丢在一旁的背包。

杨子介心里想着，和尚已经失去知觉先暂时不用管他，自己先把背包扔回洞里，再回来带走和尚。

当下敲定后，杨子介抬起和尚的腿，朝草丛里拉去，准备掩藏在草里。虽然山中人少，但这么一个活人暴露在路上，难免有些诡异，想想还是藏起来好。

藏好和尚后，杨子介这才拿起背包，走向洞口。

来到洞口边上，杨子介正想进洞，却听见里面传来了男人的声音，以及脚步声。

“糟糕！”

杨子介来不及多想，他并不想被人发现，只好赶紧取下背包，往洞里扔去，然后立马离开。

至于背包有没有被扔进去，或者会不会砸到人，已经不容他细看了。

“什么东西！背包？”

“是谁？”

“嗒嗒嗒”，洞口传来一阵急促的脚步声。

关轩一路小跑出洞，紧张地环顾四周，奈何四周只有狂风、大雨、树木、绿草，没有一丝人影的踪迹。

到底是谁？关轩内心的疑惑无限增大，打伤人、抢了背包，不久之后就又把背包还回来？这到底是这么回事？

“怎么了？”许木跟了出来，“这两个包怎么回事？”

“不知道，刚刚好像有人扔进来的。”

“扔进来的？”仿佛不相信自己耳朵一样，许木一脸“我不信”地看着关轩。

关轩摇了摇头，表示自己也不信。

“嗯……我也不知道，我本打算出来看看雨势，走到一半就发现上面掉下来了两个包，这才一路小跑出来，但是，我看到的跟你看到的一样，除了这些东西之外，就什么都没有了。”

关轩转身走下洞口，这事有点诡异，他觉得需要大家商量一下。他挥手示意了一下许木，让许木别淋雨，早点下来。

许木“哦”了一声，转身跟了下来，下来之前，还不放心地往四周山上看了一眼，确定真没有人后才走下洞。

关轩刚下洞，就把白部他们招呼过来，把刚才的事跟他们说了一下。许木坐在关轩边上，在关轩说完事情的经过后，他点了点头，说：“我刚刚也仔细地看了一下，山上草丛那些地方，基本上没有人藏在那里。”

白部看向火堆，一言不发。关轩和许木都看着她，想着她会说些什么。

罗胜依旧昏迷不醒，王腾和张巧盈情况好些，已经能够进食，被人照顾了一路的顾兰，此时正照顾着他俩。

沉思了一会儿，白部端正了下坐姿，她对众人伸出右手的食指，说道:“我有了一些猜测，不知道对不对。”

关轩和许木认真听着，一旁的顾兰也看了过来。

“我说说我的想法，我觉得，偷走我们背包的人，我用鬼来称呼他吧，这个鬼也许有同伙。”

白部说完这句话，关轩点了点头，表示赞同。

白部继续说：“为什么我会觉得这个鬼有同伙，待会儿再说原因，我先说说鬼的目的。鬼的目的，有可能只是为了我们的背包，你们看——”她指了指地上摆放的几个背包，“鬼打晕了三个人，却只拿走两个背包，我们的背包不小，一个人正好可以背一个，但是用手的话也可以勉强拿着两个，鬼拿走了王腾和张巧盈的背包，唯独没拿罗胜的，这是为什么？”

白部自问自答：“我猜是因为鬼进来偷背包的时候，刚好发现王腾和张巧盈要走出隧道，怕被发现于是趁黑打晕了他们，但没有杀他们。鬼原来的打算是拿了背包就走，但鬼看到隧道，一时起了好奇心，就打算下来看看，结果路上碰见罗胜，跟罗胜打了起来，罗胜打不过他，被武器敲晕，这就解释了为什么罗胜伤比较重。之后鬼再往里走，就看到了我们，察觉到我们发现他，就往回跑，带着两个背包消失了。”

“那怎么解释背包又回来了？”许木问。

“接下来就是重点了，我之前说这鬼有可能有同伙，是因为我猜测鬼是有组织的，鬼的组织并不打算偷我们的东西，也不是对我们有什么企图，所以，鬼的组织看见鬼带着背包回去，很生气，就让鬼把背包还回来。”

许木觉得白部分析得有点道理，但还是有些疑点，便开口问：“阿部，那按你这么说，那么鬼应该是谁？”

白部眼珠转了转，看向洞顶。

“我个人觉得是山里的人。”

“山里的人？”这次是顾兰开口问了，她原本不大关心这种事，刚才在墓室里被吓得够呛，现在只想好好休息。但白部他们所说的事与自己，与大家都有关联，她强打起精神，也想要出一份力。

“但是我们上来的时候都没有碰到什么人啊？”

“上来的时候！”关轩突然想到了什么，看向白部。

白部看着他，点点头。

“难道是那庙里的和尚？”

“不可能，他们还好心地给了我们伞。”

许木不大相信，他对那半山庙的和尚们十分有好感，给他们避雨的房子，还有吃的东西。虽然因为罗胜的原因被赶出来了，但还是好心地送了伞给他们，对于这样的一群人，许木很难将他们与打晕人、抢东西的鬼联系起来。

“你难道忘记了我们是怎么被赶出来的吗？”白部提醒着许木。

许木怎么会不记得，都是因为罗胜打碎了一尊佛祖石像，似乎还是很重要的石像。

“是因为罗胜打碎了石像，我们才会被赶出来，可是，这有什么联系吗？”

白部微笑不语，直直地看着许木：“还记得我在墓室里说我听到了沙沙声，而你们什么都没听到吗？”

“难道……”许木像是想到了什么。

白部紧接着说道：“我在听到沙沙声之前，在隧道入口看到了一块跟布一样的东西，在我准备用手电筒去照的时候，那东西消失了，然后沙沙的声音响起，我才会想到隧道里是不是有人在，而且，那块布有点像是和尚的衣袍。”

经过解释，许木明白了。

“但是……”顾兰插嘴，她愁眉不展，觉得还是有些奇怪，“如果他真是因为同伙不同意才把背包送回来，那他完全可以把背包先藏起来，等我们下山或者等着风声过了，再把包拿回去，没必要大费周章地跟踪我们这么远，毕竟半山庙离我们很远，来来回回多麻烦。”

顾兰的话不无道理，这让大家的猜测又陷入泥潭。

关轩看着安静的洞内，想要说些什么，他有另外一种想法，虽然这个想法更加大胆了一些。

“那这样，我来说说我的想法？”

三人都被关轩的话吸引过去，不知他会说些什么。

“我认为，有可能还存在另外一个鬼二号，这个鬼二号虽然不知道是好是坏，但是他跟偷背包的那个鬼，不是同一人。”

白部一惊，她没想到关轩已经想到了这一层。她也曾猜过是杨子介送回的背包，至于偷背包的人到底是谁，她其实也不清楚，但是她知道杨子介不会做这种事。为了避免大家会产生有第二个鬼的想法，她率先提出只有一个鬼，企图混淆大家。

大家都看着关轩，让他继续说下去。

“我猜，第一个鬼的目的只有背包，并不想害人；第二个鬼的目的不知道，但目前从他的表现来说，他好像是在帮助我们。不过，我这个想法也站不住脚，这荒山野岭的，哪里会有那么多人，而且，第二个鬼凭什么帮我们？”

白部假装镇定：“你这个想法也有可能，我们先记下来。”说着，她拿出笔记本，把刚才说的都写在本子上。

不要着急，不要被关轩看出不对劲，保持正常。她一边写一边在心里暗示自己。

写完，白部抬起头，看向许木和顾兰：“你们两个还有其他想法吗？有就都说出来，我们一起讨论。”

许木和顾兰相互看了一眼，都从对方眼中看到一丝迷茫，他俩知道对方和自己一样都没什么其他想法，只好摇摇头。

白部低下头，握着笔的手轻轻地敲着纸张，发出有节奏的声音，她在思考，如何把关轩的想法抹除，这样，万一第二个鬼真是杨子介，那么他就会安全很多。

没等白部想出法子，许木站了起来，语气中带着一丝不安：“这样不行，我们得先下山。”

“下山？怎么下，这边还有三个人昏迷着？”关轩指了指地上躺着的三人，他也有想过下山，可是这个想法并不实际。

许木抬手示意手中的东西，白部发现，那是自己的登山手机。

“有这东西，我和白部下山找个有信号的地方，打给救援队，让他们来带我们下山。”

白部脑中灵光一闪，她想到可以跟着许木下山，找个机会与杨子介碰面商量接下来的行动，这样对杨子介的安全和计划的进行都有保障。她合上本子，也站起来。

“这种方法目前可行，单独行动现在已经不可取，我和许木去找有信号的地方呼叫救援队，你和顾兰就待在这里，你的身手保护顾兰他们，应该是没问题的。”

关轩愕然，原来自己只是一个保镖啊。

无奈归无奈，但他没有反对，照目前来看，这种方法的确是最安全的。

于是敲定许木和白部下山寻找救援队，关轩和顾兰则在洞里照顾三个昏迷的人。

安排妥当后，白部与许木出洞了。

第十章

佛与地狱之隔

XIANYIRENDE
YOUXI

他此时面无血色，嘴巴微张，一只手绝望地向前伸着，仿佛要抓住什么。

洞外，杨子介趴在洞口正上方的草丛里，草丛约半人多高，枯黄与翠绿相交生长，杨子介一身迷彩服极映衬这背景，加上他一动不动，仿佛就像真的草一样，融于山中。

扔下背包的一瞬间，听到关轩的脚步声，杨子介来不及多想，手脚并用向上直接爬出五六米，找了一处密草，趴进去，好在雨大风急，草丛浓密且高，他并没有被许木和关轩发现。等到许木也进了洞，他才敢下来。

拍掉身上的杂草，他来不及再去探查洞里的事物，急匆匆地就往和尚躺着的地方跑去。

绕过拐角，杨子介来到掩藏和尚的地方，拨开草丛，他倒吸一口冷气，草丛里空无一人，和尚，不见了！

他怎么也没想到，在自己离开十多分钟后，和尚竟然起身跑走了。

时间回溯到 15 分钟前。

杨子介拨弄好草丛，确定从外表上看不出草丛的异样后，拿起两个背包离开。

5 分钟后，掩藏和尚的草丛一阵攒动，从里冒出来一个人。和尚的五官因为疼痛扭曲在一起，他双手不停地揉着脸，艰难地从草丛里走出来。

“呸！”和尚朝地上吐了一口血痰。

“真是个怪物，力气这么大，还好我装晕蒙骗过去了。”和尚揉正了脸上的五官，似乎是疼痛稍微舒缓了一些，五官正常了许多。他伸了一个懒腰，想着舒展一下筋骨。

“啊！疼死我了，这腰！”和尚扶着腰，之前的弓身似乎并没有完全减弱抱摔的力量。

“真倒霉，进洞拿几个东西惩罚一下这群乱闯别人墓室的小娃娃，竟然会被这种人盯上。”和尚自言自语。

“都怪庙里那老东西，让我跟来看看这群人会做什么，这下好了，他们不仅进了墓，还杀了守墓蛇，这下守墓庙真的改名叫半山庙了。哎哟，我这胳膊！”和尚又把手伸向胳膊，不停地揉搓。

“我这守墓人做得可真憋屈，本来想着有守墓蛇在，这群小瓜娃应该会知难而退，没想到竟然被打死了两条，另外三条不知道怎么样了？待会儿下去看看，希望不要出什么大事，不然我这名头可不保了。哎哟，我的脖子……”说着，和尚又把手伸向脖子。

“说来也奇怪，这人都四五十岁了，力气还这么大，差点就把我给震晕了，还好我底子好，强忍着，扛过去了。”

“不过也算了，就算是报应吧，谁叫我打晕了那三个小娃娃呢。不过最后那个娃娃有点可怜哦，不老老实实地躺着，还要挣扎，这不是让我下重手嘛，真是的！哎哟，我的脚！算了算了，回去找老东西商量要点药酒喝。嘿嘿！”

和尚不停地用手揉着身子，一会儿头，一会儿腰，尽管如此，脚下的速度并不慢，他似乎不在乎被杨子介抢走了背包，迎着风，踏着水洼，消失在雨里。

杨子介双眼微眯，仔细地扫视着草丛，生怕错过一点蛛丝马迹。眼前这一簇草丛，就是刚才自己藏匿和尚的地方，可是现在却什么都没有了。

他之前已经来回好几次，查看小道上其他地方的草丛，依然没有和尚的踪迹。

“难道那和尚刚刚装晕骗我？”杨子介沉思。

忽然，他眼睛瞥到了地上，那里有一小团血痰。他走近一看，血痰黏稠，在雨水的冲击下还没有化开。

“刚留下的，果然，那和尚不是一般人，他肯定跑了。”杨子介自言自语，他一瞬间有种想要冲上去寻找和尚下落的冲动，但被他压制住了，眼下，对他和她来说，计划最重要。

他干脆不去想这个和尚，走向洞口，准备继续跟踪白部他们。

白部和许木此时正好走出洞口，朝着下山的路走去。

此时，雨势已经变小了，只有毛毛细雨飘在空中，扑在脸上，让人觉得有些痒痒的。

杨子介与白部二人相隔着一个 U 形弯道，中间被山挡住，无法看到对方。

白部和许木并排而走，虽然雨小了，但白部还是撑起了伞，她不喜欢细雨拍在脸上的感觉，因为感觉麻麻的，忍不住想要揉脸。

许木举着手机，不停地找着信号，他对着山里断断续续、时有时无的信号已经完全没耐心了，一脸的不悦，若不是白部在身边，他早就破口大骂，发泄一下了。

杨子介虽然强迫自己不去想和尚的事，但人越是想逃避什么，就越会碰到什么，和尚的身影在杨子介脑海里挥散不去，他很好奇那和尚到底是什么人，为什么吃了自己的抱摔还能保持清醒？

三人各怀心事地漫步着，都没感觉到互相离得越来越近。

“咔嚓——”

树枝被一只大脚踩断了。

三人闻声都抬起头。

白部难以置信地看着面前不远处的人，那身影是如此熟悉，虽然穿着迷彩雨衣，戴着帽子，但多年的相处，她还是一下子认出对方。

对方显然也愣住了，没想到竟然在这种情况下，双方见面了。

许木举着手机的手僵住了，他也看到了面前的人。

“这是什么装扮？野外求生吗？”这是许木内心涌出的第一个想法，但他立马反应过来。

在山中穿成这样，这人必然有问题，说不定就是那“鬼”！

怀揣着这样的想法，许木大吼一声：“站住！别跑！”声音铿锵有力。

另一头，杨子介已经飞奔出去了十多米，他懊悔着自己怎么如此大意，谨慎地跟随了一上午，眼见快要得手了，却在这种阴沟里翻了船。懊悔的同时，他也十分庆幸，白部看起来似乎很好，并没有出事。

杨子介速度极快，不一会儿便跑远了。许木心系白部，害怕眼前这人还有其他同伙，引诱他是为了调虎离山，从而对白部下手，于是不敢再追，跑出数十米便回来了。

“阿部，这个人肯定就是那个鬼。”许木看着杨子介逃跑的方向，心里感叹着他怎么跑得这么快。

身旁的白部没有动静，许木觉得有点奇怪，怎么阿部一点反应也没有，转过头，发现白部正怔怔出神。

“阿部？阿部？你怎么了？”

许木忧心忡忡，忍不住用手去摇白部的肩。

白部缓过神：“没事，我只是突然被吓到了。”

杨子介的突然出现，让白部措手不及，她也没想过就这样和杨子介见面了，而且还是在许木在场的情况下。

白部不想暴露杨子介的存在，一旦许木回去跟大家提起这件事，那么杨子介暴露的可能性就变大了。

她脑中此刻浮现出两种想法：一个是跟许木说清缘由，让他不要透露见过杨子介的事；另一个则是任由许木说出杨子介的穿着打扮，她再从中插手，混淆视听。

思前想后，白部决定还是选择后者。

许木还在关心地问着白部，白部挥挥手，表示自己没事。

她问：“你看清他的长相了？”

许木摇头，事发突然，对方还戴着帽子，并没有看清。他回答：“没有，他戴着帽子，看不清，我只记得他穿的是迷彩服。”

“那你看清了他的身材吗？”

“看得不是很清楚，不过块头应该不小。”

“好，我们先找有信号的地方。”白部放下心。许木并没有注意到杨子介的太多细节，她便不需要费力去掩饰，她想着先转移许木的注意力。

“啊？那关轩他们怎么办？”

白部看了许木一眼：“关轩的话，你觉得需要我们担心吗？”

许木哑然，白部说的也是，这里最不需要担心的就是关轩了。

与许木商量了一下，两人决定还是先下山，路过杨子介消失的路口，白部瞥了一眼路边的树林草丛，没有发现杨子介的身影。

两人朝着山下走去，没走多远，一阵轰鸣声传来。

白部和许木相视一眼，两人眼中都充满了疑问。

两人沿着路往下走，轰鸣声越来越大，震耳欲聋。

终于，走到一处断壁，白部发现轰鸣声来自断壁下方，并隐约夹杂着水声。

断壁裂得参差不齐，好像是被什么强大的力量硬生生扯断的。来的时候，这处断壁是没有的，白部刚走到这儿还觉得十分奇怪，什么时候这里出现了一块断壁？记忆中这里应该是一棵大树，边上是一条小山谷。

白部建议，两人搀扶着上去看看，许木不同意，害怕白部出事，一个没站稳掉下去。

白部拍了下许木的头，笑骂他是乌鸦嘴。

轰鸣声震天动地，白部说话都要扯着嗓子，就算这样，许木还是没有听清白部说了什么。

他只好大张着嘴，凑近白部的耳边，大声告诉白部自己听不清。白部无奈地摇头，只好径自朝断壁走去。

许木不放心，急忙上前扶着白部，两人颤颤巍巍地走到断壁边上，小心地朝下看去，这一看，两人霎时间就觉得天旋地转，脚下发软。

原本的小山谷已经不见，取而代之的是一股翻江倒海的洪流，暴雨引发了山洪!

混浊的山洪不知从山中哪里倾泻而出，顺流直下，卷起泥沙，带走草木，携着洪荒之力咆哮着冲往山下。

白部与许木急忙走下断壁，还离得远远的，生怕断壁不知道什么时候也塌陷了。

顺着山洪奔腾的方向看去，那里是上山的必经之路。现在恐怕已经被山洪淹没了，他们似乎被困在山中了。

许木抽空看了一眼手机，发现这里有了一丝信号，他兴奋地拍了拍白部，把手机拿给她看。

拨通了 B 市的救援队电话，许木按捺不住激动的心情，一时间语无伦次，讲不到重点。

白部在一旁看不下去，一把抓过手机，由自己来说清事态。

不一会儿，白部沮丧地放下了手机，许木觉得有点不对劲，开口询问。

白部没有立马回答，而是往回走了几步，这里太吵，她怕讲出来许木也听不清。

走出百米路，身后的轰鸣声渐渐变小，白部这才把刚才电话里说的告诉许木。

“救援队早前就已经接到白云镇的求救电话，白云山发生山洪，我们打过去的时候已经很晚了，救援队已经到了山下，可是山洪堵了路，救援队一时上不来，他们让我们躲好，等着他们来救。”

许木噘了噘嘴：“难道我们要在那个山洞里等这么久吗？还有三个人在那儿晕着呢，也不知道怎么样了？”

雨势又开始渐渐变大了，山里的天气永远出人意料，不会有人知道下一秒是晴还是雨，是风还是雷。

白部撑起伞，遮住两人：“关轩说他们没什么大碍，他是医生，虽然是心理医生，但是简单的护理应该学过的，放心吧。”

听了白部不算安慰的安慰，许木也不再说什么，事已至此，只能走一步看一步了。

天渐渐黑了，山里的夜来得比城里的早，白部与许木还没走到山洞，只好加快步伐。

夜里的白云山显得十分萧瑟冷清，似乎山中的昆虫都被这雨惊得不敢外出，除了滴答雨声、簌簌落叶声，山里没有传出其他的声音。

等到天完全黑了，许木和白部终于走到了山洞。

还未到达洞里，白部听到里面传来一阵欢笑声，她看了一眼许木，许木面露喜色。

三步并作两步走，到达洞里，果然，白部发现王腾、张巧盈、罗胜三人都醒了过来，王腾、张巧盈精神不错，正在煮着东西，罗胜受的伤较重，虚弱地躺在一边。

见到白部、许木二人回来，顾兰围了上来，嘘寒问暖，询问他们去哪儿了。王腾和张巧盈也凑了上来，白部礼貌地问候了一下二人。至于罗胜，他斜靠在一边，沉默不语，关轩给他送了吃的，放在他手边。

白部和许木跟众人简单地说了一下情况。得知他们被困在山中，一时半会儿无法获救，除了顾兰和张巧盈一脸惆怅外，其他人基本不在乎。

普天之下，哪儿不能睡觉，男子汉四海为家，以天为被，以地为铺，躺着就能睡！这估计就是在场男生们脑中所想的吧。

白部说完情况，就向王腾问起他们被袭击的事。

王腾一只手轻抚着后脑勺，另一只手递给白部一碗热汤，这汤是用锅煮的，用的是消过毒的雨水，里面加了些脱水蔬菜。

“我不太记得了，就只记得巧盈跟着我往外走，走出隧道的时候，外面一片漆黑，我当是风吹灭了火堆，想上去重新点燃，然后听到巧盈一声惊叫，接着我眼前也一黑，醒来的时候就看到你们了。”

白部看向张巧盈，张巧盈接着说了下去：“我跟王哥的情况差不多，我在隧道里跟着王哥走，王哥先出的隧道，然后我跟了出去，就听到身后有风声响起，接着我眼前一黑，醒来就看到你们了。”

最后，白部又看向了罗胜，罗胜歪着头，看着另一边。

“罗胜，说说你看到的吧。”白部本不想问罗胜的具体情况，但是又觉得有些不妥，只好开口。

罗胜声音虚弱，白部没想到他说话竟会有气无力，好像下一秒就要断气了。

“我是在隧道中被人偷袭的，那人个子不高，但是灵活，穿着青色的衣服，而且很厉害……我跟他纠缠了一会儿，他才对我下狠手，不知道拿什么东西砸在我后脑勺上，我就晕过去了。”

青色衣服？许木感到疑惑，那么下午看到穿迷彩服的人又是谁？他一时不敢把下午撞见另一个人的事说出来，担心增加大家的恐慌。他看了一眼白部，想要跟她商量，白部却正看着罗胜，他想着晚点再跟白部讨论。

夜深了，洞内的众人煮了点热汤，合着压缩饼干和风干牛肉吃了下去，劳累了一天的几人，精神都十分疲惫，恨不得立马找个地方休息一会儿。

关轩从包里抽出睡袋，铺好，往火堆又添了一些固体燃料后，提议道：“我们需要安排好守夜的人，不然，所有人都睡着了，难保中午偷东西的人不会再出现。”

许木连忙举起手：“我赞同。”

白部也点点头：“那我们安排下人。我可以值第一班。”

许木摇头，不同意白部说的，他想让白部先休息一会儿：“我值第一班，我体力好。”

“那我值第二班。”白部接着许木的话说。她想早些守夜，这样说不定可以碰到杨子介。

“那行，我守第三班。”关轩正把身子往睡袋里挤，扭了扭找了个舒服的位置。

“那我守第四班。”顾兰举手示意。

“那我第五，巧盈第六吧。”王腾转头带着询问的眼神看着张巧盈，想知道自己的安排可不可以。

张巧盈微笑地看着王腾：“我没关系，就最后一班吧。”

“好，就这么决定了，男生两小时，女生一小时，到时间记得叫人，撑不住也要叫人，千万别睡过去了，出事了就大叫，总会有人醒来的。”许木拍拍手，示意大家睡觉去。他扯着睡袋走到洞口，一屁股坐下来，倚着墙。

白部怀着忐忑的心情钻进了睡袋，今天发生的事情实在是太多了，一时难以消化。她担心轮到自己守夜的时候，如果不能遇见杨子介该怎么办？外头虽然没有下雨了，但杨子介晚上睡在哪儿？还有，罗胜口中穿着青色衣服的人到底是谁？今晚会不会又回来？

需要担心的事太多，白部劳累一天的脑子终于转不动了，她只觉得眼皮十分沉重，大脑浑浑噩噩，似塞满了棉花一样，虚有其表，一点作用都没。她这样想着，慢慢地，慢慢地，失去了思考的能力，渐渐入睡。

不知睡了多久，熟睡的白部被人轻轻摇醒，睁眼，许木的脸出现在眼前。

“呃……到我了是吗？”白部揉了揉眼，两个小时过得太快，她还没有休息够。

“你还困吗？困的话你就继续睡，我帮你守这一小时。”许木温柔地说。

白部摇头："不行，你从早上到现在还没休息过。"说着艰难地爬起身。

许木压住白部肩膀，让她继续躺下去："没事，我还不怎么困，你再休息会儿。"

白部挣扎了几下，见许木态度强硬，自己实在又困得很，就不再坚持，闭上眼睛不一会儿又睡着了。

昏昏沉沉中，白部又被一阵晃动摇醒，微睁开眼，她发现，身边的人陆陆续续地都醒了。

许木走过来，递给她一壶热水。

白部摆手谢绝，轻声问："到时间了？"

许木面色复杂地看了一眼身后的人，摇摇头道："没有，只是罗胜不见了。"

"罗胜不见了？"白部扭头看向罗胜所在的位置，他的睡袋鼓鼓的，乍一看，就好像罗胜还在睡袋里。

"是，王腾偶然发现的，当时天已经亮了，他想煮点早饭，去拿食物的时候不小心绊到罗胜的睡袋，发现有些异常。"许木抿了一口热水，继续说，"他说睡袋太轻了，不像有人在里面，仔细一看，才发现里面空荡荡的。"

白部站起身，轻微伸了一个懒腰，然后走到罗胜睡袋边，半蹲下来。

罗胜的睡袋从外面看上去十分整齐，只是内里有些杂乱，睡袋里的内胆往外延伸，不像是被人硬拽出来，更像是他自己爬出来的。

看着睡袋，白部一时找不出头绪，另一边，关轩已经收拾好自己的东西，正招呼着他们过去。

"我们出去找罗胜，东西就不要全带了，把必需的东西装一下就好，省点体力。”

白部点点头，她把自己包里的东西都抖出来：睡袋、登山绳、笔记本、充电宝、手电筒等。她挑了几样必需品塞进包里，然后拉紧背带，原本被撑得老大的背包一下子瘪了下来。

许木把吃的东西都塞进了自己的背包，包括固体燃料，他担心这些东西会被人拿走。

收拾好东西，一伙人就出发了。

白部、许木、顾兰选择往山下搜寻，另外三人往山上搜寻，他们约定好不管有没有搜寻到，中午之前一定要回到洞里。

雨停了，但山中还是乌云密闭，不见阳光，时不时有阴冷的山风吹来，吹得身子骨不是很好的顾兰阵阵发抖。

白部沿着昨天走过的路继续走着，许木不时地往草丛里跳去，企图在这些地方发现罗胜。

沿途找了一路，他们来到了昨天才发现的断壁。山洪还没有停止，白部看着咆哮的洪水，突然想起一件事，她拿出手机拨打了救援队的电话。电话里头，救援队好像是在焦急地指挥着什么，接电话的人此时并没有时间跟白部细谈，只是大致说了一下情况，山洪引发泥石流与塌陷，道路阻塞比昨天还要严重，现在正在紧急抢险，会尽快上山救援他们，让他们不要慌张。

白部一脸平静，冷淡地“哦”了几声，便挂了电话。

“救援队怎么说？”许木问道。他有点心烦，这找了一路都没有发现罗胜的踪迹，如今只能寄希望于救援队了。

“今天早上救援队是上不来了，还在修路。”白部收好手机，朝山下看去，她在考虑要不要往山下继续走，毕竟，罗胜失踪对于她来说是一件好事。

“那我们要再往下走吗？”顾兰捂着耳朵，远远地看着洪水，生怕自己会掉下去。

白部摇头：“不去了，下面太危险，也不知道来时的路还在不在，罗胜不一定会往这里走，我们先回去吧。”说着转过身走了。

许木和顾兰默然，跟在白部的身后。

回到洞中，白部发现关轩他们早已经在洞里了，三人脸色难看，张巧盈更是一脸苍白，眼睛红肿就像刚哭完，洞里并没有罗胜的身影。

白部疑惑，难道没找到罗胜？

带着疑问，白部问：“你们……找到罗胜了吗？”

“唉……”一声重重的叹气，来自王腾。

这下白部更加疑惑了，是找到了，还是没找到？

许木也感到莫名其妙，他走过来，搭着王腾的肩：“王队，到底怎么了，不要只叹气啊。”

“找到了，但也算没找到。”关轩缓缓地开口，语气带着一丝惋惜。

“这又是什么意思，到底是找到了，还是没找到？”许木有点不耐烦，这一个两个都不好好说话，让他摸不着头脑。

白部观察两人的脸色，似乎猜到一点，她试探地说：“你们，找到了不会动的？”

“嗯……”关轩和王腾一齐点头。

“不会动的？”许木还是没有弄明白到底是什么意思。

这时顾兰用手肘戳了他一下，轻声道：“罗胜死了，只有死人才不会动啊。”

许木吃惊：“死了？”

“带我们去看看吧。”白部做出决定。她内心惊讶程度不亚于许木和顾兰，虽然罗胜如她愿死了，但她内心却一点也高兴不起来。活要见人死要见尸，她决定还是去看看。

许木似乎还是不相信：“真的死了？”

白部拉着他：“死没死我们去看看就知道了。”

站在一边的顾兰退了几步，走向张巧盈，她摇了摇头，挥手道：“白姐，你们去就好了，我怕这东西，到时候你们回来跟我说说就好。”

白部不勉强顾兰，她知道顾兰胆子小。她颔首示意关轩，让关轩带他们去看看。

关轩叹了口气，点头答应。

白部卸下背包，和许木一起走出了洞口。关轩早在洞口等候，看见两人出来，手朝着上山的路一指，说道：“沿着这路往上走大概一公里，就到地方了。”

关轩在前头带路，白部和许木跟在身后。上山的路比下山的路更窄，只能勉强让两人同时通行，但一个人走绰绰有余。

白部一路上观察着路两旁，想要看出点什么。

上山的路两边与之前大同小异，长满了半人高的杂草、高耸的柏树，不一样的是，这里的草丛更加茂密高大，一个人半伏在里面，如果不仔细观察，根本看不清里面的情况。这是藏人的好地方，白部心想。

路上没有拖动的痕迹，只有关轩等人的脚印，由于来回走动，显得有点杂乱无章，看不出具体哪个脚印是谁留下的。草丛从外面看上去整整齐齐，不知道里面怎么样。

走了一会儿，白部闻到空气中弥漫着一股异样的味道。

关轩揉了揉鼻子，说道：“闻到了吗？血腥味，前面拐个弯就到了，不过你们要做好心理准备。”

白部和许木点点头，许木不安地抓着白部的手臂，想把她护在身后。

往前走了不过五十米，出现了一个拐角，离关轩说的地方越近，空气中散发的血腥味越浓。

过了拐角，一团肉眼可见的血迹出现在众人面前。地上、草丛上，都布满了血渍。

血渍发黑凝固，没有淡化的迹象。这就说明，这是在雨后留下的，白部在心中记下这一发现。

站在草丛外，关轩停住脚，担忧地说：“里面的场景有点吓人，你们最好有点心理准备。”

白部点头，觉得事到如今还是亲眼看一下比较好。

拨开草丛，一片显眼的红色映入眼帘，白部仔细一看，那是呈放射状的血迹，肆意地洒在被踩得凌乱不堪的草堆上，放射的方向对着草丛外。

白部循着放射的反方向看去，果然，在关轩又拨开一簇挡住视线的草丛后，一具背面朝天、脸被埋在地里的尸体出现了。

昨晚下过小雨，加上山里的天气不是很热，温度只有二十多摄氏度，罗胜的死亡时间想来也没有超过十二小时，因为空气中除了血腥味，没有传来想象之中的腐臭味。

关轩招呼许木过去，两人合力将尸体翻转过来。

白部趁机瞥了一眼，那是一张熟悉的面孔——罗胜，他此时面无血色，嘴巴微张，双目圆睁翻着白眼，一只手绝望地向前伸着，想要抓住什么。

罗胜真的死了。白部心中不由得一慌，杨子介昨晚真的杀了罗胜？那他是怎么把罗胜引出去的？这些又是未解的谜团。白部决定，下次碰到杨子介要把事情的来龙去脉，全都问清楚。

忽然，白部看到罗胜拼命伸出手的前方……那是一团草丛，里面好像有东西卡在那儿，她绕过血迹走过去，俯下身子，发现是一个石制的小佛像。令她震惊的是，这小佛像雕得惟妙惟肖，栩栩如生，一看就是精细工艺品，此刻出现在这儿，不像偶然。

她不敢捡起这东西，叫关轩和许木过来看，他们也十分纳闷。关轩喃喃地说："这难道会跟半山庙有关？罗胜打坏了一尊石像，他们杀了罗胜报仇？"

白部摇头，她不太相信这种说法，为了一尊石像杀了一个人，这是一个多荒唐的理由。但是杨子介身上并没有这个东西，他不信仰宗教，是个唯物主义者，不可能拥有这种佛像。难道是罗胜自己携带的？

许木他们不太关心这个佛像，忙着整理罗胜尸体去了，白部不放心，仔细地再观察了一下，她发现石像上没有一点血迹与污垢，就像新的一样。

她还想继续，那边的关轩催促她过去，要给她看看罗胜的伤口。白部只好拽起几片杂草，胡乱地包起佛像塞进背包。

关轩之前已经检查过尸体，这次当着白部与许木的面，又检查了一遍。他指着罗胜的脖颈，那里有一条十厘米长的豁口，像是被锋利的刀一下割开，伤口处的皮肉向外翻着，还留有已经干掉的血渍。

关轩冷静地说："我检查过了，这是致死的伤口，一刀割喉，导致失血过多而死。"他又指了指罗胜身上的其他地方，"其他地方也有伤口，我还没检查，不过他的右腿好像被人打断了。"

说着，他提起罗胜的右腿，松开手，腿以诡异的姿势，呈九十度搭在了左腿上。

看着尸体，许木终于忍不住，跑出草丛蹲在路边呕吐。白部皱了皱眉，也只好走出了草丛，站在边上拍打许木的背。

吐完之后，许木心里憋着的恶心一扫而光，他不好意思地看了白部一眼，想要道歉。白部摆手拒绝，轻声道："第一次看到这种场景，会吐很正常的，我看过一次，现在再看觉得没什么了。"

许木愕然，随后想起白部曾亲眼看见白月自杀的场景，心中一阵嗟吁，没有什么事情比看着亲人的尸体更难过了。他看见的只是一个不算很熟悉的人的尸体，竟然也会这么狼狈。

强打起精神，许木再次走入草丛，他打算和关轩商量，要不要把罗胜的尸体搬回去。

白部站在草丛外，翻着包里的佛像，心想，杨子介没有佛像，也不会专门带一个佛像来做这种事，那这个佛像是谁留下的？难道真是罗胜的？但是罗胜的背包都还留在洞里，没有带出来，难不成他专门带一个佛像出洞？十分可疑。从目前的情况来看，罗胜有可能并不是杨子介杀死的，凶手另有其人，那凶手会是谁？

想不出也猜不到，白部一时束手无策，只好想着待会儿回到洞里跟大家一起讨论。

身后草丛一阵晃动，白部转过头，发现许木和关轩用防水布包着罗胜的尸体，把罗胜抬了出来。

白部不解，问："你们这是？"

许木抬着罗胜的脚，背对着她："我想，就这样把罗胜的尸体，暴露在草丛里，是不是对死者有点不尊重，于是跟关轩商量了一下，他也同意，决定抬回去放在洞里。阿部你先走，我们在后面抬着就好，你少看点这些不吉利的。"

听了这话，白部心中莫名一暖，许木虽然自己很厌恶尸体，但是这时还考虑到她，也是有心了。她应了一声，把包背好，走到前面带路。

路不远，许木和关轩一起抬着瘦小的罗胜，并不吃力，走了十几分钟，就回到了洞里。

本想抬着尸体进洞，白部阻止了，她怕会吓到张巧盈与顾兰，就让他们先把尸体放在洞口边上，等知会过那两人后，再打算要不要抬下来。

关轩和许木也不多说什么，只好答应。

进了洞，白部看见张巧盈和顾兰靠在一起，不知道在窃窃私语什么。王腾坐在火堆边上，看见他们回来，就过来询问：“你们看到了吗？”

白部点点头：“看到了。”

“那……看出什么了吗？”

白部还没回答，许木抢过话匣：“就是死人，能看出什么？”

他抬尸体抬得有些口渴，拿出一瓶水咕隆咕隆就往嘴里灌，喝了大半瓶后，他长舒一口气，接着说：“罗胜的尸体我们抬回来了，就放在洞口，死者为大，也不能这么一直放着，所以想问问你们，尸体可以放进来吗？”说着，他看向张巧盈和顾兰。

张巧盈和顾兰的脸色一直正常，直到许木最后一句话说出口，才发生了变化。

这……尸体都搬到洞口了，还要搬进来和她们处在同一个地方，这不是强人所难吗？！

张巧盈和顾兰脸色立马黑了下来，头摇得跟拨浪鼓一样。

经过白部等人不住地劝说，顾兰虽然害怕，但还是答应了，只是张巧盈有点固执，劝说了许久，才勉强点头，但是要求他们把罗胜的尸体放到隧道里去。

尸体搬了下来，运到隧道里。

张巧盈选了一个离隧道最远的位置背对坐下，从始至终没有看过尸体一眼。

事毕，白部拿出包里的佛像，摆放在众人中间，缓缓地道：“这个是我在罗胜身边发现的，当时罗胜伸手好像要拿这个，你们……对这个有什么看法？”

大家都摇着头，不知道这诡异的石像有什么含义。

顾兰思考了一会儿，怯生生地说：“这……不会是罗胜打碎的石像来复仇了吧……”

“……”

许木敲了下顾兰的头。顾兰吃痛，缩了一下脖子。许木道：“这都什么年代了，二十一世纪的好青年怎么还相信牛鬼蛇神！”

“我没有，我只是猜一下。”顾兰反驳。

“别闹了！”关轩打断俩人无用的争吵，然后认真地端详着佛像，片刻后说，“这个佛像我不知道是不是罗胜的，但是目前看来，有可能是凶手留下的。”

“为什么？”白部条件反射性地问。

关轩原地转了个身，径直朝罗胜的尸体走去：“他可能想告诉我们，动了石像的人，都得死……”

白部哑然，不知道该说些什么，关轩话里有话，他明显针对着半山庙里的人。

“这个他指的是？”火堆边上的王腾试探地问了一下，他昏迷多时，对现在发生的一切都感到陌生。

“他说的是半山庙的人。”许木没好气地回答。他始终认为半山庙的人不会做出这种事，他想起昨天下午碰到的那个人，心想也许是那个人干的，便说，“凶手可能是另外一个人，就在昨天下午，我和白部下山的途中撞见一个穿着一身迷彩衣服，鬼鬼祟祟的人，但是身手很好，说不定就是他。”说完，他看向白部。

白部只好无奈地点点头，她心里一万个不愿意暴露杨子介的存在，但许木已经说了，只好附和他。

“许木说得没错，我们的确是看到一个鬼祟的人，但回来后罗胜说袭击他的人穿的是青色衣服，我就没放在心上。”

“唉！”关轩狠狠地跺了一下脚，“现在看来，那个人很有可能就是凶手，只是换了一件衣服，没被你们看出来。”

白部嘴巴动了动，想要说什么，但她一想到自己现在的身份，为一个“不熟悉”的人辩解，难免会引起误会，就把嘴边的话咽了下去。

洞里谁都没说话，一片安静，隧道里还放着一具尸体，无形之中让压抑的气氛变得更加诡异。

第十一章 夜半凄厉女声

XIANYIRENDE
YOUXI

暗地里似乎还存在第三人，一个对他们不利的第三人。

洞外空气中黏答答的，到处弥漫着水汽，白部、关轩、许木三人站在洞外，他们决定再次打电话给救援队，说清这件事情的严重性。

似乎因为停雨了，信号容易接收，没走出多远，白部就拨通了电话，告诉救援队有人死亡的消息。电话另一头的人一顿，很久之后才慢慢地说：“你们别乱走，待在洞里，这里路快要修好了，马上就可以去救你们。”

一样的话听了三遍，白部知道，这只是救援队让他们心安的说辞，今晚能不能修好路都得另说。

把消息告诉两人，两人脸上闪过一丝沮丧。

白部拍了拍他们的肩膀，鼓励地说：“没事，这不有你们俩在吗？好好保护我们就好了。”

两人苦笑。

白部坐回火堆旁，不由得开始担心杨子介，她想知道罗胜到底是被谁杀死的？这佛像又是怎么回事？

一行人没了继续登山的兴致，安静地坐在洞里等待着救援队，每个人各怀心事，各自忙自己的事。

白部拿着笔记本在上面写写画画，许木走过来坐在边上，好奇地盯了一眼笔记本，发现看不懂，只好问："阿部，你在写什么呢？不会还在写小说吧？"

白部摇摇头："这是关系图，我在分析到底是谁杀了罗胜？而我们又是怎么被盯上的？"

许木"哦"了一声，饶有兴致地要来笔记本，仔细观看："这我稍微看得懂，右上角的骷髅是什么呀？"

"那是凶手的标记。"

"两个骷髅，嗯……原因是……罗胜打碎石像以及……盯上物资……纯属爱好杀人？这一点是什么意思？纯粹杀人？"

"我乱填的，不排除有这个可能，以往也出现过这种因为兴趣爱好杀人的，我就暂且先记下了。"

许木点点头，翻看了一会儿，没发现什么更多的内容，便把笔记本还给白部，躺在一边休息去了。

顾兰和张巧盈两人，相依在洞穴的最角落，翻着张巧盈带来的时尚杂志。白部发现，张巧盈头埋低低的，认真地看书，顾兰则时不时地往放着罗胜尸体的隧道看去，每看一眼，都会闪过一丝不安。

白部不太关心王腾，只看到他靠在墙上，闭目养神。

收回目光，白部看着笔记本，继续认真思考前因后果，关轩跟她打招呼说外出上厕所，她点点头，想着是关轩出去，就没有放在心上。

笔记本上画了两个小骷髅，边上标了一个问号，表示凶手未知，但是有两个嫌疑人。两条黑线笔直地连接着骷髅和笔记本中间的 X，X 代表被杀害的罗胜。X 下方衍生出六条连线，分别连接着在场六个人。白部在六人姓名下面写上了他们对应的年龄和职业。要找到凶手就要从身边的人开始思考，这是杨子介曾经教过她的，不要忽视身边的人。

这一个方法她以前写推理小说的时候用过，先写出死法，再由死法联想出凶手的犯罪动机，以及凶手的性格特点。很显然，这个办法在这里并没什么用。罗胜死于一刀割喉，伤口很深，除了速度快，持刀的人力气也很大。白部排除了在场的女生，包括自己。她除了有动机，但是并没有能力。

接下来，白部排除了许木。许木跟罗胜有过冲突，但是没有到杀人的地步，现在有嫌疑的就只剩下了关轩、王腾，以及两个骷髅（杨子介和青衣人）。

关轩的背景神秘，社交关系也不清楚，只知道是一名“身手出众”的心理医生，从目前他的行为举止看来，他似乎还与罗胜交好。白部对他有一种说不出来的异样感，凭着自己的感觉，她也在关轩的名字边上标上一个问号。

至于王腾，唔……白部想到他是“山阅尽”的带队人，一般来说，这种身份，不允许他对会员做出什么不轨的事，但是，世事难料，有些事情谁知道呢，前不久 A 市还发生一起保姆纵火烧死雇主的惨案，据说只是为了盗窃一些不值钱的珠宝。白部摇头，她对王腾不熟悉，这种事还是先跟自己的感觉走比较好，于是，在王腾名字边上也标上一个问号。

分析完，白部觉得肩有点酸痛，就伸了一个懒腰。她看了一眼手机，发现不知不觉中已经过去了一个小时。她咂咂嘴，觉得口中有点干，伸手去拿包里的水。

趁着喝水的空当，白部扫视洞内，发现没有关轩的身影。她想起关轩之前跟她说出去上厕所，此时已经过了一个多小时，似乎还没有回来。

“不好！”白部心里急道，她慌忙放下水瓶，摇醒身边睡着的许木，然后转向身后，大声地说，“关轩好像不见了！”

身手最好的关轩也消失不见，这消息就犹如晴天霹雳，一下子震醒了郁郁寡欢的众人。

“什么？关轩也不见了？”许木的反应最大，噌地站起，睁大双眼看着白部。

“他什么时候不见的？”王腾异常冷静，问出了重点。

“一个小时前，他跟我说要出去上厕所，然后到现在好像还没回来。”白部隐瞒自己刚刚做的事，只是简单提了一下关轩。

“走，事不宜迟，我们赶紧出去找找！”也许是不想让罗胜的事情重演，王腾催促众人动身，自己已经往洞口走去。

空中已经又下起小雨，没有风在流动，天地间压抑的空气让人有些无法呼吸，看样子，大雨又将来袭。

王腾匆忙安排好人手，让大家分散去找，嘱咐了句找不到就赶紧回来，自己便消失在了上山的路上。

众人你看着我，我看着你，不知所措。

王腾走得太急，具体的安排都没决定，白部心中起疑，为什么这种情况下还单独行动，两个人一组不是更好吗?

可是王腾走远，已经追不上了，剩下的三人眼巴巴地看着白部，在等她做决定。

白部右手扶额思考，这三女一男不管怎么分队都不好分，无奈之下，只好说："许木你跟着顾兰带着伞往山下走，巧盈跟着我去找王腾，下大雨了就回来，千万要小心。"

顾兰点头，只是许木磨磨蹭蹭，一直不出发："你和巧盈两个人，路上安全吗？不然先跟我们去山下，再去山上？"

白部知道许木话里的意思，那是在担心她。她微笑地看着许木，伸手点了下他的额头："没事的，不用担心。"

一道闪电划过，撕开黑得如墨般的天空，雷声还未传出，白部就推着顾兰和许木两人往山下走，边推边催促："快走快走，赶紧找到赶紧回来！"

分开之后，白部和张巧盈撑着伞往山上的路走去，两个人一路上无话，一个看着左边，一个看着右边。由于一路上并没有看见王腾，两人也不敢走进草丛，所以这一路走得奇慢。

"哗……"

雨突然大了起来，破旧的伞在狂风暴雨中苦苦支撑着，若不是白部紧紧抓着，下一秒，伞恐怕要飞了出去。

伞小，白部为了两人都不被打湿，便将张巧盈搂住，两人贴得紧紧的。

暴雨倾盆，打在雨伞上如枪一样，白部虽然和张巧盈已经贴得极紧，但还是被淋湿了两肩。这时她俩已经顾不得寻人，只想找棵大树避雨。

"白部，你快看前面！"忽然，身边的张巧盈叫道。

白部看向前方，透过层层雨幕，似乎有一个人影在前方艰难前进。

"你说那会不会是王哥？"张巧盈强忍着激动的心情，眼神恳切地看着白部问道。

这雨太大，大到看不清前面到底是不是人在动，白部摇摇头："现在还不确定，我们走近点再看。"

张巧盈"嗯"了一声，两人加快脚步。随着距离的拉近，人影的轮廓看得更清楚，那模样，好像两个人搀扶在一起。

“王哥！”没等白部说话，张巧盈飞一般跑了出去，浑然不顾这大雨拍打在身上，淋湿衣服。

白部跟上她的步伐。

那的确是王腾与关轩，此时，王腾搀扶着关轩，关轩无力地搭在王腾肩上。

白部走过去，把伞遮在两人头上。

“王哥，这是怎么了？你没有受伤吧？”张巧盈焦急地问，内心那种见到王腾的喜悦之情在脸上显露出来。

王腾摇头，他大口喘着气，似乎刚才费了很大的劲：“我……我没事，只是……扶着关轩回来，有点累了。”

“关轩怎么了？”白部问。

啧，张巧盈瞪了白部一眼，怪她在这个时候还问这个问题。白部不在意，仍还是看着王腾。

“关轩，他……我也不知道……他……我发现他的时候……他就已经这样了……”

“难道又被人袭击了？”白部心中一惊。这凶手似乎很凶残，竟然还能打得过关轩，白部不禁想到杨子介，不知道杨子介跟这件事有没有关系。

“好像是的，我看他躺在路边，就离……就离罗胜死的地方不远……急急忙忙的，就把他扶了回来。路上下起雨，看……看不清，一不小心就摔了一跤……就走得慢了点……呼……”王腾看起来累急了，这一段话说了很久。

张巧盈急忙打断他：“我们回去休息会儿再说，现在不急，小心脚下，王哥，我来帮你！”

王腾摆摆手，示意自己一个人能行。张巧盈不同意，坚持要帮他。她小跑到关轩的右边，把关轩的手往自己肩上一搭，两个人就这样架着关轩。

白部站在后面为三人撑伞，自己却被淋湿了。

回到洞中，许木和顾兰早已回来，看见王腾和张巧盈扶着关轩，立马上去接过来，把关轩平放在地上。

许木见白部全身湿透，连忙从包里拿出干净的衣服给她擦脸，然后再递给王腾等人额外的干衣服。

王腾谢绝，他从自己的包里拿出几件干衣服，分别递给了张巧盈和顾兰，示意顾兰去帮关轩擦干净身子。

火堆上的固体燃料还在尽忠职守地燃烧着，上面已经煮好了热汤，许木盛了一碗递给白部，让她驱寒。

白部接过热汤，一饮而尽。她裹着干衣服，这一碗热汤下肚，让她全身都暖和了些。她忍不住打了一个喷嚏，让许木笑出声，她瞪了一眼，许木乖乖闭上嘴巴，坐了下来，问她发生了什么事。

白部将事情的经过告诉许木。

许木皱着眉头，说道："看来这凶手有点功夫，接下来我们都不能单独行动了。"

白部点点头，她也有这样的想法，单独行动的人都出了事，看来凶手还是顾忌着抱团的他们。她问许木有什么发现，许木摇头，称什么都没有看到。

另一边，王腾和张巧盈也已经擦干了身子，喝下热汤，正坐在火堆旁取暖。王腾看到许木看向他，报以微笑，然后便低下头，看着火堆发呆。

不知道是不是因为身子骨好的原因，顾兰帮关轩擦干身子，给他喂下热汤后，不一会儿，他便醒了过来。

众人围了上去，关切地看着关轩，白部内心有一千个疑问想问，但这时，也乖乖地默不作声。

关轩挣扎着坐起身子，他身上还盖着顾兰为他盖的干衣服，他一把掀开，身子挪近火堆，让火光直直地烤在身上。

良久，他才缓缓开口："我，被人袭击了。"

虽然早就猜到关轩被人袭击，但亲自从关轩口中听到，白部还是觉得有些震惊。

关轩喝了一口热汤暖了暖身子，继续说："我出去上厕所，看到一个可疑的人影，于是追上去。那个人速度很快，我一直没追上，后来，到了罗胜死的那个草丛，人影消失了。那时候我才反应过来，这会不会是个圈套，我刚想转身离开那个地方，就忽觉后脑一痛，被人拍晕了，醒来后就发现在这里。"

又是拍晕。白部心想，这个凶手尤其喜好拍晕人，但是这个与罗胜的割喉又不一样，如果是单纯爱好杀人，那么为什么不杀了关轩，而只是拍晕他?

渐渐地，白部觉得事情不简单，罗胜或许不是被杨子介所杀，现在暗地里似乎还存在第三人，一个对他们不利的第三人。

想要证实这个想法，白部首先想到的就是要联系上杨子介，可是杨子介就像人间蒸发了一样，没有主动来找她。

这样下去，只能走一步看一步，随机应变了。白部在心里默默地说。

关轩后面说了什么，白部没有怎么去听，便也不知道了。当她回过神，大家已经决定从现在开始，所有人不可以单独行动，必须有人跟随着，以确保安全。

白部觉得这个决定甚好，也没提出异议，况且，这个时候谁要是提出了异议，恐怕都要被人怀疑吧。

关轩醒来，大家不安的心安定了几分，有这么一个强大的帮手在身边，只要不单独行动，凶手应该捅不出什么乱子。现在众人只要静静地等着救援队前来救援就好。

天不遂人愿，白部拿出手机想要联系救援队，似乎因为大雨的缘故，原本那点微弱的信号，这个时候已经荡然无存。看着空空的信号格，白部不满，埋怨不良的运营商以及这该死的天气。

手机既然没有信号，白部也只能等雨停的时候再联系救援队。

收好手机，白部拿出笔记本继续分析。

看着密密麻麻写满字的笔记本，白部有些累，大脑就像塞满糨糊，无法思考。

分析不下去，白部想着靠墙小憩一会儿，与其神游思考等待救援队浪费时间，还不如睡一觉来得有意义。

这么想着，她闭上了眼睛。

四周安静得出奇，气氛有点压抑，许木为了缓和下这种氛围，不知从包里哪个角落掏出来一副崭新的扑克牌。他挥挥手，朝关轩等人轻声喊："喂，这样下去也是浪费时间，我们'锄大D'吧？"

关轩闻声转过头，看到许木手中的扑克牌，无奈地摇了摇头，这个时候还想着打牌，他也不知道许木的神经粗到什么地步了。

摇头归摇头，打牌能够缓解压力是不争的事实，原本没心情玩耍的王腾，被许木和关轩劝说一番，也加入到牌局中。

小憩片刻，白部醒了，面带异样。她感受到一股尿意，想要上厕所，可是现在这种情况，一个人出去上厕所是非常不明智的行为。

那么，叫个人陪着一起去吧，白部心想。

白部走到顾兰边上，蹲坐下来，顾兰和张巧盈疑惑地看着她。

“白姐，怎么了？”顾兰问。

白部有些不好意思，支支吾吾道：“小兰，巧盈……我……我有点想上厕所……”

顾兰立马反应过来：“上厕所？那好，我陪你一起去！”

张巧盈担忧地摇了摇头：“不行，现在外面下着大雨，而且还有一个‘凶手’。”

白部低下头，张巧盈这话说得没错，她不能让顾兰陪着去，两个手无缚鸡之力的女生，在这个时候出去是最危险的。

顾兰也想到了这一点，她眼睛一转，看向了许木：“白姐，你和许木是旧识，你让他跟着你去？”

那边三人正快乐地锄着大D，不知道这边在讨论什么。

叫上许木陪着去也是一个好主意，白部沉默片刻，然后走向许木。

“许木，你跟我来一下。”走到许木身边，白部拍了拍许木的肩。

许木低头看着手里的牌，也许是正要赢了，他头也不抬：“好的，好的，马上！

“一对二！最后一张了！

“K，嘿嘿，我赢了！”许木咧嘴笑。

打完牌，许木抬头看了一眼，发现白部站在身后，他忙站起身：“阿部，怎么了？”

白部把许木带到一个角落，关轩和王腾不明所以地看着他们。

“许木，你待会儿跟我一起出去一趟。”

“啊？怎么了？”

“我……我想上厕所。”说完，白部微红着脸低下头。

轰隆，洞外一声雷鸣。

“啊……啊，那好，我去拿把伞。”许木挠挠头，面红耳赤地转身去拿伞。他心想，这是怎么了，白部上厕所干吗不叫顾兰她们陪着，而是叫上他？随后他又想到了那个隐藏在暗处的凶手，应该是因为这个，所以才要叫上他吧。

跟关轩和王腾打过招呼，许木与白部往洞外走去。

雨势不大，一把伞足以遮住一个人。

二人往山上走去，因为白部说较于山下，山上的草丛比较茂盛，容易遮挡人影。

没走多远，白部转身进了一处半人多高的草丛。许木抿嘴，背过身，警惕地看着四周。

白部在草丛里寻了一个稍微平坦的地方，用脚踩平了四周的杂草，检查了一下周围，一切无恙，就蹲下身子。

尿意是有，但白部真正的目的并不是上厕所，而是想要联系杨子介，她蹲在草丛里，将伞举高并转动伞柄，以此吸引杨子介的注意。

方法虽然是好，但是这一转动，并不能被杨子介发现。

杨子介一直都监视着洞口，他知道了关轩是怎么晕过去的以及罗胜是被谁杀死的。他想把这些消息告诉白部，但奈何一直没有机会近身。

这一次，他看到白部和许木一起出洞，立马跟了上来，隐藏在一座山崖边。

本想拿着望远镜察看，但是杨子介发现白部进了草丛就蹲下身，他隐约猜到什么，立马放下望远镜，转头看向另一处，正好错过了白部发出的暗号。

舅舅，你在哪儿？看到了马上来找我。白部焦急地在内心呼唤着，可惜杨子介此时出于伦理道德的约束，并没有看到白部的呼唤。

雨打在草丛上，滴答作响，与此同时，一阵窸窸窣窣的翻动声也传了过来。

“什么声音？”白部警觉地看向身后。

窸窸窣窣的翻动声越来越大，白部害怕得握紧了手里的伞。她转过身子，背对着许木的方向慢慢往草丛外退去，同时眼睛警惕地看着前方。

“不好！难道是凶手？”白部心里不安地想着，她后悔自己的大意，既然自己想让杨子介看见暗号，那么凶手自然也可以看见暗号。

白部现在只有一个念头，赶紧走出草丛，去找许木。她收起伞，尽量放轻脚步挪动，她不敢大声呼救，凶手似乎离她很近，但是被草丛挡着，一时间找不到人。如果她一旦出声，有可能会让凶手立马锁定自己的位置，让自己更加危险。

一步一步缓缓地后退着，白部注意力全放在自己身前的草丛上，她没发现自己后退的方向，一个身影缓缓出现。

身影朝着白部走来，步伐轻松稳健，踩在草丛上竟然没发出嘈杂的声响，他脚步越来越快，越来越快，忽地，离白部竟然不过两米了。

他瞄准目标，拿着东西的手暗暗用力，靠得更近了，突然，他一个箭步冲了上去，迅速朝白部扑去。

白部的注意力全在眼前的草丛，对身后一无所知，身影扑上来的一瞬间，她感受到身后一阵微风刮过，她暗想不好，立马转过身，但已经来不及了！

白部转过身时只看见那高大的身影迅速地朝自己扑来，手上还拿着一个长长的灰色物体。

“怎么这东西这么眼熟？这是……伞？！”白部定睛一看，那灰色的物体是一把旧伞，而眼前这个高大的身影，竟然是许木！

许木忽地紧紧抱住白部，旧伞挥向前方，四处甩动。

“不要怕，阿部，我在这儿！”

他久不见白部出来，便回头一看，发现草丛里白部举起的伞突然消失不见了，他心里一急，害怕白部遭到袭击，把自己的伞一收，就冒着雨跑进草丛。盲走了一阵，他才发现白部紧张地正往外退，同时听到了窸窸窣窣草丛翻动的声音。

白部点头，来不及责怪许木悄无声息地出现在身后，她现在只想尽快离开这个地方，毕竟出现的有可能是关轩都对付不了的人。

窸窣声持续了一会儿就消失了，没有出现想象中的凶手。

看着恢复平静的草丛，两人松了一口气，这两天的意外情况，让精神紧绷的两人草木皆兵。

大风吹起，草丛成浪翻过，窸窣声大作。白部与许木相视一看，不禁笑出声，原来奇怪的声音是由风引起的。

两人撑开伞，离开了这里。

天苍苍，野茫茫，风吹草低见牛羊。

风过，草低，一个人影出现在白部之前蹲过的地方不远处，他被高大的草丛遮住，看不清具体模样。

等到白部、许木两人离开，他走到白部之前蹲下的位置，匍匐在地上，眼睛微眯，深吸了一口气。

他仿佛嗅闻到什么香气，露出一脸满足的表情。之后，他站起身，恶狠狠地盯着白部离去的方向，不甘地咬了咬牙。片刻后，他像是想起了什么，迅速隐下身形，朝远处跑去。

白部两人急匆匆地回到洞里，把刚才经历的事情告诉众人，引得众人一阵唏嘘。

王腾拍了拍许木的肩，笑着说：“小许，你也二十好几了，干吗跟着白部上厕所呀，哈哈哈！”

许木拍开王腾的手，不高兴地坐下：“那是情急之下，当时气氛挺诡异的，我担心白部，才进草丛的。”

王腾点点头，一副“我懂我懂”的表情，许木看着，就想冲上去揍他，考虑到王腾受过两次伤的缘故，想想还是算了。

“咦，关轩呢？”白部回到洞里，就靠着墙继续休息，她习惯性地环顾一番，发现关轩不见了。

“他在隧道里，说要整理下罗胜的尸体，不知道有什么好弄的，不嫌晦气吗？”说这话的是张巧盈，她正低头看着杂志。

白部“哦”了一声，然后朝着隧道看了一眼，心想这关轩还是一个有情有义之人，即使关系不是很熟的人，他也不嫌弃，会去帮忙整理仪容。

经过刚才的惊吓，白部也不困了，拿出笔记本想继续研究。不一会儿，关轩从隧道里出来，白部注意到关轩膝盖上有土，她想也许是关轩跪在地上时蹭到的，并没有放在心上。

关轩跟白部打了个招呼，就坐到白部的对面靠着墙闭上眼睛休息。

白部低头看着笔记本，整理过往的笔记，突然，一个小纸团飞了过来，落在笔记本上。

她先是一愣，然后抬头，她发现对面的关轩正对着自己眨眼睛，动作细微而且隐蔽，似乎不想被别人发现。

有什么话不能当面说需要扔纸团?

既然是扔纸团，那么关轩肯定不希望纸上的内容被其他人发现，白部看了一眼四周，发现并没有人注意这边，她把腿屈起在身前，用笔记本挡住，仔细又谨慎地打开纸团。

上面歪歪扭扭地写了几个字：

“小心王腾！”

白部心头一惊，小心王腾？关轩何出此言？她看向关轩，关轩此时已经闭上眼睛，没有解释的打算。

带着一头雾水，白部将纸团塞进自己的裤袋，打算找个时间扔掉销毁。为什么关轩要自己小心王腾？难道他发现了王腾是凶手的证据？

一时间不知真假，白部决定先不声张秘密，自己听一半信一半，暂时怀疑王腾。

时间一分一秒地流逝，整个下午洞穴都一切如常，并没有发生突然性事件，似乎之前出现的凶手是镜花水月，并不存在。

其间，顾兰和张巧盈也因为上厕所，分别由关轩和王腾陪同，一起出去了一会儿，不过都相安无事地回来了。

三个男人在锄着大 D 打发时间，顾兰和张巧盈被吸引了，在三人的怂恿下，也锄起了大 D。白部看在眼里，笑在心里，她注意力大都放在了王腾身上，但她实在看不出王腾身上有什么可疑的地方。比起王腾，她觉得关轩给人的感觉更加可疑。

山里的天黑得很快，洞外依旧下着雨，从上山来，这雨就没怎么停过。白部前不久又打了一通电话给救援队，那时雨小，手机奇迹般有了信号。不过虽然打通了电话，得到的答复却是跟之前的如出一辙，山洪停了，但是疏通道路困难，需要白部一行人再等待一会儿。

白部想着若是凶手一直不出现，大家平安地等到救援，到时候再由警察调查罗胜的死因也可以，毕竟，罗胜有可能并不是杨子介杀死的。

天黑了，众人肚子发出乞食的声音，上山的时候其他东西虽然没带齐，但是好在食物准备得十分充分。

装食物的背包之前被盗了一次，后来奇迹般回来了，而且包装并没有被破坏，里面的食物还能吃。

煮了脱水食物，大家分着吃了。众人汤足饭饱，闲时还能打牌。要不是因为罗胜惨死的事件，这一趟旅途其实还是十分惊险刺激的。

正当大家准备收拾残羹剩饭，继续娱乐的时候，突然，一道凄厉的尖叫声传来，断断续续的，但是，在场的众人都听到了。

大家面面相觑，脸上不约而同地都出现了疑问，这女人的叫声来自哪里？为什么会叫得这么撕心裂肺？

叫声出现了一声便平息了，众人缓缓地坐下来，想要讨论是不是自己听错了。

然而，不等众人坐好，第二声、第三声凄厉的叫声接踵而至。

关轩噌地站起，来不及拿伞就往洞外跑去，众人还没反应过来，关轩已经消失在眼前。

坐着的众人一个个慌乱地起了身，往洞口赶去。

雨不知何时停了，关轩正站在洞口四处张望，脸上迫切的表情显示出他急于想知道叫声是从哪里传来。

漆黑的夜里到处回荡着叫声，让人分不清声音是从哪儿传来。

“关轩你知道这叫声从哪里来的？”白郃开口问道。

关轩摇头，眼睛依旧四处张望：“不知道，但是这叫声这么凄厉，肯定是附近其他的登山游客遇到危险了吧。”

众人沉默，关轩的说法不无道理，白云山并不只有他们在爬，也有可能是其他游客遇到危险，可到底是什么危险，让一个女人发出如此凄惨的叫声呢？

见众人不语，关轩跑进洞里，拿出所有的伞和背包，分给众人，道：“别在这儿站着了，我们都去找找。”

“白部你和许木、张巧盈去山下，我和顾兰去山上，王腾受伤比较重，就在洞后那一片找找。”关轩迅速安排了人员的分配，自己和顾兰就要出发。

张巧盈摇摇头，走向王腾：“王哥受伤一个人不好行动，我和他一起好了。”

关轩看了一眼张巧盈，眼神中露出一丝奇异的光芒：“那好吧，你和王腾一起，注意安全！”

白部心想，关轩你这句话说得实在太明显了，是个人都看得出来你针对谁。

王腾明显愣了一下，马上恢复正常。他似乎没听出来关轩话里的含义，信心满满地拍拍关轩的胸：“你放心，我们两个会很安全的，主要是你们，走得太远，自己注意点！”

依照安排，白部和许木搜寻山下。为了安全起见，许木背上一个背包，白部问起里面装了什么，许木苦涩地一笑，回答道：“装了一些食物和燃料，我害怕大家都走光了，洞里没人看守，又会发生东西被偷的情况，以防万一随身带了一个包。”

没有下雨的夜晚依旧潮湿闷热，空气中弥漫着挥散不去的水汽，白部没走几步，就被水汽打湿了头发。她抬头看天，天如浓墨泼洒，与深山合二为一，分不清哪里是天，哪里是山。

凄厉的叫声回荡在山中，一声接着一声，有时高亢刺耳，有时低沉哭泣，叫声虚无缥缈，让人分不清到底是从哪里传出来的。

两人顺着山路走，仔细地观察四周。

忽然，灯光扫过一处草丛，白部发现了 点不对劲，似乎刚刚看到了什么奇怪的东西。

把手电筒往回照，在一棵树下的杂草丛中，白部发现了不对劲的地方，杂草丛生的树下，在树干和杂草之间，有一处鲜艳的血迹，手掌大小，在绿色的草上显得突兀。

白部眉头紧蹙，这血迹让她惴惴不安，似乎还是刚留下不久，身边的许木倒吸一口气，不敢出声。

良久，许木才缓缓道：“这……不会是发出叫声的人留下的吧？”

叫声还在持续，似有若无，似游丝一般。

白部拿着手电筒，朝四处照射，血迹的后方是一处小树林，里面黑漆漆的，不知道有些什么。

白部盯着小树林，漆黑的深处仿佛有一股神秘的力量，拉着她，想让她进去。

“阿部，你快看！这边也有血迹！”许木不知什么时候已经走进了树林，蹲在地上，用登山手机微弱的灯光照着地面。

白部走到许木身边，弯腰俯视，地面上泥泞的土里，有一块脚趾大小的血迹。血迹新鲜，似乎是刚留下不久。白部心想，难道这血迹真的是发出叫声的人留下的，对方走进了这片小树林?

“阿部，这里也有！啊，这里也有！”许木不知什么时候又走进树林深处，连连点了几处地方，表示看见了血迹。

白部跟了上去，顺着许木所指看去。

毫无例外，血迹有的滴在地上，有的滴在杂草上，断断续续地往树林深处蔓延。好像一个受重伤的人，步履蹒跚地走进了树林。

白部握紧了手中的手电筒，她觉得这血迹十有八九就是发出叫声的人留下的，而这人有可能还在这树林里。此时叫声变小，这人应该是坚持不了多久了，需要立马找到她。

白部拍了拍许木，低声道：“我们进去看看，这叫声的主人有可能就在里面。”

许木见白部如此笃定，点点头，率先往树林深处走，在前头开路，白部紧跟其后。

沿着血迹，二人缓缓地深入了树林，一路上没有异象发生。

走了几分钟，许木突然停下脚步，他“咦”了一声。白部不知为何，便开口问：“怎么了？”

许木不语，他弯腰往前走了几步，又往右走了几步，查看了一番，然后摇摇头，道：“奇怪，血迹消失了……”

“血迹消失了？”白部似乎不相信，又问了一遍。

“是的，我找过了，这附近几处草丛都没有血迹，最后一处血迹就在你脚下。”

白部低头看向脚下，脚边的杂草上有一块不起眼的血迹，不仔细看都发现不了，难得被许木发现。

“那更远的地方呢？”白部问。

“我还没去看，现在去找找。”说着，许木又往里走了几步，忽然他像是想起了什么，停下脚步，转过头，“阿部，你快跟上我。”

白部点点头，跟了上去。

第十二章

渐渐消失的血

XIANYIRENDE
YOUXI

▼

他们单纯以虐待杀戮他人满足自己低劣的内心。

手电筒频繁地扫射四周，白部试图从茂密的树林里找寻一点线索，但一番搜寻下来，什么都没有发现。

血迹真的消失了！

她停下脚步，看向许木，此时许木手中拿着一把军工铲，他为了防止被人偷袭，出洞的时候顺手就把军工铲带上。

白部招手示意许木："你那边有什么发现吗？"

许木摇头，认真地用铲子拨开杂草，仔细搜寻："还是没看到血迹。"

血迹到这里就消失了，这么继续找下去，似乎也是徒劳的，白部扶着额头沉思，那该不该继续找下去？

“啪——”

一颗小碎石朝白部扔来，砸在白部的登山鞋上。

白部正在沉思，被这突然飞来的石子吓了一跳，她低头一看，弯腰捡起罪魁祸首——石头？她歪着头，感到一阵困惑。

盯着石头看了几秒，随后白部似乎想到了什么，把手里的石头扔了出去，紧张地看着四周。

在哪儿？在哪儿？你在哪儿？白部在心里焦急地喊着。

这石子极有可能是杨子介扔来的，告诉她，此时他就在她身边。

白部迫切地想要见到杨子介，她想要知道一切。

青柏绿松，半人多高的草丛，沾浮露水的灌木以及裸露在外的灰岩，一幕幕景色映入白部眼里，都没有出现她想看见的东西。

似乎察觉到白部的异常，许木小跑过来，把白部护在身后，这个动作他已经做得得心应手。

许木看着手电筒光照射的地方，忐忑不安：“阿部，你怎么了？发现了什么？”

许木的声音传入白部耳中，打断白部的思绪，她这才回过神。

杨子介并没有出现，白部知道这时还不能暴露杨子介的存在，稳住情绪后，她才缓缓道：“我刚刚发现那边有动静，有点害怕，就拿手电筒去照，结果什么都没发现。”

“有动静？有什么动静？”白部的话让许木感到紧张，他把白部护得更紧了，眼睛直直地盯着前方。

“没……没什么，我看了一会儿，动静消失了，也许只是风刮过的声音，就像早上一样。”

许木顿了顿，也许这只是风刮过的声音。他转念一想，可如果不是呢？也有可能是有人跟在身后想要伤害他们。

不行，还是得过去看看，许木默默点头，他拿着铲子的手举在身前，另一只手护着白部，慢慢往前走去，说道：“我觉得我们还是过去看看比较好，阿部，你挨我近点。”

白部有些犹豫：“那，叫声怎么办？”

“等确认没有人跟踪我们，再去救那个人。”

许木说得在理，白部心想，刚刚自己一厢情愿地认为扔石头的是杨子介，但如果不是杨子介，而是其他有心的人呢？还是稳妥行事比较好。

两人一前一后，走向前方的灌木丛。

白部按照许木的要求，帮忙用手电筒照着四周。树林里静悄悄的，没有鸟声虫鸣，只有两人走路的声音、树叶的沙沙声，以及那分不清从哪儿发出来的凄厉叫声。

走进灌木丛，什么都没有发生。许木松了一口气，护着白部的手放了下来。

“没什么，看来真是风吹过的声音。”

白部点点头，随意地扫了一眼灌木丛：“那我们赶紧找找叫声是哪里传出来的吧。”

许木“嗯”了一声就想往后退，但他似乎发现了什么，“咦”了一声，止住后退的趋势，往前走去。

白部不解，想要跟上，突然，从头顶方向落下一截小树枝，砸在她的头上。

她条件反射性地抬起头。

一张脸映入眼帘！白部惊得差点叫出了声，她慌忙捂住嘴，看了一眼许木。许木被其他事物所吸引，没有注意这边。

杨子介此时蹲在树上，隐藏在树叶里，由于四周环境太黑，白部也没有想到树上会藏人，一直没有发现他。

杨子介探出一个头，右手食指放在唇前，做出一个噤声的动作，示意白部不要出声。他左手藏在树叶中，紧紧地抓着树干避免自己掉下来。

白部现在虽然有许多问题想问舅舅杨子介，但眼下情况不允许，舅舅也没有要说的意思，只好暂时压下内心的冲动，她点头表示自己知道。

杨之介用右手指了指身前，白部顺着他手指的方向看去，那里有一块巨石，巨石背面是一处隐蔽的场所，看样子杨子介想要在那里跟她碰面。

白部做了一个收到的手势，然后朝着许木方向轻声喊："许木，你怎么了？需要我帮忙吗？"

许木似乎被什么东西吸引了，竟没有抬起头，只见他身体被灌木丛挡住，不太清晰的声音从里面传来："没事，我发现这丛草上有血迹，但也就到这里，后面有条下坡路，不知道下面还有没有血迹！我先下去看看，这里路陡，也不太安全，你就在上面等着我，我有了什么发现再叫你！你一个人看见异常现象就大叫一声，我马上上来！"

白部大声回答好，眼下时机不容错过，跟舅舅见面要紧，血迹的事暂且放在一边。

她一路小跑，跑到巨石背面等待着杨子介。

杨子介不知什么时候从树上下来了，此时已经到了巨石后。

白部开口想要问，却被杨子介低沉且急促的声音打断："阿部，时间紧急，现在开始你不要说话，听我说就好！"

不知为什么，杨子介一脸心急如焚，白部看在心里，不敢发问。

"我上山后就跟在你们后面，遇到了几件诡异的事，这山上的人都有问题！"

"有个和尚偷你们背包，被我拦下了。"

白部心想自己果然没猜错，"鬼"是半山庙的人，背包是杨子介送回的。

杨子介看了一眼许木，发现他还在灌木丛里，于是压低声音继续说："罗胜不是我杀的，我发现他的时候他就死了，凶手也不是山里的人，我怀疑是你们队伍里的人。"

白部心中大骇，队伍里的人？那会是谁？关轩？王腾？难道是许木？

白部不安地看了一眼许木的方向。

杨子介看穿白部的想法，敲了敲白部的头："这小子没问题，人不错，就是有点粗心，咳！"他突然身子一弯，差点跪倒在地，他稳住身子，手慌忙捂住嘴巴，尽量降低咳的声音。

白部见状想要上前扶住杨子介，却被杨子介另一只手拦了下来。

杨子介闭着眼靠着石头，他紧皱眉头，癌变的突发疼痛侵蚀着他的身体，让他额头止不住地渗出冷汗。

白部看在眼里急在心里，却不知怎么办才好。好在杨子介身子骨好，硬生生地撑了过来，他颤抖着反手伸进背包里掏弄，拿出一个白色药瓶，想要打开，似乎因为疼痛没了气力，药瓶的盖子纹丝不动。

白部见状急忙夺过药瓶，帮他打开，她低头一看，看不清里面到底装着什么。杨子介接过药瓶，也不往外倒药，直接将药瓶对着嘴巴，将药吃了进去。

过了一会儿，杨子介颤抖的身子慢慢稳了下来，仍是无力地靠在石头上。

白部从他手里拿过药盖好，塞回他的背包，担心地看着他。

良久，杨子介睁开了眼，缓缓说道："老毛病了，不碍事。"说着，他伸手又捂着嘴，轻轻咳了两声。

白部看着杨子介，想起他此时身患绝症，心中不免一阵后悔。若不是因为自己的报复心，杨子介此时应该在医院接受治疗，而不是忍着疼痛上山来。

杨子介没有注意白部在想什么，他吃完止痛药恢复后，就一直看着许木所在的方向。他说：“阿部，你要注意一个戴黑色眼镜的人，罗胜是被他杀的。我当时站得远，看不太清脸，只是知道他穿着一身黑，戴着黑色眼镜，而且这个人，心狠手辣，做事果断，身手很好！”

白部思绪在杨子介说话的一瞬间就收了回来，听完杨子介所说的话，她心想，戴着黑色眼镜、穿着黑色衣服的人。

奇怪，队伍中没人戴眼镜，也没有人穿着黑色衣服……白部快速地把每个人的穿着在脑中过了一遍。她自己喜白，穿着白色衣服，关轩和许木一般都穿灰色衣服，王腾穿着棕色衣服，顾兰和张巧盈比较花哨，穿着绿色和粉色。罗胜不用多说，人都死了，穿什么衣服都无关紧要。如果舅舅没有看错，难道这些人还带了备用的衣服专门留在这个时候穿?

没等白部想完，杨子介打断了她的思考：“总之，你小心戴黑色眼镜的人。另外，你们队伍里还有一个人我也放心不下，就是那个穿灰色衣服的男人。”

杨子介这么一说，白部就知道他说的谁——关轩。的确，关轩这人也曾让她觉得可疑。

另一边，许木好像发现了什么，激动地大叫起来：“阿部，你快来！我发现线索了！”说着，灌木丛一阵晃动，不一会儿，许木的身影从灌木丛里露了出来。

“阿部？你在哪儿呢？”似乎没有看到白部的身影，许木有些慌张，他拿着闪烁微弱灯光的登山手机，缓缓地朝原先白部站的位置走去。

糟糕！白部心中暗道。

杨子介明显也注意到了许木的举动，他俯下身子，压低声音急道：“来不及了，你记得不要离开许木，也不要一个人行动，注意戴黑色眼镜的人，我在这里不宜久留，就先走了。不过你要记得，我一直在你身边看着你。”他轻轻地抚摸白部的脸，眼中充满着慈爱，后者不舍地看着他。“还有，这血迹我也不知道怎么回事，但有猫腻，你一见到不妥就马上跑，什么也别管！”

杨子介似乎还有很多话要说，但许木已经走了过来，不容他再继续待下去。他抽回手，果断地转过身，身影缓缓地消失在黑暗中。

“阿部！”许木走回原地，没有看见白部，当下心中一慌，“阿部，你在哪儿？阿部！”

白部目送杨子介离开后，听见许木叫着自己，她平复好自己的心情，从石头后探出身子，用正常的语气道：“没事！我在这儿，你发现什么了？”

许木似乎没想到白部竟会在这种地方出现，于是走了过去：“阿部，你怎么到这里来了？”

白部把额前的发丝捋到耳后，装作一副惊讶的样子：“我刚刚看到这里好像有血迹，就过来看了下，结果看错了，只是片枯叶。”

许木将信将疑地点点头，也不在意。他歪着身子，手指向灌木丛，急急忙忙道：“对了，我刚发现了那下面有血迹！”

许木领着白部走向灌木丛，白部一看，灌木丛后有一条陡峭的下坡路，弯弯曲曲，不知通向何处。而在灌木丛中，白部发现了几片沾染了血液的树叶，看来，许木之前是看到这个才起疑心下去查看。

许木已经穿过灌木丛，走到了陡峭的下坡路上，他伸出手，示意白部抓住：“下面我看过了，没什么危险。”

在许木的搀扶下，白部轻松地穿过灌木丛。

这一段下坡路并没有看起来那么陡峭，只是因为下雨有些湿滑，白部踩在上面，需要稍微花费些力气才能站稳。许木不放心，手紧紧地扶着白部。

跟着许木慢慢走下这个坡，白部不时地回头，企图看到杨子介的身影，杨子介不知是躲在了哪里还是已经离去，直到她下到坡底，杨子介一直都没有现身。

“到了，你看！这一路上都有血。”许木小心地搀扶着白部，直到踩在一块平地上，他才松开手。

白部四处张望了一番，发现他们现在处在一个树洞下。与其说是树洞，倒更像是一些藤蔓、枝丫与杂草聚合在头顶形成的一个拱形的“桥洞”。

血迹不规律地分布在地上，从下坡路一直延伸至“桥洞”更深处。

许木看向白部，等待白部的建议，是继续深入，还是就此退出。

不知是否因为“桥洞”的原因，叫声变得清晰起来，白部面无表情地看着“桥洞”深处，她听着这个叫声，觉得有点耳熟。

这种想法在白部脑中一闪而过，消失不见。她摇摇头，觉得自己是因为压力过大导致胡思乱想了。但她出于担心，还是问许木：“你不觉得这个叫声有些耳熟？”

许木正等着白部给出要不要继续深入的建议，却猛然听到白部问他，虽然不知道为什么白部这么问，但他还是竖起耳朵认真听，片刻后，摇头。

白部见许木摇头，心里安定了几分，看来的确是自己在乱想。

她用手电筒照了照“桥洞”深处，又照了照来时下坡的路，暗自思忖：这条路目前看来还挺安全，舅舅在后面跟着我，应该没什么事。叫声的主人有可能就在前面，我们去了，就算在前面没找到人，那就原路返回，一来安心了，自己并没有见死不救；二来也保证了自己的安全。

当下想着，白部就把自己想的跟许木说了，当然她跳过了杨子介的部分。

许木点头称好，说，至少没有见死不救。

两个人继续朝“桥洞”深处走去，白部在前，许木在后。

“桥洞”是由一些茂密杂乱的藤蔓、枝丫参差交错在一起，形成了一个天然的保护屏障，挡住了许多雨水，下坡路两端又有额外的沟壑，形成天然的引水渠，因此“桥洞”下比外面干燥了许多。

沿着血迹的方向走了大概 10 分钟，白部他们穿过“桥洞”，走上一条坡度较缓的上坡路后，来到一处山谷。

此时叫声已经非常清晰，就像是在附近几米的地方发出的，白部、许木对视一眼，看出了对方所想，自己来对地方了。

山谷呈 V 形走向，只有十米左右，是一处小山谷。谷口外是一片十分茂密的树林，从这里往外看，里面还有许多从树干上垂下来的藤蔓和气根，白部来时经过的“桥洞”就在这片树林的下方。

白部、许木两人此时站在山谷里，背对着“桥洞”。

山谷里没有树木，只有肮脏泥泞的黄土以及遍地的杂草。叫声还在持续着，现在听起来，尤为刺耳，好像就是从这山谷里发出来的。

白部用手电筒照去，发现地上隐约有被人踩过的痕迹，她又仔细地照了一下，忽然，在一块草地旁，她发现了一个浅显的，看上去像是脚跟处的鞋印。

她蹑手蹑脚地走上去，仔细观察。随后她像想到什么，转头对着身后一脸懵懂的许木说：“你去看看下面有没有朝外走去的脚印。”说着，她指了指“桥洞”。

虽然不知道白部在做什么，许木还是乖乖地听从了，于是立马走下了“桥洞”。

叫声凄厉刺耳，此时就好像在身边对着耳朵怒吼一般，白部不去看眼前这个脚印，而是往山谷深处走去。

越往里走，叫声越大，而且在白部听来，越发诡异，她内心也越发不安。

“有人吗？”白部开口问。

叫声持续，并没有人应她。

“有人在吗？我们来救你了。”

没有人回答她，只有叫声依旧在凄厉地响着。

慢慢走到谷底，白部在石壁前顿住身子停了下来，她心跳加速，眼神微眯看向地上。她右手拿着的手电筒正直勾勾地照着一块草丛，而在草丛里，一台录音机凄惨地躺在那里，发出凄厉的叫声。

被人调虎离山了！糟糕，他们有危险！白部立马猜到，这一切都是有人预谋的，引蛇出洞，再各个击破！

“早该想到的！”白部愤愤道。

她飞快地捡起录音机，熟练地按下暂停键，叫声戛然而止。她小跑回“桥洞”，正遇上刚查看完脚印的许木。

许木正要开口，被白部一把拉住，又回到了“桥洞”。他不明所以，但看到白部脸上出现前所未有的严肃表情，就知道大事不好了。但叫声突然消失让他很疑惑，他问：“阿部，人呢？”

“我在路上跟你说，现在我们先回去！”白部来不及解释，拉着许木跑下坡，也不在意安全不安全。

他们在“桥洞”里一路狂奔，白部体力有些不支，速度缓缓地降下来，改成小跑。

“你……看这个……”，白部挥了挥手里的录音机。

许木接过它，端详一番后，疑惑道：“录音机？”

“对……还记我之前……跟你说的叫声很耳熟吗……呼……”白部顿了顿，调整呼吸，“我终于知道为什么耳熟了……这声音就是录音机特有的，之前一段时间用过这东西，对这声音……挺熟悉了，所以刚刚觉得有点耳熟。我刚上去，没见到人，只看到了这东西，叫声就是从这里传出来的。我们被骗了，是有人故意把录音机放在这儿，让我们分开行动的！”说到最后，她的呼吸调整了过来，不喘气了。

“你刚刚下去有发现朝出口方向走的脚印吗？”

许木点头：“有，发现一两个，但像是被人刻意处理过一样，不是很清楚。”

此时两人已经来到出口处，白部加快脚步，三两下就上去了，许木紧跟其后。

“那就对了，那脚步是别人留下来的，我们来的时候注意力都在血上，没注意到有其他人的脚印。”

许木眉头紧蹙，他也意识到事情的严重性：“那关轩他们？”

“对，所以我们赶紧回去，他们应该也只是发现另一台录音机，但是不知道的是，放录音机的人是守在谁那儿。”

放录音机的人没在他们这边出现，那就是说他此时守在另一台录音机那儿，无论是谁找到这台录音机，都将面临危险。

眼下刻不容缓，白部、许木他们不敢放慢脚步，一路朝洞穴跑去。即使已经来不及，但目前能找到谁都好，人聚在一起总比落单来得安全。

不一会儿，白部和许木就回到了洞穴，此时，叫声已经消失了。

洞穴里不明亮的篝火摇曳，映出两道影子。

有人先回来了？白部内心一惊。叫声已经消失，那就代表着所有的录音机已经被暂停了，那么，到底有没有人遭到袭击，或者是，这一切都是自己想太多了？

看着洞里映出的两道影子，许木和白部互相看了一眼——到底是谁回来了？

怀着忐忑不安的心情，两人缓缓地走下洞口通道，走进洞穴。

篝火在燃烧着，此时烤在刚狂奔过的两人身上，让他俩觉得燥热，不自觉地便离得远了。

先回来的人是关轩和顾兰，此时正站在篝火旁等待着，见到白部、许木回来，便迎上来询问。

白部扫了一下洞内，没有看见王腾和张巧盈的身影，看来那两人还没回来。她把手里的录音机递给关轩，并把经过告诉了他们。

听完白部所说，关轩面露尴尬之色，他耸耸肩，转身从包里也掏出了一台一模一样的录音机。他把两台录音机扔在地上，坐了下来，缓缓道："你说得没错，看来我们中计了。"

他将自己和顾兰发现录音机的经过说了一遍。两人先是漫无方向地往山上走，后来也发现了血迹，循着血迹来到一处巨石林。石林里到处都是散落的巨石，录音机就放在两块石头的缝隙里。好在他们拿了录音机就回来了，并没有遇上危险。

白部摇摇头，脸上不安的神色凝重了几分，她说："王腾和巧盈还没回来，现在叫声也消失了，看来他们十有八九出事了！"

许木走过来，拍了拍白部的肩，让她不要着急："有可能他们刚找到录音机，关了之后正在回来的路上，我们再等等看，等不到我们再出去找。"

白部"嗯"了一声，眼下在这儿干着急也没有用，只好耐心等着。

她瞥了一眼关轩和顾兰，发现顾兰眼神迷离地看着她，神情有点恍惚疲惫，便想起顾兰身子并不好，这两天都没有好好地休息过，便担忧地问："小兰，你没事吧？"

顾兰似乎走了神，没有回答白部。

白部又叫了两声，顾兰这才反应过来，连忙道："没事没事。我只是在想巧盈姐他们怎么还没回来？”说完，她便走到张巧盈的背包边，翻出包里的杂志，坐下看。

白部担忧地看着顾兰，眼下情况不明，诡异的事情层出不穷，加上死了人，这些事情对顾兰势必造成了巨大的冲击。看着一脸疲惫的顾兰，白部不由得想起了跟顾兰差不多大的白月，心里又一紧，悲伤又涌了出来。

忽然，白部脑中闪过一张字条，那是之前关轩传来的字条。

对了，为什么要小心王腾？白部不解，想要弄清原因。她掩藏起内心的苦楚，看向关轩。关轩发现白部在看他，于是问：“怎……怎么了？”

“关轩，你之前丢字条跟我说，小心王腾，这是为什么？”

关轩先是一愣，随即像是想起了什么，拍了下大腿，道：“是！我正要说这件事，王腾这家伙，是他打晕了我！”

此话一出，白部、顾兰、许木纷纷震惊。

白部皱眉开口：“为什么这么说？”

关轩顿了顿，他看了一眼洞外，确定洞外没人后，说道：“我说被人打晕其实不假，但是我昏迷之前有段时间是清醒的，那时候我看见王腾站在我身后，微笑地看着我，神情十分诡异，大概是这个样子的。”说着他露出一个十分诡异的微笑。

“那你回来的时候干吗不说？”许木双手抱胸，不解地看着关轩。

关轩伸出食指，左右摇了摇：“不不不，当时不能说，我毕竟只是昏迷前看到的王腾，但是不是王腾打的我也不确定，所以我就只告诉了白部一个人，让她小心点王腾。”

“你为什么只告诉我一个人？”白部盯着关轩，眼神中透着疑问。关轩这段话让她觉得太假，如果他怀疑王腾，为什么还让张巧盈跟着王腾出发，不阻止她？

“因为，我觉得这里面就你最聪明，告诉你是最好的。”关轩耸肩，之后他似乎不想再继续这个话题，便站起身来，走到洞口，朝上看去，“他们还没回来，感觉出事了。”

白部还想再问些什么，但听到关轩这么一说，硬生生止住念头。眼下不是讨论为什么怀疑王腾的时候，王腾和张巧盈去了太久了，按道理就算已经拿到了录音机，那也该回来了。此时还没见到人，那就只有一个原因——出事了！

白部转头想要叫上许木，发现他不在身旁，而是在背对着一个角落偷偷摸摸不知道在鼓捣着什么，她开口喊：“许木，你在做什么呢？”

许木背对白部的身子抖了一下，然后手忙脚乱地站起。白部看不清他的表情，只好朝他身前看去。

只见许木身前的地上杂乱地摆放着食物和工具，他将地上的东西收拾好，塞进背包，转身说道：“我在检查包里的东西看有没有遗漏的，你们说的我都听到了，是时候出发了。这种事不能拖，越拖危险越大，最好现在就出发。”

众人应声，眼下的确不能再拖时间了，需要马上找到王腾和张巧盈。

随意地收拾了一下东西，四人出发了。许木依旧背着他的食物背包，白部劝他轻装上阵，他坚决摇头，并称万一食物被偷了，就真的完蛋了。

劝说无果，白部也不再去管这件事。走之前，白部让许木拿出手机查看，虽然没有下雨，但手机还是处于无信号状态，抱怨了下该死的白云山，他们就出发了。

王腾和张巧盈去往的是往洞穴后方的树林，他们一行人就朝着这个方向寻去。四人各自分散开，往前寻找。

“王腾！巧盈！”

“巧盈姐！王哥！你们在哪儿？”

“王队！”

众人边找边喊，企图得到两人的回应。

随着时间的推移，天空又飘起了细雨，洒在脸上，让人觉得发痒。

“又下雨了……”白部在心里叹，“每次下雨都会发生不好的事，希望这一次不会。”

搜寻没有因为细雨的到来而终止，众人依旧认真地寻找着，没有人说放弃。

蓦地，一丝似有若无的声音从不远处传来。

“我……救命……救救我……”

这求救声虽然不大，但胜在真切。一瞬间，四人互相看了一眼，从眼神中看出，他们都听到求救声。

求救声断断续续地响起，微弱而绝望。

“巧盈姐！这是巧盈姐的声音！”顾兰怪叫一声，忽然朝树林的深处跑去。

“小兰，小心！”白部并没听出这是张巧盈的声音，但她看见顾兰叫着往树林深处跑去，出于担心，情急之下也跟了进去。

“阿部！”许木也跟了上去。

关轩看着他们一个个都冲进树林，摇摇头，无奈地跟上。

往前走了不过十米，一棵大树下，浑身是血的张巧盈无力地靠在树边，一只血手搭在头上，做出让人搀扶的姿势。

顾兰已经冲到她身边，不顾地上的肮脏跪了下去。

她双手握着张巧盈的血手，不顾旁人在场，大声哭道：“巧……巧盈姐……你……你这是怎么了？！你可千万别出事啊！都……都怪我！”

白部看着全身淌血的张巧盈，此时的她气若游丝，随时都有可能昏过去。

关轩看着这副模样的张巧盈大惊失色，他推开顾兰，半蹲下来检查张巧盈的伤势。片刻后，他环顾了一下四周，摇摇头，怒道："这该死的王腾，竟然下如此狠手！"

白部听闻，也四下扫了一眼，发现附近并没有王腾的身影，听关轩的语气，他似乎认定消失的王腾就是凶手。

"先别管王腾，我带了急救药包，你看看能不能用！"一旁，许木早已经放下背包，从包里拿出了一大袋东西，有酒精、消毒液、绷带、感冒药等。

关轩看见许木掏出如此多的急救药品，喜出望外，他不住地点头："有用有用，许兄弟，你这次帮大忙了！"

只见关轩拿过酒精和消毒液就开始清洗张巧盈的伤口，张巧盈身上有多处刀伤，这血就是从伤口里渗出来的。

白部不忍看下去，于是趁这个空当，四处转了转，想要发现点什么。

不过四下看了一圈，她只发现了一条沾染着血迹的路，从一块流满血的平地延伸到张巧盈所在的树下。看样子，是张巧盈听到众人的声音，艰难地爬过来时留下的，此外，就没有发现其他线索。这一带石子较多，没有发现脚印。

无果，白部走回原来的地方。

此时张巧盈的伤口都已经清洗完毕，缠上了绷带，关轩不知给张巧盈吃了什么药，她此时已经昏睡过去。许木收好东西，重新背上了背包。

白部此时觉得许木随身背着包真是一个明智的选择，心中不由得一阵感激，便朝他竖起了大拇指。

许木看见，苦笑了一番。

一边顾兰还在自顾自地说着“怪我怪我”之类的话，让白部感到疑惑，但眼下重要的事是张巧盈的伤势，她决定待会儿再去安慰顾兰。

“怎么样？”白部担心地问。

关轩用绷带蘸了点酒精，擦了擦手，然后抹去额头上的雨滴，说道：“不知道，她伤口多，但割得不深，看来凶手是想让她慢慢流血死掉。我给她伤口消了毒，喷上止血剂，缠了绷带，还给她吃了些消炎药，具体怎么样，我也不知道。她是失血过多昏过去的，得看她自己能不能撑过来吧。”

听着关轩不确定的回答，白部呆呆地望着他，后者抿嘴，道：“我只是心理医生，这个不是我的专业。”

白部略感无奈，关轩说得不假，心理医生的确不能对这种事做出保证，不过她突然想起了什么，继续问：“那巧盈说了什么吗？”

关轩弯腰架起张巧盈，白部上前帮忙把张巧盈移到关轩的背上。

关轩背着张巧盈，一边往前走一边说：“说了，她说这不是王腾做的，她跟在王腾背后被人敲晕，醒来后王腾就不见了，自己则浑身是血地躺在地上不敢动，以为自己就会这样死了，后来听到了我们的声音，这才勉强地爬了几步。”

说着，他愤愤地一拳打在树干上，狠狠道：“肯定就是王腾这家伙，伙同其他人一起对我们下手！”

白部觉得奇怪，如果真是王腾动的手，那王腾的动机是什么？她将自己想的告诉了关轩。

关轩思索了一阵，说出一个让白部惊讶却不惊奇的理由：“心理变态或者人格分裂吧，这种人做这种事太正常不过，单纯以虐待杀戮他人满足自己低劣的内心，B 市的精神病院里现在就关着几个。”

这话说得不无道理，人格分裂又称解离症，患有这个病的人一般表现得像正常人一样，只有在经历某些特定的事情或者因为某个东西的刺激，内心深处沉睡的另一个人格才会被唤醒。这个人格往往与正常的人格大相径庭，会做出许多反常的事情，比如说，伤害他人。

那这么说，王腾真的有人格分裂？另一个暴戾凶狠的他这时已经被唤醒，要杀害他们？白部不确定这些到底是不是真的，但眼下发生的事情，让她不得不小心防范王腾。

细雨寒风，为山中冷清的氛围更增添了几分寂寥，顾兰似乎害怕昏迷的张巧盈会因为这雨加重伤势，不停地用手擦去她脸上凝结的雨珠，边擦边不住地喃喃“都是我的错，都怪我，对不起，对不起”之类的话。

这话白部听了很多次，起初并没有感到怪异，但顾兰如此喋喋不休地讲了一路，她不禁感到纳闷，为什么顾兰如此自责？

她问了顾兰一句，顾兰出了神，并没有理她。

白部想要追问，被关轩阻止，他说：“她好像是对自己没有强行留下巧盈这件事感到愧疚，如果她那时留下巧盈，这会儿张巧盈应该不会这样。”

白部听了，担忧地看了一眼顾兰，便不去管她。

他们朝山洞的方向走去，其间白部在路上还随意地问了关轩几个关于心理学上的问题，以及他对这件事的看法。

也许是因为下着雨又背着张巧盈，关轩草草回答了几句便没了下文，白部不忍打扰他，也不再问。

第十三章

被操控的顾兰

XIANYIRENDE
YOUXI

也告诉你一个秘密，其实啊，罗胜和王腾都被我杀了，哈哈哈！

雨没有变大的趋势，只是烦人地飘着，四人脚步不慢，不一会儿，便回到洞中。

关轩小心地放下张巧盈，将她放在睡袋上，避免地上冷冰冰的寒气渗到她身上。

顾兰寸步不离地守在边上，照顾着张巧盈。

“唉，现在王腾也不见了，这到底是怎么回事？！”许木背着包一屁股坐在地上，看样子没有想要放下背包的打算。

众人沉默，没有人回答他，或许是没有人知道如何回答他。

许木重重地叹了一口气，不再说什么。他站起身，往之前收拾东西的地方走去，边走边道：“既然这样，那……”

话未说完，突然，一堆碎石从洞口上方落下，在通道里滚动一阵，落入洞内，直直地落在关轩的前方。

关轩一下子跳了起来，惊愕地看着石头，然后他立马转身，跑向通道，不顾上面还在滚落的碎石。片刻后，一道叫声传来：“王腾？你给我站住！”

一切都是在电光石火间发生的，容不得白部思考滚石为什么会掉下来，关轩的声音已经消散了。

难道是王腾出现被关轩发现了？白部心中一惊，这王腾竟然主动出现。

“嗖”一下，眼前刮过一阵风，吹散了白部的思考。

许木背着包也跟着关轩冲了出去，速度太快，带动空气流动。

眼看着许木也要消失在通道，白部来不及细想，她背上包，决意要跟上去一探究竟。

她喊了一声小兰，顾兰抬起头面无表情地看着她，眼神空洞仿佛失去了光彩。

白部没有发现这一细节，她急着跟上许木，便匆匆地说：“小兰，你在这儿照顾好巧盈，我马上回来。”说完，她飞似的也跑了出去。

她边跑边祈祷，自己出去还看得到他们的身影，至于顾兰有没有点头答应，她走得太急没来得及看清。

三步并作两步走，白部几秒后便出了洞，她转头左右看了一眼，立马就发现了许木的身影，再往前看，隐约还能看见关轩的身影。

他们是朝着山上树林的方向跑去的，白部瞥了一眼便跟了上去。

关轩速度极快，许木也不甘示弱，原本在洞中，他想取出之前出发寻找王腾、张巧盈时，隐藏好的摄像机，让众人看看在他们离开洞穴之后有没有人潜入。

结果还没拿出来，异变就发生了。听到关轩声音传来的瞬间，他也不知道怎的，脑子一充血就跟了上来，像是非常想要弄清到底是谁在洞外。

树林中，关轩在许木前方十米处狂奔着，由于奔跑的关系，手电筒的光一直在乱晃，许木很难看清关轩追着的人的踪影。

关轩速度奇快，看着离自己越来越远的他，许木不禁佩服，关轩的身手实在太好，就连在树林里跑也不减慢速度。

树木的残影从两边迅速往后退去，然后消散。两道身影急速地在树林里狂奔，许木认为自己已经跑得很快了，但关轩更快一些，两人之间的距离越拉越大。许木眼看着就要跟不上了，他一咬牙，准备再加把劲，就在这时，身后一声惊呼响起。

“啊！”

声音入耳，许木顿了一下，这声音怎么这么耳熟？

阿郃！许木立马想起来，这是白郃的叫声，难道，白郃出事了？

因为这一停顿，本来就相差很远的关许两人，之间的距离又拉大了。许木看向前方，关轩的身影已经消失，不知跑到了哪里。

他无奈地摇头，长叹了一口气，心想，既然跟丢了，那还是先回去看看阿郃。刚刚的叫声的确是白郃发出的，不知道她出了什么事。

许木转身往回跑去，没走多远，在一棵树后，他发现了白郃。

白郃背着包，背靠着树坐在地上，她正查看自己的膝盖和手肘，上面破了皮，流出了暗红色的血，看样子是一不小心摔倒在地磨破了。

许木见状连忙放下背包，从里面掏出酒精和绷带，想学着关轩的方法给白郃包扎。

白郃看见拿着绷带的许木突然出现，先是感到惊讶，然后她看到许木身后没有关轩的身影，便猜到了许木是因为她而跟丢了关轩。她低垂着头，让人看不清表情，许久过后，她带着歉意的声音缓缓传出：“对不起……”

许木正给白部清洗着伤口，听到白部说对不起，他的手明显停了一下，在空中僵了几秒。

一片沉默……

“胡说什么呢。”许木打破了这尴尬的气氛，“不怪你，是我自己跑得太慢，原本就追不上关轩。”

白部不说话，由着许木清洗伤口。

“你怎么跟出来了，干吗不和顾兰待在洞里？万一跟丢了我们，你一个人多危险。”许木正用纱布包扎完伤口，准备缠上绷带。说到这里，他又一顿，像是忽然想到了什么，眼睛睁大地看向白部。

白部也像是突然想到了什么，一脸紧张地看着他。

几秒后，两人同时喊道：

“糟糕！顾兰！”

“小兰一个人在洞里！”

来不及仔细缠上绷带，白部随意地绑了个结固定，许木收拾好剩下的东西，背上包，拉着白部就走。

由于出洞的时候只顾着跑，再加上是在伸手不见五指的夜里，白部和许木不知道自己跑了多远，跑到了哪儿。

他俩只能慢慢地摸索着回去，来的时候由于树多草杂，四周又立着许多怪石，再加上注意力都放在了追人上，自己转了几个弯、路过多少树，白部和许木已经不知道了。

尝试性地往外走了几米后，他们便明白，他们迷路了。

在夜晚的山里迷路，找到路是很难的。由于天上乌云笼罩，看不见星星，很难分辨方位，白部和许木只能依靠树冠的茂密方向，再加上白部脑中依稀的记忆，来寻找回去的路。

这一寻找，便花费了半个小时。终于，白部和许木找到了来时的山路，他俩来不及庆幸，马不停蹄地就赶回到洞里。

洞中，空无一人，除了昏迷的张巧盈。

顾兰也消失了！

白部头皮发麻，难道顾兰也出事了？如果顾兰出了事，这一大半的责任都在于她，为什么那时候自己要出去？！为什么不留下来？！

她后悔道："都怪我，为什么要跟出去，既没追上关轩，又没看好顾兰！"她紧紧握着手，指甲嵌进肉里也没察觉，身子不住地颤抖，"白月也好，顾兰也好，为什么我这么没用，不能好好保护她们？"说着，她的声音慢慢哽咽了。

许木心疼，拉过白部，缓缓地抱在怀里，一只手轻轻地抚摸着她的头，安慰道："别哭了，现在还不知道到底怎么样，还有机会。"

"没有了，关轩跟丢了，顾兰不见了，这还能怎么办，就剩我们两个人了。"白部摇着头，任由许木抱着。

"不，还有机会。"许木双手搭在白部肩上，把她从怀里推了出去，一双眼睛充满自信地看着她。

白部被自信的许木看得有点发蒙，诺诺地问："还有……机会？"

许木松开白部，走向一处墙角，在那边扒了一会儿，从土块中挖出了一台摄像机。他挥挥手里的摄像机，看着一脸不可置信的白部，说："这是我之前藏起来，准备看到底是谁会趁我们不在的时候潜入洞里的，还好之前没有收起来，现在发挥了点用处。"

白部呆立在原地，还是无法相信许木竟然拿出一台摄像机。

许木走向白部，拉着她坐下来，一起观看里面的影像。

两人紧紧地盯着摄像机里的画面，生怕错过一点细节。

画面开始，是许木偷偷摸摸藏摄像机的样子，然后他起身，四个人一起离开了洞穴，此时是出去寻找王腾和张巧盈的时候。

后面几分钟，画面里一直没有出现人影，许木往前按了快进键，此间画面飞快地闪烁，突然一道人影闪过！

许木飞快按下暂停键，结果发现这是四人背着张巧盈回来的景象，又看了一会儿，后面的画面就是关轩出洞，许木次之，最后出洞的是白部。

画面里顾兰一直蹲在张巧盈边上照顾着张巧盈，并没有移动。这样的画面持续了有五六分钟，就在许木又想按快进时，顾兰动了。

顾兰直直地站起，伫立在原地，约有半分钟后，她转过身，走向堆放背包的角落，弯腰从包里拿出一把军工铲。

那是一把崭新的军工铲，白部看到时“咦”了一声，因为这把军工铲从来没见顾兰用过。

拿了军工铲，顾兰回到张巧盈身边站着，她低头看着张巧盈，军工铲慢慢伸向张巧盈的头，看样子是想拍下……由于离得太远，摄像机并不能拍到顾兰的表情。

看到这里，许木和白部同时倒吸了一口冷气，心也提了起来。

随着时间的推进，顾兰的铲子始终没有拍下去，过了一会儿，顾兰走到了画面外，消失了。

由于摄像机摆放的位置有点歪，并不能将整个洞穴都拍下来，所以，顾兰去了哪儿，并没人知道。

影像继续播放，许木按了快进键，准备等到有顾兰身影的时候再暂停，可是顾兰就好像消失在了洞里，画面里一直没有再出现她的身影。

就在两人以为顾兰不会出现的时候，画面里一个黑影闪了一下。

许木按下暂停键，看清了画面上的黑影，他眉头只是轻轻一皱，小声说：“关轩已经回来过了？他怎么换衣服了？”

白部没有回答他，而是死死地盯着影像画面。她此时内心犹如掀起惊涛骇浪，电闪雷鸣，她不敢相信自己的眼睛——画面中，关轩脱下原先的一身灰衣，换上一身黑色的衣服，而脸上，赫然戴着一副黑色眼镜！

舅舅杨子介所说的黑衣人，竟然就是关轩？！

白部感到一阵窒息，她不敢相信，关轩就是舅舅说的杀死罗胜的人。那如果罗胜是被他杀的，那么王腾和张巧盈呢？

来不及思考，许木那边传来一阵惊呼：“关轩身上有血！”

白部看去，只看见一身黑衣的关轩右手拿着军工铲，铲上泛红，似乎就是血迹，朝下看去，关轩黑色的裤腿上也有一大片红色。

“这……”白部惊得说不出话来。

画面还在播放，关轩拿着铲子走向顾兰的背包，看都不看地上的张巧盈一眼，他在顾兰包里翻着，然后从里面拿出了一把钢制手斧，斧刃银光熠熠，让人感到发寒。

白部和许木又惊讶地倒吸了一口冷气，惊的是关轩竟然拿起斧头，讶的则是斧头是从顾兰包里拿出来的。

接下来，关轩出了洞。

之后画面上除了篝火在燃烧外，就没有其他会动的东西，不一会儿，摄像机拍到许木和白部回来了，影像结束。

白部和许木面面相觑，除了因为身上带着血迹的关轩回来过，还因为他们从始至终没有看见顾兰出洞穴，顾兰一直都在洞里，可是为什么他们进来的时候没有看到顾兰？

突然，白部瞥到了隧道，一个想法从她的心里萌生。她心想，如果顾兰一直待在洞里没有出去，他们回来的时候也没有看见顾兰，那么，顾兰会不会是走进了隧道?

尽管隧道里有罗胜的尸体在，那是顾兰最害怕的东西，但顾兰的表现太过诡异，拿着铲子想要拍打昏迷的张巧盈，背包里藏着手斧……这一幕幕亲眼看见的事实让白部不禁想到，顾兰的害怕是不是伪装的?

白部把这个想法告诉了许木。

许木点点头，他眼睛看向隧道，道："阿部你说得有道理，可现在的重点不是顾兰，而是关轩。关轩为什么拿着斧头出去了？他身上的血又是怎么回事？"

面对许木提出的疑问，白部难以解释，她不知道该怎么跟许木说：有一个一直在暗中跟随自己的舅舅，而这个舅舅暗中跟来的目的是为了帮白月报仇，此时罗胜已死，凶手就是关轩。

难以开口，白部干脆不作声，沉默以对。

见白部不说话，许木只当她想不到原因，没有再问。他收好摄像机，起身拍了拍衣服上的灰尘，捡起放在一旁的军工铲，紧紧握在手里。

许木皱起眉头，看着手里的铲子。眼下他手里有一把军工铲，关轩手里一把，顾兰手里一把，加上死去的罗胜手里应该还有一把，只不过罗胜的那一把并没有在罗胜身边，也没有在包里，不知在哪儿。

白部没有武器防身，这是许木最担心的。思考许久，许木将手中的铲子递到白部面前，示意她拿着。

白部拼命摇头，她不能接过这把铲子：一来自己不善用铲；二来，许木如果没了铲子，他面临的危险会更加严峻。

许木再三想把铲子交给白部，白部都拒绝，没有办法，他只好自己收好。他牵过白部的手，告诉白部要紧紧地跟随自己。

消失在洞里的顾兰，不知道是不是真如白部所想，躲进了隧道。这点两人不得而知，因此他俩不敢轻易下隧道查看。

两人商量片刻，白部说：“现在待在洞里也不是个方法，关轩和顾兰行为十分诡异，我们应该趁早离开这里，找个地方躲着，等救援队到来。”

许木点头赞同，他对摄像机里看到的景象十分震惊，虽然不知道关轩、顾兰到底在做什么，但他直觉那并不是好事，就目前来看，与白部一起离开是最好的办法。

“事不宜迟，我们赶紧走，不然待会儿关轩回来就糟糕了。”许木拉着白部，脚下生风，着急地朝洞口走去。

两人前脚跟着后脚，一步不停地走向洞口，顷刻，就走出了山洞。

许木拉着白部，正打算朝山下走去，突然，一阵阴森的声音传来——

“你们俩，是要去哪儿？”

两人被这声音吓住，立在原地。

这是关轩的声音！

许木和白部艰难地转过身，看清背后站着的人。

关轩一身黑衣黑裤，戴着副黑色眼镜，笑得弯成一条缝的眼睛看着他俩，嘴角扬起微笑。他一只手垂在身旁，另一只手隐藏在身后，这在平时看起来人畜无害的模样，此刻在两人眼里却有些诡异。

令两人觉得更诡异的是，关轩并非独自一个人站在这里，他的身边，此时站着消失在洞穴里的顾兰。顾兰双手下垂，拿着铲子，她低着头，不住地摇晃，嘴里还哼哧哼哧发出声音，但听不懂她在讲什么。

见两人没有回答，关轩冷笑一声，向前走了一步。

“你们，为什么要离开？”关轩又开口询问。此时，他的声音就像是换了一个人，低沉阴森，但穿透力极强。

白部见关轩向前，不由得向后退去，始终与关轩保持一定的距离。

关轩见状，嘴角不自然地抽了一下。

许木头上冒出冷汗，他挤出一丝笑容对着关轩说：“哈……哈……没……没什么，我们只是担心你们，出来找找。”

说话间，他将白部护到身后。

关轩又向前走了一步，抬起下垂的手，做出邀请的姿势，说：“找我们呀，那现在找到了，我们进去吧。”

“哼……哼……”一旁的顾兰发出怪声。

白部看了一眼顾兰，顾兰低着头，看不清脸上的表情。

许木拿着铲子的手摆了摆，他拼命地想要表现正常点，脸上一直堆着笑容：“不……不了，你们没事就好，我和阿部……和阿部还有事，待会儿再回去，你们先回去吧。”

关轩继续向前踏出一步，藏在身后的手隐隐动了下，他始终保持着诡异的笑容，说道：“有事？有什么事不能跟我们说呀，你说是吗，顾兰？”

关轩话音刚落，顾兰像是被什么触动一般，缓缓地抬起头，白部这才看清顾兰脸上的表情。

顾兰一脸呆滞，失去光泽的瞳孔无神地看着前方，她鼻翼微动，急促地吸气，嘴巴半张，发出哼哼的怪声。

“小兰……”白部看着顾兰的异样，担忧地轻声叫道。

顾兰无神地看着前方，没有反应。

关轩哈哈大笑，抬起的手放在了顾兰的头上，戏谑地看着顾兰：“你这样叫她，她听不到的，你得这样叫她。”说着，他看向白部，眯着的眼睛忽然睁大，眼神里充斥着狂热，他靠近顾兰的耳朵，低声地说，“顾兰。”

原本呆滞的顾兰，在听到自己的名字后，忽然面目狰狞，怪吼一声，嘴巴张大，口水从嘴角流下，她颤抖着身子，喘着粗气。

“她……她这是怎么了？她之前还在洞里，怎么就跑到你身边去了？”

白部吼道。

关轩大笑着弯下了腰：“哈哈哈，啊哈哈哈……”

片刻后，他伸手指着自己的鼻子，做出一副难以相信的表情看着白部：“你问我怎么了？我也不知道啊？！你干吗不亲自问问顾兰本人呢？”

“顾兰”二字一出口，顾兰颤抖得更厉害了，她不住地喘着粗气，偶尔伴随着低吼，就像是一头沉睡的野兽。

白部被吓得不轻，紧紧地贴着许木。

“关轩！”许木大喝一声。他对眼前的事也不明白，但看到完全变了个样的关轩和顾兰，他察觉到一丝危险的气息。

“关轩，这到底怎么回事？你身上的血又是怎么回事？”许木喝问，并将军工铲置于胸前，此时他只想弄清原因。

“血？”关轩疑惑地看了下自己的衣服，“我身上哪里有血？不都被我洗掉了吗？”他转了一圈，并没有发现身上有血，他问身边的顾兰，“顾兰，你看到我身上有血吗？”

就趁这时，许木和白部都看到了关轩藏在身后的手里，握着一把手斧，斧刃散发寒光，令人恐惧。

许木一惊，料定大事不好，他护着白部的手掩藏在身后，轻轻摆动，示意白部后退，自己也缓缓后退。

白部早就已经猜想到关轩另一只手上肯定藏着不寻常的东西，这时候看清了，还没等许木示意，就已经向后退了几步。

“咦？没道理啊，我身上应该不会有血呀！”关轩背着身张开双手，查看自己两肋是否有血迹，一边看一边自言自语，片刻后，他转回身，“没有啊，你们告诉我，我哪里有血被你们看到了……”

话没说完，关轩看见白部和许木离自己远了数米，他嘿嘿冷笑，面色暗了下来，在手电筒的余光下，一半黑一半白，更加瘆人。

白部一怔，许木说得有理，关轩很强，对付他们两人似乎都绰绰有余，自己去帮许木不一定有用，万一拖了许木的后腿，让关轩抓住，情况就会更加危急。

一念之间，白部决定，自己先跑。许木身手比自己好，一个人逃跑比带着自己跑方便得多。

想着，白部转过身，留下一句小心，便一路狂奔。

另一边，关轩原本正在看着缠斗的二人，在看到白部想跑时，他收住了脸上憎恨的表情，冷笑一声，拿着手斧就要去追。

许木手紧紧地抓住顾兰，回头看了一眼，发现白部已经跑出十多米，正要松一口气，谁知身旁突然闪过一个黑影。

他仔细看去，发现那黑影竟是关轩，心中一慌。

关轩跑开，目的肯定是要去追白部，许木原本以为关轩还会站在原地多看一会儿热闹，没想到白部一跑，关轩就马上行动了。

拦下关轩，不能让他追上去，这是许木此刻的想法。

顾兰还咬着木柄不松口，眼下情况紧急，许木也顾不得是否会伤到顾兰，只好用力往外扯出铲子，另一只脚往顾兰身上踹去。

顾兰虽然失去自我意识，像野兽一样，但吃痛的本能还在，被许木重重地一踹，她倒在了地上，捂着肚子低声呜咽。

许木来不及去管顾兰，他现在一心只想着白部，他转过身，朝关轩用力扑去。

关轩虽然跑出两米开外，但许木这奋力一扑，扑得很远，准确地扑在了关轩身上。

出于惯性，关轩和许木倒在了地上。

许木倒在关轩身上，见关轩被扑倒，立马坐在他身上，试图压住他。

“关轩，你要做什么，干吗要拿着斧头追白部？”许木喊道。

关轩力大，虽然被许木压住，但他一点也不慌乱，只见他两手用力地一撑，竟将许木抬了起来。

许木见状不好，这样下去自己会被关轩掀翻在地，处于被动，于是他一个翻身下来，跑到关轩前方与其对峙。

“你快说！你拿这斧头要做什么？！”

关轩站起了身，先拍拍身上灰尘，然后才抬起头。许木注意到，关轩的表情又恢复成了微笑。

见这笑容，许木不禁心中一紧，这微笑实在太过诡异，冥冥中透着一丝残暴之气。

关轩含笑的目光绕过眼前的许木，朝白部跑去的方向看去。片刻后，他伸舌舔了舔唇，露出一种让人一看就觉得十分恶心的亵玩表情，说：“这才好玩！这样才能享受捕猎的快感！啊哈哈哈！”

这笑声让许木毛骨悚然，他大声打断关轩：“不准笑了！什么捕猎，你把白部当作猎物吗？”

关轩收回目光，放在许木身上，随即露出一脸鄙夷之色：“捕猎捕猎，我是猎人，那白部自然就是猎物了。别说她，就连你，也是我的猎物！”说着，他举起斧头，冷漠地看向许木。

许木被关轩冷不丁地一看，吓得向后退了一步，他全身毛孔紧缩，眼睛死死地盯着关轩，手中紧握军工铲，准备应对关轩的下一步动作。

关轩看了一会儿许木，忽然放声大笑：“哈哈哈，瞧你那没出息的样子，我现在对你暂时不感兴趣，我要去找我的白部，我有个秘密还需要和她分享呢！”说着，他一脸淫笑。

“哦，对，在这之前也告诉你一个秘密。其实啊，罗胜和王腾都被我杀了，哈哈哈……”

听到这个消息，许木心中大骇！杀人凶手，果真是关轩！

“为什么？你为什么要杀了他们？”虽然做好了心理准备，但许木还是难以相信。

关轩正一脸笑容地看着许木，被许木突然一问，呆住了，他脸上的表情由笑转疑惑，似乎是在思考。

“为什么？为什么要杀他们？到底是为什么呢？”关轩低着头，把玩着手里的斧头，边玩边问自己。最后，他停下手里的动作，抬起头，微笑而平静地看着许木，缓缓道，“啊，我想起来了，因为，我喜欢啊！”

不知是因为关轩的回答，还是关轩是凶手的原因，许木内心的波动，久久不能平息。

良久，他才道：“你是变态！你就是个变态！”他举起铲子，指向关轩，似乎下一秒就要冲上去与关轩拼杀。

听到许木所说，关轩抬头看着天，垂下拿着斧头的手，另一只手覆在脸上，发出奇怪的笑声：“我，我一直都是变态啊，我似乎从来没说过我不是变态吧。”

许木紧皱着眉盯着关轩，他没想到关轩竟然如此回答，气得头上青筋暴起，狠狠道：“你！”

关轩低下头看向许木，发现许木拿着铲子对着自己，于是做出一副害怕的表情：“哎哟，你可别一怒之下就上来跟我火拼，你的命不值钱，我的可不一定了。”

许木咬牙切齿，关轩这家伙虽然是个变态杀人凶手，但实力不凡，他不能轻举妄动，他要为白部的逃跑争取更多的时间。

关轩向左走了几步，看向许木后方，脸上恢复微笑的表情：“不跟你说了，我要去找我的白部了，毕竟，我这儿有一份大礼送给她呢！”

许木脑中一怔，若是让这变态追上白部，白部一定凶多吉少，他绝不能让这事发生，于是喝道：“你敢！”

关轩耸了耸肩，摇头道：“你先小心你自己吧。”

许木对这话感到奇怪，关轩还未动手，顾兰正躺在地上，哪里来的危险，难道?

许木瞥了一眼之前顾兰倒下的地方，那里，此时空无一人。

“糟糕！”许木在心里叫了一声，就打算朝四处看去。

忽然，他身后一阵阴风吹过，一双手用力地钳住了他的脖子，身前的关轩随即上来一个侧踢，踢掉了他手中的铲子，飞出的铲子在空中滑过一道弧线，落在了一边的草堆里。

许木艰难地抬起头，发现身后钳住自己的人竟是顾兰，这顾兰不知什么时候，趁着他不注意，跑到了他身后。

关轩嘴角一歪，拍拍手，嘲笑道：“你先在这儿和顾兰玩一会儿吧，让顾兰好好照顾照顾你，我去找我的白部了。”说着，就朝前走去。

顾兰不知为何，力气突然大了好几倍，这猛的一下，让许木使不出力，他只能拼命地伸出手，一只手抓住顾兰减小她的力道，一只手抓向关轩。

“你……你……休想……”

这声音太过细小，难以听清。

关轩走出数步，突然想起一件事，他停下脚步，转过身：“我跟你说件事，顾兰是正常的，只不过被我控制了。你最好不要叫她名字，越叫她名字，她会越生气的，对吧，顾兰！顾兰！顾兰！”

在关轩的叫唤下，顾兰仿佛受到了更大的刺激，嘴里的口水不停流出，低吼也变成了狂吼，手里的力气更大了几分。

“哈哈哈，你自求多福吧，顾兰这么可爱，你也不舍得下狠手吧！”关轩拿着斧头，仰天大笑，头也不回地朝白部逃跑的方向疾步而去。

望着关轩渐行渐远的背影，许木眼中满是绝望，顾兰钳住脖子的双手力气越来越大，让他几乎不能呼吸，因为缺少氧气，他的脸变得通红，双目睁大，眼球就像要鼓出来一样。

许木双手抓着顾兰的手，想要用力掰开，但由于缺氧，使得他用不上劲，加上顾兰力气比平常大了许久，他一时毫无办法，只能硬生生地承受着窒息带来的痛苦。

“呼吸……不过来了……好难受……我……我……我要……死在这里了吗？”

许木眼神迷离，翻着白眼，原本通红的脸渐渐发青，他不停地蹬着脚，为一点小小的希望挣扎着。

顾兰稳如泰山，任由许木挣扎，始终没有松开一丝。

许木无力地睁着眼，一滴泪水从他眼角滑下，他想起许多事，死亡的恐惧包围他，往事走马灯似的在他脑中倒放，一幕幕，熟悉既陌生。他想，这难道就是所说的即将死去的人会重温一遍人生，回忆过去往事吗?

父母、老师、亲朋、好友……熟悉的人都出现了，还有她，白郃，不甘心啊！他泪如洪流，他好不甘心！正值大好年华的他，还有理想与抱负未实现，还有所爱之人未护得周全，而他此时就要命丧于此，这让他怎么甘心!

许木双目含泪，泪水滑过眼角，滑过脸颊，流到了顾兰手上。他松开了抓住顾兰的手，心想，既然反抗无果，那倒不如直面死亡。他呜咽着尽着自己最大的力气,艰难地喊道:“小兰,你快醒醒……小兰,你快醒醒……”

许木机械地重复着这一句话，他此刻并无他想，只想尽力唤醒顾兰。

“小兰，你快醒醒……小兰，你快醒醒……小兰……”

许木的声音渐渐小了下去，他闭着眼睛，双手无力地垂下。

突然，顾兰双手一松，许木摔倒在地上。

“咳咳咳……”

许木差点窒息而亡，此时顾兰松了手，他如获大赦，背弯成弓，嘴巴张得巨大，贪婪地呼吸着空气，一时过猛，呛到了自己。

一旁，顾兰松开手后，便跪坐在地上，双手抱头，痛苦地扭动着身体，不时地传来哭泣声，嘴里微弱地重复着两个字：“小兰……小兰……”

许木躺在地上，呼吸着空气，不一会儿就恢复了过来。他艰难地起身，甩了甩脑袋，试图让自己清醒。

他看到身旁跪着用力抓头的顾兰，心中不免一阵唏嘘，就在刚才，这个人差点杀了他。

关轩说顾兰被他控制了，因此许木想出是否能够唤醒顾兰这个办法，没想到奏效了。看样子顾兰虽然没有恢复正常，但现在她似乎已经没有再伤害人的能力了。

许木想要仔细观察下顾兰的伤势，但他想起白部这时还在被关轩追着，就收起心思。他同情地看了一眼顾兰，随后走到铲子掉落的那个草堆，找出铲子拿在手里，离开了，留下顾兰一人，痛苦地跪坐在地上。

天色漆黑，山中无风，白部拿着手电筒在茂密的树林中奔跑躲藏。

由于下山的路只有一条，通往山下的路也不知道有没有被疏通，如果依旧被山洪拦住去路，那她在下山途中无处可躲，一定会被关轩抓住，为了保险起见，她选择躲进树林里。

跑了许久，白部体力不支，倚着一棵树坐下休息，她喘着气，担忧地看着身后。

身后漆黑一片，十分静谧，似乎没有人追上来。

第十四章

树林里的秘密

XIANYIRENDE
YOUXI

▼

叫吧，再叫大声点，这种美妙的声音和
这夜晚简直就是绝配。

白部虽然慌张，但头脑清醒，她立马关闭了自己的手电筒，身子一转，隐入数米外的一棵大树下，趁着黑暗，小心谨慎地移动。

“他……他是怎么找到这儿的？”

关轩的手电筒就在十米开外晃动，白部猜测，关轩离自己已经不足十米，强力手电筒的灯光发散光圈小，容易让人产生距离的错觉，往往你觉得它离你很远，其实它已经快接近你了。

因此，白部急忙躲了起来。

关轩的脚步声响起，一步接着一步，有条不紊。白部头上冒出冷汗，却不敢去擦，生怕发出声音被关轩发现。

白部仔细听着脚步声，心里盘算，这脚步声听起来颇有规律，她推算，关轩是一个人来的。

那许木呢？许木难道出事了？白部紧咬嘴唇，阻止自己发出声音。她眼中含泪，心中涌起一阵心酸。

“白部，你快出来，我都看到你了，你出来，我就告诉你一个秘密！”关轩移动着手电筒，在树林中仔细地搜寻着。

话说这关轩，从小胆大心细、聪慧明敏，高中时一次偶然的心理治疗，被发现有潜在的人格分裂，心理医生警告他，做事不要太过激动，以免触发病症。

关轩自恃聪明，不相信自己会有这所谓的人格分裂，于是填报志愿时就选择了一所以心理学闻名的学校，想要亲自研究自己的心理，让当初诊断自己的人知道自己是一个正常人。谁知道，关轩在进修途中，一不小心误入歧途，他查出自己患有严重的人格分裂，但他选择逃避自我，不愿面对。虽然他在心理学领域颇有建树，但他始终不敢相信自己有人格分裂，还对外宣称自己正常得很，有问题的是之前诊断他的医生。

久而久之，关轩不仅骗过了别人，还成功地骗过了自己，他始终认为自己是个正常人，是个喜好杀人的正常人。

关轩追杀白部，本想沿着下山的路一路找去，但他路过一处树林时，脑中突然闪过一个想法，或许白部并没有跑下山，而是跑进树林里躲起来呢？况且，这片树林还藏有一个秘密。

带着这种想法，关轩小心翼翼地走进树林，不一会儿，细心的他便发现了白部留下的微小标记——一片树叶压在石头下，藏匿在树下的草丛里，位置隐蔽，若不是他不小心踩到，恐怕无论如何都不会发现这个记号。

沿着记号，关轩成功地找到了白部所在的区域，在这里，他接连找了几处草丛，都没有发现标记，于是他怀疑白部就躲在附近。

想到这里，关轩不禁狞笑起来："啊哈哈，我的白部，我马上就能找到你，享用你了。"说着，他狂热的眼睛中冒出一丝淫光。

"白部！阿部！你快出来啊，我十分担心你，怕你出事，这才赶过来的，你快出来见见我！

"许木兄弟没事的，之前我只是开了个玩笑，没想到你们反应这么大，我知道错啦，以后不开玩笑，你快出来，许木兄弟在外面等着你呢！"

关轩向前走了几米，离白部所在的大树越来越近了。

白部努力屏住自己的呼吸，不发出一点声音。

"那这样，我跟你说个秘密，说完你再考虑出不出来好不好！"

关轩眉头微皱，他扫了一圈四周，发现并没有人影，而这里也找不到白部留下的标记，如果自己贸然寻找，万一没找到，被白部溜了那就更加糟糕了。于是他想用一个秘密来震慑白部，让白部出于愤怒亲自送上门来。

关轩清了清嗓子，准备开始宣扬自己的"光辉事迹"，他发出淫光的眼睛奸诈地在四周搜寻着，脚下动作未停，缓缓向前移动。

"我要说的这个秘密，我猜想，也许跟你有关！"关轩缓缓开口。

白部身子一震，和我有关？

"我曾说过我大学毕业后就在B市的某大学进修博士，那时候我还是个研究生，但我的老师相信我的能力，将许多事情都交给我来做。我的老师是位资深的心理学教授，负责学校的心理学课程，那时，他的课都由我来上，而顾兰，就是在那时与我相识的。"

白部惊讶，顾兰原来和关轩是旧识。她缓缓移动身子，始终让自己处于关轩的视野盲区。

关轩此时已经走到了白部此前休息的位置，他看向前方，又低头看了看地上，他拿出手电筒照看，发现满是枯叶的地上，这棵树下的枯叶有明显被压过的痕迹！

曾经有人在这里逗留过，关轩立马得出这一结论，他蹲下身，用手触摸枯叶，发现并没有想象中的冰冷。

人没有离开多久，应该就在附近。关轩心想，他按捺不住内心焦躁的悸动，动作也大了许多，毫无顾忌地弄出声音。

“顾兰是我的学生，她聪明漂亮，我一见到她就喜欢上了她，她跟我说她害怕毛绒玩具，从小就害怕，她问我为什么。我问了她过去的经历，知道她是因为小时候的毛绒玩具被塞进了死猫的头，被吓坏了，留下的心理障碍。于是我就对她进行催眠治疗，治疗过程中，她渐渐爱上了我，最终，我治好了她，也和她在一起了。”

关轩走向右边，远离白部所在的那个方向，他用手电筒搜寻着，白部见状，小心翼翼地朝边上的树木走过去。

虽然在寻找，但关轩的话并没有停止，他继续说道：“我和她那时一直幸福地生活在一起，我以为我会和她一直这样下去，直到有一天，她带了她的好朋友来见我。”

白部观察着关轩的行动，若关轩背对着她，她便动；如果没有背对，她便隐藏在原地。此时，关轩正好又背对着她，她打算移动到更远的一棵树后面去。

日积月累，这片树林中留下了许多枯枝落叶，白部在移动中一不小心，踩断了一截枯枝，“咔嚓”一声，在静谧的树林里十分刺耳。

白部暗道不好，快速移动到树木后，弯腰捡起一块石子，趁着关轩还没看向这边，朝另一个方位扔去。

“啪嗒——”

石头撞到树上，掉落在地。

关轩依旧在讲着自己的秘密，并没有因为异响而终止，他继续沿着声音的方位走了过去。在他看来，现在任何的声响都有可能是白部的调虎离山。

“哦，对了，忘了说，我进修的大学，叫 B 市雪河大学。”

白部正担心关轩会走向自己这边，忐忑地观察着他，然而，当关轩说出“B 市雪河大学”几个字后，她呆住了，这所大学，如此耳熟，正是白月所读的大学。

关轩走到石子落下的地方，弯腰捡起地上的石头，冷笑一声，他猜得果然没错。他抬起头，狡猾地看了一眼最开始发出声音的地方，继续道：“那一天，我们决定去 B 市的夜市吃饭，在那里，我见到了顾兰的好朋友。她可真漂亮，顾兰和她一比黯然失色，她可比顾兰完美多了，那一瞬间，我就知道，我此生要的人就是她了。”说着，他露出向往的神情，仿佛在回味什么。

“她真完美，从里到外，从上到下，从气质到言行，没有一处不吸引我的，从那晚起，我就决定，我非要得到她。你知道吗，那个女孩真完美，跟你一样完美。”

听到这里，白部心中惴惴不安，她隐隐能够猜到关轩接下来要说什么，但是她心里十分抗拒听到这些，她抬起手，捂住耳朵，闭上了双眼，蹲下身来。

“更巧的是，那个女孩，跟你同姓，她也姓白。”

不！不要再说了，求你不要再说了！白部在心中哭号，她埋着头，泪水涌出眼角，她无声地哭泣，心如刀割。

关轩渐渐地靠近白部所在地方，他关掉了手电筒，他觉得，在黑暗中，这样猫抓老鼠的捕猎游戏，似乎更加好玩。

“你想知道她的名字吗？想的话你就出来，我告诉你。”关轩压低着声音，用一种诡怪的语调说着。

白部拼命摇头，她不想知道，她此刻多么想变成聋子，听不到关轩在说什么。

关轩离白部越来越近了，只隔着三棵树的距离了。

他趁黑摸着树干前行，他的眼睛渐渐习惯在黑暗中看清事物，这里没有，那么，就在下一棵树后面。

关轩缓缓前进，他享受这种“捕食”的乐趣，乐此不疲。

他又走过一棵树，还是没有。

关轩继续前进，他和白部只相隔了一棵树，此时，白部抱着头痛哭，并没有发现关轩靠近。

“她呀，名字就像是皎洁的月亮，皎洁为白，白月，白部，你认识白月吗？”

“白月”两个字一出口，白部彻底崩溃了，她大声哭吼着，凄厉绝望，她扶着树干缓缓站起，打开手电筒，直面距离自己不过一米的关轩。

她先是一愣，哭声戛然而止。她没想到关轩竟然离自己这么近，但几秒过后，她的丧妹之痛又涌上心头，完全盖过了内心的恐惧，她咆哮着向关轩冲去，把手电筒当作武器，胡乱朝关轩身上砸去。

关轩见白部出现，不顾白部歇斯底里的哭号，他的内心，满满承载着欢喜，终于，让他找到了白部。

躲过白部的攻击，关轩随手一抓，抓住了白部的手臂，他一用力，将白部放倒在地，然后一拖，把白部拖到了树边，让她靠着树干。

白部不从，奋力挣扎着。她力气没有关轩的大，挣脱不出，她止住眼泪，怨恨地看着关轩，抬脚狠狠地朝关轩下半身踢去。

关轩察觉到白部的小动作，他脚一抬，踹回了白部的脚。白部不服，接着又用上了嘴，用上了牙齿，狠狠地咬关轩的手。

关轩吃痛，脸上怒意大盛，他用力一甩被咬住的手，试图甩走白部，没想到白部如跗骨之疽，去之不掉。她紧紧地咬住，不松口。

关轩怒极，脸上一片黑色，他高举起右手，张开五指，用力地朝白部的脸上扇去。

“啪——”

清脆的巴掌声，响彻树林里。

白部被扇得飞了出去，趴在地上，她嘴角出血，白皙的脸上五个通红的手指印。她“呸”的一声，吐出口中残血，转过头，用杀人的目光，盯着关轩。

关轩也注视着她，带着轻薄之意。

白部以手撑地，想要起身继续扑向关轩，她知道自己打不过关轩，但是，她宁愿死，也不愿被关轩这样居高临下地看着。

没等白部站起来，关轩谄笑地开口了：“白部，你先别急着起来嘛，我再跟你说仔细点，说不定知道白月死亡的真相，你还会感激我呢。”

白部身子一震，停住了起来的动作，她保持着下半身坐在地上，上半身立着的姿势，一动不动。

“这才对嘛，这样我才能安心地继续说。”

关轩蹲下，把玩着手里的斧头，看着白部说：“你是不是奇怪我为什么知道你和白月的关系？其实不难明白，你和白月除了长得像以外，另外，白月和顾兰提过，她有一个好姐姐，就在 A 市，是一名作家。你还记得你在山洞里讲的故事吗？你故事中的那个女老师，恐怕就是你妹妹白月吧。这个故事，我也听顾兰讲起过，顾兰说，这个故事是白月告诉她的。”

白部痛苦地勉强支着身子，她流下的泪水滴入土里，消失不见。

是啊，她心想，她之前在洞里讲的故事，是白月告诉她的，她听了之后颇有灵感，想要编写成书，当时白月高兴极了，说一定要拿到这本书出版后的第一本，可是，书还没写完，白月却走了。痛心于白月的逝世，白部将这个故事封存起来，永不再写。

“当时我醉心于想要得到白月，于是对她展开疯狂的追求，可是，这白月敬酒不吃吃罚酒，接连拒绝我，还以我有顾兰为由，臭骂我是负心汉！”关轩说到这里，咬牙切齿，脸上的五官气得扭曲变形，十分可怖，“我这哪能算是负心汉，我只是心悦她，想要得到她罢了。”

“哈哈哈……”关轩似乎想起了什么，受到刺激，他跪下来，双手抱着头，仰天大笑，“她可真是完美啊，连骂人都这么完美，我真的是太想得到她了，于是我让顾兰在A市约她出来，那一天我到现在还记得，那天是我灵魂得到升华的日子。”关轩顿了顿，似乎在回忆着，片刻后，他继续说，“那天，下着雨……”

“够了，闭嘴，别再说了！”白部抬起头，歇斯底里地咆哮着，她的脸上湿答答，满是泪水。

关轩好像没听到白部所说，继续沉浸在自己的世界里。

“那天的雨好大啊，真的好大，我带着顾兰、罗胜，是的，你没听错，是罗胜。罗胜是我的病人，他是严重的心理压抑患者，这种心理最容易成为反社会人格心理，于是我带上了他。白月见到我很生气，我知道她这是害羞，假装生气。我让被我催眠的两个人，上去抓住她，带上了车。她可真不听话，到了车里还假装生气，我跟她道了很多次歉，让她原谅我，她说如果想让她原谅，便让她下车。”

关轩低下了头，两眼炯炯有神地盯着白部，他双手垂在两侧，像是断了一般。

“下车？这不是明显的借口吗，她以为我会相信她？”关轩狠狠地咬着下唇，咬出血印。

“我当然不答应，我抱着她，恳求她原谅我，她也抱着我，只是抱得太用力了，弄疼了我，我生气了，于是我要惩罚她，我要让她怀上我们俩爱的结晶！”

“呸，无耻的东西！”白部啐了一口口水，吐到关轩脸上，“你愧为人！你就是个禽兽不如的畜生！你是个心理变态！”

关轩脸色平静地用手擦掉白部的口水，放入口中仔细品尝起来，露出一副享用的表情。

“我不是心理变态，我是心理专家，我会不知道我心理不健康？”

“呸，你这个心理变态，你还我妹妹的清白！”白部又啐了一口口水到关轩脸上。

“我说了，我不是心理变态，我是心……”

没等关轩说完，白部打断了他：“心理变态！你就是心理有病，你人格分裂，根本就是个病人，危害社会的病人！”

关轩脸色难看，他颤抖着，愤怒地看向白部，他举起手，又一个耳光扇去。

“我说了我不是心理变态！”

白部被扇得趴在了地上，她意识模糊，嘴角的血更多了。

关轩看见白部又趴在了地上，看了看打了白部的手，又看了看白部，他跪着朝白部挪去：“对不起，阿部，我……我不是故意的……”

关轩用手轻轻地抚摸白部的背，白部已无力挣扎。

“对不起，阿部，阿部听话，我继续给你讲故事。

“我终于得到了白月，白月一直在哭。后来，我让白月上车，白月不肯，于是我就先走了。

“再后来，我一觉醒来，觉得有些不放心，于是我叫来罗胜，我催眠他，让他替我去自首。罗胜听话地乖乖去了，他家有钱有势，应对这种情况轻轻松松。

“我之后一直想再次见到白月，但顾兰说联系不到她，我也不知道她的地址，于是只好放弃。不久后，我从顾兰口中听说，白月自杀了。

“她为什么自杀啊？我明明那么喜欢她，那么爱她，她应该也要爱我的啊！

“我很伤心，白月死了，我也不想再和顾兰一起生活，我再次催眠顾兰，让她忘记我。不过我在顾兰的记忆深处埋下了一个意识，每次只要开启这个意识，她就会再次想起我，想起我对她的好，想起她应该对我言听计从。”

关轩捂着嘴，发出嘻嘻怪笑。

白部躺在地上，眼泪无声地往外流，原来害死白月的凶手并不是罗胜，而是这关轩。她从头至尾，都怀疑错了人。

她想反驳关轩，她想站起来和关轩厮打，但是她什么都做不了，只能趴在这里，听着人面兽心的关轩胡说八道。

白部在心里苦苦哀求着，舅舅，许木，你们快来啊。我找到真正的凶手了，你们在哪儿啊？为什么还不出现，快出现啊！快出现杀了这个人啊！舅舅！许木！

关轩跪在白部身边，头耷拉着，自顾自地继续说：“你知道罗胜和王腾怎么死的吗？知道张巧盈又是谁弄伤的吗？”

“我出于对罗胜的愧疚，在旅途中一直照顾他，那天晚上，我把他叫了出来，告诉了他真相，想要获得他的原谅。没想到，他听完我的话，不但不感激我在路上对他的好，还说要回去告我。我耐心告诉他，白月已经死了，当时的案子已经结了，你告我是没用的。他不听，还想找我拼命，说要杀了我。好嘛，我对他的好，他不念及，却想着以怨报德，这种不懂感恩的人留在世上还有什么用，况且他还是个潜在的反社会人格患者，一不小心就有可能危害社会。我不允许这种人的存在，我要替社会收拾他，于是我把他杀了！为了转移你们的视线，还留了一个佛像在那里，哈哈，你们果然上当了。”

关轩面无表情，仿佛在唠家常一样，轻轻松松就说出这段话，他的手没有停下，继续抚摸着白郜。

“只是没想到，我杀罗胜的时候被王腾看见了。那个王腾也不是个好人，他看见我杀了罗胜，非但没有逃跑，还上来跟我商量，说如果我愿意给他一笔钱，他可以假装没看见这回事，不然，他也要去告我。要钱的事我并没有放在心上，反正我也不缺钱，但是，我最讨厌贪得无厌的人，王腾他不仅要钱，他还想要得到你，让我帮他，给你下药！”

关轩说到这儿，身子又颤抖起来。

“他如果是想要得到顾兰或者张巧盈，我也不放在心上，但是他却说想得到你，这触犯了我的底线了。你是我的，除了我，谁也不能碰你！于是，我找了个机会，把他也杀了，贪婪的人，根本不配活在世上！”

“我是不是还落了一个人？”关轩喃喃着，“张巧盈……你知道张巧盈是谁弄伤的吗？我告诉你，不是我，是顾兰拿刀割伤她的，我只是跟顾兰说了一句‘张巧盈会妨碍我’，没想到，哈哈哈……”他再次怪笑起来，“她竟然动手要去杀张巧盈，还好我拦住了，不然，你以为张巧盈还会活着吗？你说，我是不是很仁慈？”

“好了，我的故事都说完了。怎么样，精彩吧？我做的事都很有分寸，我杀的人，都是罪人，并不是不分青红皂白地杀，你看许木和张巧盈，我是不是都放了他们一条生路。”

疯了疯了！这关轩绝对疯了！白郜在心里呐喊。

“哦，对了！”关轩挠挠头，像在思索什么，“我之前出去的时候追上了跟踪我们的人，他穿着一身迷彩服，鬼鬼祟祟的，我看他也不像是好人，也把他杀了。”

什么！白部心中大骇，迷彩服，这……这不是舅舅的衣服吗？难道，难道舅舅真被他杀了？

想到这里，白部心中又一阵剧痛。舅舅如果被杀，那她在这世上就没有亲人了，而现在，如果没了舅舅，那她逃脱噩运的机会也变得十分渺茫。

关轩停下抚摸白部的手，他将手缓缓伸到白部的领口，想要伸进去。

“现在，就剩我们两个人了，就让我，就让我们，好好融合吧！”

白部感受到关轩的手慢慢地要往自己衣内伸去，她身体一震，用力地扭动着身体，挣扎着向外爬去。

“你这又是何必呢，你跑不掉的。”关轩抓住白部的衣领，白部本来没什么力气，被这一抓，只能在原地匍匐。

关轩翻过白部，狂热的目光扫过白部的身躯，舌头不由得舔了一下嘴角。他将手斧放下，双手迫不及待地就要去脱白部的衣服。

白部蹬着腿，挥着手，弯曲着身子，不顾一切地阻拦关轩脱去自己的衣服，她带着哭腔大喊：“救命啊！谁能救救我！舅舅！许木！快来救救我啊！”

关轩对白部的呼救声充耳不闻，他现在满脑子就只有一个念想——脱去白部的衣服。

尽管白部拼死挣扎，但是收效甚微，关轩力气比她大上许多，他用一只手抓住她的双手，另一只手向她的衣内探去。

“救……救命！”出于本能的恐惧，白部已经泣不成声，但当关轩把手伸进她的衣下时，她突然停止了哭泣，“你！你杀了我吧，我宁愿死，我也不要受这种侮辱！”

关轩停住了继续向内深入的手，他看了白部一眼，又看了自己一眼，眼中的淫光消失不见，取而代之的是迷惘无助。

他跪坐在地上，双手和头无力地垂着，如死了一般。

白部见关轩突然停下动作，她抓住这个大好机会，来不及擦掉眼泪，踉跄起身，就想逃跑。

忽然，关轩抓住了她的脚踝。

白部本想冲出去的身子猛地一顿，她失去平衡，再次摔倒在地上。

关轩沉沉道："我什么时候让你走了？"

白部想起关轩之前的所作所为，心中害怕，用脚乱蹬。

关轩无视白部的挣扎，他手下一用力，将白部又拖到身前。

白部大叫，她实在害怕极了，内心藏着的恐惧和苦楚一股脑地涌出，她此时多么希望许木会突然出现，从关轩手中救下自己。

"滴答！滴答！"

水珠落地的声音。

仔细一看，这水珠竟然是红色的，不对，这不是水滴，是血滴！

树林里，一个满身疮痍的人用手捂着腹部，艰难地前进，这人身上的衣服已被鲜血染红了一大块，鲜血从指缝渗出，落在地上。他头上冒着豆大的汗珠，面无血色，嘴唇发白。

此人是杨子介，此刻的他身受重伤。

据关轩所说，杨子介已经被他杀了，可如今，杨子介居然没死，还能行走，这是为何？

原来，之前杨子介与白部分离后，杨子介一路尾随着白部回到洞里，他担心白部安危，选择了躲藏在山洞附近，距离不过五米的一个草丛边，以备紧急情况下，能够救白部。

没想到,他一时大意,走到洞口边时,被刚好睡在洞口下方的关轩发现。

两人四目相对，气氛一时之间剑拔弩张。

杨子介先反应了过来，撒腿就跑。关轩不是省油的灯，大叫一声，也追了上来。

两人一前一后，速度极快，远远地甩开了也跟过来的许木和白部。

逃跑途中，杨子介年纪过大，体力跟不上，渐渐地，速度慢了下来，不一会儿就被关轩追上了。

两人见面没说二话，直接搏斗起来。

杨子介虽然年纪稍大，但是长期的军旅生涯，以及经常练拳的习惯，让他稍稍占据上风。

关轩虽处在劣势，却丝毫不见退缩，硬抗着杨子介的怪力和他周旋。

两人僵持不下，最终，一个人的出现打破了平衡!

是顾兰!

顾兰在那时突然出现了，她拿着铲子，神情鬼祟，动作诡异，神情恍惚，看样子，她那时就被关轩催眠了。

她悄无声息地走到杨子介背后,拿出铲子,使劲地朝杨子介后脑拍去。

杨子介吃痛，一时没站稳，关轩趁机冲上来，一脚踹向他。

杨子介被踹倒在地，关轩顺势骑在他身上。

关轩拽着杨子介衣领，笑道：“你是谁派来跟踪我们的？”

杨子介没有回答，他手脚并用，腰部发力，想要把关轩拱翻。

关轩冷哼一声：“既然你不想说，那我就杀了你！”说着，他抽出军工铲，竖着就朝杨子介腹部捅去。

杨子介还没反应过来究竟发生了什么事,他只觉得自己腹部先是一热,然后感觉有液体流出，紧接着一阵巨大的疼痛传来。

“啊！”杨子介没忍住，叫出了声。

关轩拍手叫好："哈哈哈，叫吧，再叫大声点，这种美妙的声音和这夜晚简直就是绝配。"

杨子介痛得扭动着身子，但他意识清醒，他忍着痛，双手紧紧抓住军工铲往外拔，然后将贴身的衣服紧紧地裹着伤口，用手按住，止住向外流的血。

就在他打算起身逃跑的时候，突然，一阵比刀伤更痛的痛感袭来，他暗道不好，癌变引起的剧痛不合时宜地发作，最后他只瞥见关轩轻蔑地看了他一眼，便昏死了过去。

再次醒来，杨子介发现关轩和顾兰已经不见了，他身上的伤口与衣服粘在一起，起身移动时就会拉扯到伤口，引得一阵疼痛。

看着自己的伤口，杨子介暗自庆幸，刚刚幸好由于癌症的剧痛昏死过去，自己才逃过一劫，不然，恐怕今天自己真的是要死在这里。

休息了片刻，杨子介想起自己不知昏迷了多久，白部现在是否安全，他需要立马找到白部。

艰难地往回走，路过洞口，杨子介发现洞里没有声音，篝火也熄灭了，漆黑一片，他心想，白部等人似乎还没有回来。

杨子介心急，朝着山下走去，路过草丛边，听到里面传来细碎的说话声，他一惊，仔细看去，发现顾兰跪坐在路边的草丛里，摇着头，喃喃自语。

起初杨子介吓了一跳，如临大敌，他看着顾兰，不敢轻举妄动。他原本想绕过这条路，绕过顾兰，但是他发现顾兰行为举止十分奇怪，好像根本不在意他。

杨子介仔细地观察了一下顾兰，他发现，顾兰手中握着一把带血的铲子，她的身上也留下了打斗的痕迹。

难道他们出事了？杨子介在心中猜测。

不行，得赶紧找到阿部！杨子介立马做出决定。他刚从山上下来，并没有发现有人上山，他猜测，白部等人应该在山下。

他不顾疼痛，加快脚下步伐，沿着山路下山。

路过树林时，杨子介本想绕过此地，但他突然听到一声若有似无的呼救，他停住脚，仔细辨认。

没多久，呼救声再次传来，这一次，杨子介听得清清楚楚，那呼救声是由白部发出的。

杨子介来不及多想，不顾伤势立马朝树林里赶去。

循着呼救声传来的方向，杨子介忍着痛用自己最快的速度疾走，他很想跑动，但伤势太重，根本跑不起来。

等我，阿部，我马上来，舅舅马上来！杨子介在心里念着，他走得太急，伤口裂开了往外渗血都没有发觉。

白部的声音越来越大，越来越清晰，杨子介眼中闪过一丝希望，他加快脚步，想尽早看到白部。

随着距离的拉近，杨子介听到了一个男人的声音，他眉头紧皱，这声音太过耳熟，正是想要杀了他的关轩。

绕过树木，穿过草丛，杨子介不顾伤口拼命赶着路。

近了，越来越近了！

绕过最后一棵树，他看到了白部！

同时，他也看到了关轩的兽行！关轩正拖拽着白部，企图扒下白部的衣服。

“阿部！”杨子介一声怒吼，他看到这画面，气得虎躯一震，伤口流出更多的血。

“舅舅！舅舅救我！”白部闻声抬头，发现眼前不远处，站着自己在这世上最亲近的人，尽管他身上淌血，尽管他虚弱不堪，但是她一见到他，就安心了许多。

她没去想为什么舅舅还活着，也许在潜意识里，她根本不相信关轩杀得了舅舅。

关轩被杨子介的吼声镇住，呆在原地，怔怔地看着眼前“死而复生”的人。他站起身，指着杨子介，一脸难以置信。他努力睁大眼睛，张大嘴巴，片刻后，他胡乱蹦跳几下，转了一圈，眼中含泪。

“啊！啊！啊！”关轩怪叫几声，“你！你怎么还活着，你不是被我杀了吗？你你你！你是人是鬼？”

白部见关轩松开了手，趁机跑到杨子介身边，关轩没有阻拦她。

“舅舅，你没事吧？”白部担心地看着杨子介的伤口。

杨子介虚弱地摆摆手，示意白部别说话。

关轩目光看向白部，疑惑道：“舅舅？原来他是你舅舅。”他两手合成掌，向杨子介作了一揖，“舅舅，既然你是阿部的舅舅，那也是我的舅舅。舅舅，对不起，我之前不应该对你动手。”

“你……”白部想要反驳几句，被杨子介拦住。

杨子介低声道：“我受了伤，拦不住他，只能拖延一段时间，你趁这段时间赶紧逃跑，找个地方躲起来。”

白部摇头：“不，舅舅，我要……”

杨子介打断她：“别任性，你聪明，我们两个如果都留下来，谁也走不了，反正舅舅也活不了多长时间了，早死晚死都一样，还不如护着你走。只可惜，舅舅不能亲自杀了罗胜那小子给阿月报仇，咳咳！”

杨子介捂着嘴小声咳了几声，咳嗽拉痛伤口，他不由得弯了弯腰。

白部扶着他，止住的眼泪又要夺眶而出。她知道，杨子介现在跟她说的话，也许是最后的遗言了。她说：“舅舅，阿部知道了，眼前这个人，才是害死阿月的真正凶手，罗胜是他的替罪羊！”

杨子介缓缓转过头，盯着白部，满是惊讶：“什……什么，那……”他一顿，意识到现在不是问这个的时候。

“好，那我就跟他拼了，给阿月报仇。你快走，去找许木，许木那小子呢？他怎么没在你身边？”

白部摇头，脸色暗淡：“许木之前为了救我，拦下了关轩，现在我也不知道他到底怎么样了。”

杨子介沉思，他盯着关轩。关轩站在原地一动不动，不知在想什么。

“那你先走，别管许木了！”

白部还想再说些什么，杨子介推走她，不让她说。

见白部要走，本站着不动的关轩，突然行动了，他拿斧头对着白部，喊道：“阿部，你要去哪儿啊？等等我！”

杨子介催促：“快跑阿部！”

白部看见关轩要上前，立马听从杨子介的话，转身就跑。

与此同时，关轩也冲了上来。

杨子介算准时机，等着关轩冲到自己面前几步外时，他一个冲撞，撞在关轩身上。

关轩心急去追白部，一时没注意到杨子介撞过来，被撞倒在地。

他看着白部越跑越远，心里焦急，顾不上所谓的“舅舅”，一脚踹开杨子介，爬起身要走。

杨子介双手抓着关轩的腿，一用力，拉倒了他。

三番五次被弄倒，关轩戾气更甚，他起了杀心，反手拿着斧头，头也不回地往回一砍。

杨子介见状扭着身子躲过一击。

关轩又砍了几下，杨子介都灵活地躲过。

“老不死的！”关轩咒骂着，他屈起一条腿，然后狠狠踹向杨子介，同时，手斧砍下。“看你是要命还是要手！”

杨子介见状，松开手，躲过斧子，但是身体迟缓，躲闪不及，硬生生吃了关轩一脚。

关轩挣扎着爬起了身，狠狠用脚踹杨子介，边踹边骂：“老不死的，狗东西，让你坏了我和阿部的好事。”

杨子介紧紧地护着头，他没有再站起来的力气了，只能护住头部。

“既然你这么想死，那我就成全你！”关轩越骂越气，骂到后面，就拿起斧头想要杀了杨子介。

“住手！关轩！”白部的声音突然响起。

关轩闻声转过头，发现跑走的白部竟然回来了。

白部气喘吁吁，她一只手扶着树干，喘着大气。

她本来跑出了数十米，都快跑出树林，但她突然想起杨子介多年的养育之恩，一股不舍之情涌上心头。她不愿让杨子介为了保护自己而死，于是折返树林，要救下杨子介。

关轩收回踩在杨子介身上的脚，高兴地看着白部，说道：“阿部！你回来啦！”

白部不屑看关轩，只担忧地看向杨子介：“舅舅，你没事吧？”

杨子介忍着痛，艰难地抬起头，他看着回来的白部，拼命地摇头：“傻孩子，你回来做什么！快跑啊！”

白部说：“我不跑了，我不能让舅舅替我去死，这事，我自己解决。”她看向关轩，“关轩，你做这一切是不是只为了得到我？”

关轩看着白部，先是点了点头，然后又摇了摇头：“不不不，你误会了，一开始我什么都没想做，只是想爬个山放松心情，结果上天让我遇见了你，才有了接下来发生的事。”

白郃冷哼一声："好，你想得到我，那我成全你，不过你得放过我舅舅、许木，还有所有人，另外，你还得解除对顾兰的催眠！"

关轩做出一副为难的样子，片刻后，他挥了挥手中斧头道："好，我答应你。"

杨子介伏在地上，怒道："阿郃！不可以！你快走，舅舅这条命不值钱！你快走啊！"

"舅舅，对不起，这一次，阿郃不能听你的了！"白郃没有看向杨子介，她抬头仰望漆黑的天，久久后，平静地说，"舅舅你在这儿等一会儿，待会儿我来找你。"

"不行！不行啊！阿郃，你快跑，阿郃！"杨子介还在怒吼，从出生到现在，第二次觉得自己如此没用，第一次，是白月出事的时候。

白郃和关轩已经离去。

白郃没有回头，走得决绝、果断，只留下充满悔恨的杨子介一人在树林里。

第十五章

我喜欢你，许木

XIANYIRENDE
YOUXI

他愿意抱着他，坠入万丈深渊，只要她活着就好，就好。

白部跟着关轩走出了树林，朝山洞走去。

原本关轩想就地解决，被白部以先解除顾兰控制为由拒绝了，关轩无法，只得答应这个要求。

白部在前，关轩在后。

关轩一脸淫笑地看着白部，他担心白部逃跑，于是让白部走在前面。

一路上，白部都在思考着如何逃脱，答应关轩的要求是她的缓兵之计，只有这样，舅舅才可以获救，而她现在，正努力地思考对策。

关轩沉浸于白部答应自己要求的美梦里，他淫秽的脑中想的是如何“享用”白部，对白部的小动作，一点没有放在心上。

两人一前一后缓缓地走着，白部尽量减缓速度，因为她还没想出对策，想要拖延时间。

关轩则有些不耐烦，催促白郃走快点。

时间一分一秒地过去，终于，两人走到了洞口。

洞口没有人，一个人也没有。

白郃见状心中大喜，如果这里没人在，那么就是说，许木还活着！

关轩一脸疑惑，原本在这儿的顾兰和许木呢，怎么都不见了？

同一种情况，两人生出不同的心思。

顾兰不在，关轩不能解开她的催眠，这样他就不能得到白郃，这让他心烦意乱。

关轩来回走动，翻看草丛。

没有！哪里都没有！

关轩怒极，脸上的五官都变了模样。

洞里！说不定在洞里！关轩突然想起，自己还没进洞查看，也许顾兰就在洞里呢。

关轩火急火燎地往山洞里跑去，浑然不顾还在洞外的白郃。

白郃看见关轩进了洞，没管自己，心想这岂不是大好机会，转身就要跑走。

就在她想走的一瞬间，洞里传来一阵咆哮声：

“关轩，你把阿郃怎么了！”

白郃大喜，这是许木的声音。许木果然没事！但她立马又愁苦起来，许木打不过关轩，此时他跟关轩相遇，难免会出事，这该怎么办？

白郃这样想着，另外一边，关轩和许木扭打着出了洞。

果然，许木全程处于劣势，他完全被关轩压制着，可是他一腔怒意，越打越勇，丝毫没有退却。

扭打中，许木瞥到了一旁的白郃，他一高兴，动作慢了下来，躲闪不及，硬生生吃了关轩两拳。

见白部没事，许木提起的心放了下来，怒意也消了许多，这怒意一消不打紧，可他却招架不住关轩的攻势，节节败退。

起初许木以为白部出事了，誓要为白部报仇，怀着怒意，不怕疼痛地跟关轩搏斗了许久，这时怒意一消，许木恢复清醒，身上的伤处都开始疼痛起来。

见自己打不过关轩，快要被关轩完全压制的时候，许木朝白部大喊：“阿部快跑，我拖着他！”

“快跑快跑，你们就只会叫阿部快跑，阿部都答应我要成为我的人了，你还要叫她快跑做什么？要不是答应了白部，不然我早就把你们都杀了。”关轩在洞里被许木袭击，他的斧头不知掉到了哪里，此时只能赤手空拳地和许木搏斗。

“什么？”许木听完关轩所说的，有些不相信。

“我说白部为了让我不杀你们，答应我成为我的人了。”关轩大笑，不知是不是想到马上就能得到白部兴奋所致。

“不行，白部你不能答应他！你快跑，我拦住他，你快走！”许木听完，一脸不相信，但他看向白部，白部却没有反驳。他心乱如麻，只能一遍遍地喊着“白部快跑”。

白部心中也十分焦急，她答应关轩的只是一招缓兵之计，并不是真正想成为关轩的人，她当然不可能会答应这种要求。但眼下，许木和关轩扭打在一起，她如果告诉许木真相，那么关轩势必也会听到，到时候，关轩一怒之下，大家有可能都活不了。

说又不能说，白部焦急地跺着脚，她希望许木能够猜到自己的用意。

可是她高估了许木。

许木在听到白部为了他们而答应关轩的要求后，一个恐怖的想法从他心中生出。

他不再喊白部快跑，只是紧闭着嘴，全力以赴地和关轩扭打在一起，他面色平静，眼神坚定，似乎在筹划一项壮举。

他和关轩扭打着，力气用得更甚，关轩的拳头也如雨滴一般落在他的身上，他吃痛，但他忍着疼痛，不发出一点声音，还差一点距离，再加把劲。

许木跟关轩扭打期间偷偷往前移动，他慢慢和关轩缠斗到了悬崖边上。

白部心跳得飞快，站在原地，无法上去帮忙。她担忧地看着许木，她担忧许木如果败下阵来，那该怎么办，她担忧……

看到许木和关轩渐渐靠近了悬崖，她忽然想到了什么，她喘着气，内心忐忑不安。

“不会的，不会的，许木不会这么傻，他不会这么做的！”白部不停地安慰自己，她猜到许木将会做什么。

“轰隆——”

天上一条巨大白龙闪过，随后惊雷响起，空气中潮湿的气息加重了几分，山里起风了，看起来似乎马上就要下暴雨了。

洞外的三人各怀心事，没有注意到天上的异象。

许木和关轩扭打着，越来越靠近悬崖。

白部双手紧张地握在一起，两人越靠近悬崖，她的心悬得越高。

终于，她忍不住了，朝许木高喊：“许木，不要做傻事！”

许木没有回头看她，他目光坚定，心如磐石，他已经决定好要怎么做了，如果白部为了他而成为关轩的人，那他也可以为了白部而去死！

非常近了，许木和关轩离悬崖边上不过半米，关轩背对着悬崖，浑然不知身后的情况。

“哗——”

天空落下了雨，淅淅沥沥，先是豆大的雨滴，顷刻后，大雨瓢泼而下。

白部耳边充斥着暴雨的声音，眼前被雨幕遮住，看不清扭打的两人如何了。

虽然下着暴雨，许木和关轩仍旧无所顾忌地扭打着，许木脸上身上到处是瘀青，而关轩身上同样有伤，只不过比许木少了许多。

是时候了，许木在心里想。

他俯下身，躲过关轩的一个勾拳，伸手环抱住关轩的腰，任凭关轩手肘击打在他背上，死不松手。

他不顾嘈杂的雨声，大声喊道：“阿部！我没用，只能为你做这最后一件事了！”

雨声太大，遮盖住许木的声音，他苦笑，不知白部有没有听到自己所讲的。

“我喜欢你！我不能眼睁睁地看着你落入虎口！我喜欢你，所以我宁愿代替你去死，也不要让他肮脏的手碰你！阿部！如果有缘，我们来生……再见！”

说完，他脚下用力，把关轩朝悬崖边推去。

关轩不知许木在说什么，但他回头看了一眼，发现身后是悬崖，立刻明白了许木话里的意思——许木要和他同归于尽！

关轩虽然残暴变态，但他怕死，非常怕死，因此他才会去杀别人，享受这种控制他人生命的快感。

此时，许木要跟他同归于尽，对于生的渴望让他不顾一切地攻击许木，想让许木松手。

重重肘击后，许木仍没有松手，渐渐地，他们离悬崖越来越近。

关轩慌乱之下，只好哭着求道：“许兄弟，你放了我，我当作什么事都没发生，我们握手和谈好不好？你放了我，我也放了你们，我立马下山，离开这里好不好，求求你了，饶了我吧！”

许木像是没听到，仍缓缓地推着关轩。

由于暴雨的侵袭，地面变得湿滑泥泞，关轩的脚无法借力，只能眼睁睁地看着许木推着自己走向无底深渊。

许木仰天大啸：“阿部，来世再见！”他推着关轩，纵身一跃，跳进了悬崖。

“轰隆！”

一阵惊雷再次响起。

白部被雨幕遮住了眼睛，只能依稀凭着手电筒看清前方扭打着的黑影。

许木的话，她听得断断续续，并不真切，最后一句道别的话也被雷声遮盖住。

在看到手电筒灯光前的黑影消失后，白部知道，大事不好了！

她飞也似的跑到许木、关轩二人消失的地方，眼前，空无一人，只有一面悬崖。

白部思绪万千，脑中回忆起这段时间与许木在一起的点点滴滴，心中不免感伤，她哭喊道：“许木！许木！许木！你在哪儿？！”

她又想起，许木是为了保护自己而与关轩同归于尽，心中痛苦又加重了。她瘫倒在地，放声大哭：“许木！许木你回来！你别离开我，我不需要你救，我只要你回来！

“许木！你干吗要救我，我不需要你救我，你为什么要救我？！

“许木……你快回来，我需要你，我……我喜欢你啊……

“许木……”

山风大了，暴雨斜了，仿佛天都在哭泣。

白部哭够了，便起了身，她如行尸走肉般，冒雨走回树林，接回了受伤的杨子介。

杨子介看她面如死灰、全身湿透地走来，十分担心。

白部把事情的经过说给了杨子介听。

杨子介听后沉默不语，良久，他长叹一声："许木这孩子，有胆识！可惜了！"

两人回到洞里躲避着暴雨，这时白部才发现，顾兰已经在洞中，她跪坐在张巧盈的身边，呆呆地看着张巧盈。

白部把顾兰被催眠的事，以及关轩的所作所为，都仔细地告诉了杨子介。杨子介听后，无奈地摇头，说道："这关轩，自作孽，如今死了也算是一件好事，只是可惜了许木这孩子啊。"说着，他便坐在篝火边上休息。

白部心中难过，她不想休息，她一闲下来就会想到为自己而死的许木，于是她收拾东西，照顾张巧盈，和被催眠的顾兰说话，她让自己忙起来，试图不让自己想起许木。

这雨整整下了一夜。

第二天，雨停了，白部一夜没睡，面色憔悴。

杨子介心疼她，让她去睡会儿，她强撑着，摇头。

"不了，舅舅，我不困，昨晚我打过电话了，救援队说暴雨又引发了山洪，需要我们在这上面再待上两天，这里有充足的食物，也有急救药物，就在许木的……"

话没说完，白部倒在了地上，昏睡过去。

杨子介心疼，将她搂在怀里，喃喃道："傻孩子……"

白郃醒来时已经是两天后，她第一眼看见的是顾兰。

顾兰恢复了正常，正照顾着众人。

她接过顾兰递来的水，后者跑到洞口去喊人。

白郃仔细地看了看顾兰。两天时间，顾兰比之前苍老了许多，头发枯槁，面色发黄，虽然虚弱，但是比在场的三个人都好多了。

杨子介坐在洞口，看着放晴的天空，他的伤多亏了许木带的急救药物有了好转。听到顾兰的叫声，他急匆匆地走下洞口，看望白郃。

张巧盈依旧昏迷，杨子介说她是因为失血过多导致的昏迷，能不能活下来只能看张巧盈自己的造化了。

白郃听后，沉默地低下了头，这一趟白云山之旅，来时七个人，而现在却只剩下三个女生。

罗胜的尸体还在隧道里，此时似乎开始腐烂了，散发出异味。许木和关轩掉入悬崖，生死未卜，王腾的尸体不知被关轩藏在了哪儿，看样子似乎需要警察来搜寻。

杨子介见白郃低着头，面带惆怅，猜想她是想起了许木的事。

他短叹一声，伸手摸了摸白郃的头，说道："好了，事情都发生了，就让它过去吧。"

他站起身，看向顾兰："这孩子在你昏睡后不久就清醒了，问我是谁，我把事情都跟她说了一遍。她一开始还不相信，后面不知道怎么，又突然相信了。她这样不眠不休地照顾你们有两天了，我让她去休息，她也不肯，你去跟她说说吧。"说完，就出了洞。

白郃这才知道顾兰突然变老的原因。

顾兰正在张巧盈身边看着张巧盈，白郃起身，走到顾兰身边坐下，后者一动不动。

白部回想起关轩说的话，是顾兰把白月介绍给关轩，关轩才会对白月下手，如果不是顾兰，也许白月现在还活着吧。

白部握紧了手，深吸一口气，然后呼出。她想开口，却发现自己现在已经无法跟顾兰交谈。

看着顾兰，她就会想到白月，想到白月是被顾兰间接害死，她的内心开始颤抖。

沉默，一阵长久的沉默。

终于，白部开口了，她面无表情地冷冷道：“小兰，去睡会儿吧，你已经两天没睡觉了。”

顾兰没反应。

“小兰，你去睡吧。”

顾兰没动，一言不发地看着张巧盈。

“顾兰，你快去休息，这里不需要你！不需要你！”白部的声音渐渐发抖，她发现，她无法心平气和地跟顾兰说话。

顾兰身子一震，她缓缓地抬起头，注视前方。

白部见顾兰仍不说话，心里气急，看着这个间接害死白月的凶手，她终究没有忍住。

她跪着，双手抓着顾兰的肩，猛摇道：“你说话！你为什么不说话？你这样不睡觉是为了救赎吗？人都死了你拿什么救赎！”

白部红了眼眶，她睁大双眼，努力不让眼泪流下来。她用力地转过顾兰的脸，让顾兰看着她。

“你为什么要把阿月介绍给关轩认识？为什么？你自己受苦还不够，为什么要带上阿月？”

质问持续了半小时，白部不停地问，顾兰一直不说话。杨子介站在洞口，望着天空，不管洞内的喧哗。

后来，白部问累了，她擦去因激动而流出的眼泪和鼻涕，走到一个远远的地方，靠着墙坐下。

顾兰看着白部，许久之后，她对着白部磕了个头，用无比冷静的声音说道："对不起，白姐。"

白部不说话，顾兰没有起。

时间在无声中流走，直到杨子介入洞。

杨子介见到洞内景象，急忙跑过来想要拉起顾兰。

顾兰摇头，拒绝了杨子介的好意。

杨子介看向白部，后者靠墙发呆，不理他。他摇摇头，心想，这事还是交给白部自己处理好了。于是，他也找了个干净的角落，倚墙休息。

许久，白部终于开口："你去休息吧，休息好了，我再考虑要不要原谅你。"

声音平静，带着一丝同情。

话音刚落，只听"砰"的一声，顾兰终于支撑不住，倒地昏了过去。

当天下午，救援队终于疏通了道路，找到了白部一行人。

在救援队队长瞠目结舌的表情中，白部告诉了他们这几天在山中遭遇的一切。

救援队队长立即联系了 B 市的警察局和医院，他们速度飞快，没过多久就赶到了白云山下。

救援队将白部等人送下山接受治疗，临走前，白部告诉救援队队长，许木摔下了悬崖，生死未卜，就算他死了，也希望能找到遗体。队长答应了她，并说就算她不提，警察也会要求他们这么做。

到了山下，四人被送去了医院治疗。白部看见罗胜的遗体被装上了另一辆救护车，旁边站着穿着黑色衣服的一男一女，年纪大概五十岁。男人呵斥着身后跟着的助手，助手频频点头哈腰，唯唯诺诺；女人哭得不成样子，用手帕擦拭眼泪。

白部猜想，这也许是罗胜的父母。

到了医院，经过检查，白部和顾兰身体无大碍，吃些营养品休息几天就可以了，杨子介和张巧盈伤势较严重，需要留院观察。

白部到医院后，经纪人李浩第二天就担忧地来看望她，告诉她，她在白云山出事的事上新闻了，许多粉丝发来邮件慰问她，还有一些还准备亲自来医院看她。

白部苦笑，她让李浩拒绝他们。

李浩点头答应，他还想问些什么，却不好意思开口。

白部看透他的心思，说道："山上发生的事，我不想说，不过这让我有了灵感，下一本书我决定把我的亲身经历写进去，你要是想知道，到时候去看这本书就好了。"

李浩连连点头称好。

过了一会儿，李浩说公司还有事情需要他去解决，要先走一步，晚点再来看她。

白部挥了挥手，没说什么，转头望着窗外。

当天下午，一个姓田的警察来到医院，为白部录口供。白部将自己想报仇的部分刻意隐瞒，然后将大多数的事情都告诉了田警官。

田警官一字不落地记下了白部所讲，完事后，就打算离开。白部留住他，向他问起后续进展，以及这个案件会怎么处理。

田警官挠挠头，显得有些无奈，他说："这些都是机密，不能透露。

不过，我可以告诉你一些不那么重要的。王腾的尸体找到了，就在你们躲的那个山洞往北不过五百米的一棵树下，头部遭钝器重击而死，还有，死者罗胜所在的那条隧道，里面有个墓穴，后来经过研究发现，是一处唐朝古墓，幸好你们没有继续进去。那座墓奇怪得很，半山腰的那座庙里的和尚，看见我们要去挖墓，一个个暴跳如雷，说不能挖，称他们寺庙的存在是为了守这座墓，真奇怪！不过上面已经下达了命令，一定要挖。”

说完这些，田警官迈步就要离开，走出房门时，他还在低声嘟囔着：“那墓诡异哦，好几个人进去竟然都晕过去，还说看见了女人，真奇怪！那隧道也有问题，竟然留着一条暗道通到洞外……”

声音随着田警官的离去越来越小，也不知白部听见没有。

白部透过窗子，望向窗外，看着天边飘过的云、飞过的燕，她觉得，活着真好。

突然，她想起了什么，飞也似的爬下床，她来不及穿上拖鞋，“啪”的一声推开门，把门口经过的护士吓了一跳。

护士端着药，讶异地看着她。

白部着急地问：“你好！请问有没有看到一个警官路过，胖胖的！”

护士回过神，连连点头：“有有……有。”

“他往哪边走了？”

“这边，拐个弯就能看到了。”护士指向右边。

白部道了谢后，顺着她所指的方向跑去，拐个弯后，不远处出现了一个穿着警服的背影。

“田警官，等等我！”

田警官听到有人喊他，便停下脚步转过了身。

白部气喘吁吁地跑到他身边。

“你慢点，这么火急火燎的干什么，不怕又出事啊？”田警官皱着眉，指责白部。

白部摆摆手:“田警官，我问你个事，掉下山的关轩和许木找到了吗？”

田警官恍然大悟地拍了一下脑袋：“哦，对！你不说我都忘记了，他俩找到了。关轩死了，脑袋直接摔碎，许木命大，落在河里，被恰好路过的村民救了，不过一直昏迷不醒，医生说好像落水之前脑袋撞到了树，有可能会变成植物人，能不能醒来就得看运气了。喏，他就在你病房的隔壁。”

白部听田警官说许木没死，先是一阵欢喜，而后听到许木可能会变成植物人，她愣住了。

“植……植物人？”

这消息犹如晴天霹雳，震塌了白部的思绪。

她恍惚地道了谢，朝许木的病房走去。

到了门口，她犹豫地伸手推开门，走了进去。映入眼帘的是一张白得让人心寒的床，上面躺着一个人。

许木安静地躺在床上，双眼紧闭，如此安详。

白部轻轻拉过一张凳子坐下，生怕弄出声响吵醒床上的人。

她静静地看着许木，不知在想什么。

安静，一片安静，门外的人似乎都消失了，这个世界就剩下了他们两个。

许久，窗外传来几声鸟鸣，打破了这一层静谧。

白部握着许木的手，趴在床上睡着了，她眼角渗泪，延伸向下，消失在被子上。

干净的白被上湿了一大片，白部正好趴在这片泪渍上。

白部沉睡中，眼珠转动，一句梦话从她嘴里喃喃传出——

“许木，别睡了，快醒来吧……”

“啪……”

病房的门被打开，一个护士走了进来，看见趴在床上睡着的白部，大致猜想到了什么。

她放轻脚步，缓慢地带上门出去。

窗外一阵风吹过，窗边白色的窗帘，随风而动。

许木被白部握住的手，那一根食指，忽然动了一下。

鸟鸣，风过，日照，云飘，一切都重归于静。

番外

FANWAI

XIANYIRENDE YOUXI

一年以后。

傍晚，白部回到新家，一处位于A市南部科技园附近的小区。

从白云山回来，白部便将自己的三层复合式小楼售出，购买了现在所在的新房。

杨子介一个月前病逝，白部为他处理完后事，便把他的遗照连同白月和父母的一起放在了新家的一间空房内。

本来冷清的家，少了杨子介后，显得更加空荡。

好在董姨跟随着白部来到了这儿，平常照顾白部的衣食寝居，闲时跟白部聊天，消磨时光。

一年前的白云山事件，在B市当地引起了巨大轰动，人们对柔弱的知名作家竟然能从一个变态杀手的手中逃出感到无比震惊，而得知这变态杀手竟然是一个著名的心理医生，更让他们瞠目结舌。

警方经过调查，确定关轩确实就如白部所说，是一个精神分裂的变态杀手，并且在他的研究室内，还发现了一本记录着他曾经犯下的所有案件的笔记。

笔记里详细地记录了他犯下的四桩案件，死者有男有女，年龄不一，家庭成分不同，唯一相同的是，死亡的四人，死相凄惨。

白部在田警官的帮助下，获得了这本笔记的复印件，她想要深入了解关轩到底是一个怎么样的人，为自己的小说增加素材。

白部坐在书房的靠椅上，手里捧着厚厚的一沓 A4 纸，A4 纸上黑白相间，龙飞凤舞，印着的是关轩的笔记。

白部调低靠背的高度，慢条斯理地翻阅着。

玉指拨动，笔记被一页页地翻开，随着阅读的深入，白部脸上的表情也越来越沉重。

“这……这分明是一本杀人笔记！”白部喃喃道。

片刻后，白部打开了面前的电脑，一边阅读笔记，一边记录相应的内容，以及自己的分析。

案件一

事件：雪河大学杀人事件

地点：雪河大学，社会科学学院 B 栋 5 楼 511 室

原因：关轩被人发现患有潜在的精神分裂，与其争执，争执不过将其杀害。

死者：韩淼，雪河大学心理学研究生，关轩同学，性格孤僻、乖张，

大学中并没有交好的朋友。

具体经过（以下为关轩笔记实录）：

Day 1，我好害怕，今天我做错了一件事，这件事让我寝食难安、心神不宁。我的心像被火烧，被针刺，我的喉咙好像被一个人钳住，无法呼吸。我能感觉到，这是韩淼的手。

Day 2，对不起！韩淼，对不起！我不是故意的，我只是一时手抖，才犯这种错的，你就原谅我吧，快点离开我！

Day 3，我已经连续两天没有睡好了，韩淼一直看着我，我根本睡不着，我要去处理他，不能再让他看着我了。

Day4，今天很忙，我做了很多事，我感觉我的力气已经耗尽了，我的腿因为蹲得太久没有了直觉，我的手很酸，算了，我明天再来继续写吧。

Day 5，昨晚是这几天来睡得最好的一次，因为韩淼没有看着我了，我很舒心。时间很多，我要把这几天发生的事情趁着现在好好写清楚。

韩淼四天前来到我的办公室，我并不认识他，他敲开门，做了一个简单的自我介绍，说有事跟我商量。

聊了一会儿，我发现韩淼在学校里并没有朋友，在学院里也不出名，属于毫无存在感的那一类人。

跟他聊天很枯燥乏味，但我还是装成很热心的样子，因为我害怕他会失落。聊到一半，韩淼突然拜托我帮他做一件事，声音低沉，颇为诚恳。

他要我帮他发表一篇他写的研究报告，我仔细看了一遍，报告内容是关于研究“精神分裂”的形成。

我告诉他，这个忙我帮不了。没想到，韩淼竟然威胁我，他说如果我不帮他，他就要将我有潜在的精神分裂这件事公之于众。我没有精神分裂，这件事大家都是知道的，所以我有恃无恐。

韩淼看我无动于衷，拿出了他能够证明我患有精神分裂的证据，扬言要交给我的导师，剥夺我求学的资格。

我一听慌了神，便跟他争夺起来，一不小心，打晕了他。

我本想等他醒来，好好地跟他道歉，请求原谅，但后来转念一想，如果他咄咄逼人，一直用这件事威胁我，那我以后的生活岂不是会乱了套？于是，我决定杀了他。

我拿刀割了韩淼的喉咙，血喷了一地，吓得我当时就后悔了，我把他锁在自己的房间里，不敢去动他。

我害怕极了，那几天我不敢跟人交谈，生怕暴露了什么。好在韩淼并没有什么朋友，他消失了两天，也没有人追问。

韩淼就那样躺在我的房间里，头正对着我的床，他看着我，我一直无法入睡。加上天气炎热，他的尸体也开始发出臭味。

我心想，再这样下去臭味可能让别人起疑，到时就会暴露我杀了人，于是，我只能自己动手，让韩淼从这里“消失”。

我通过其他手段，买到了一把刀，照着人体骨骼图和肌肉结构图，一步一步地把韩淼肢解了，用行李箱装着这些残骸，带到学校后山图书馆附近埋了起来。

就这样，韩淼从这个世界上消失了。

起初的几天，我一直担惊受怕，生怕被人发现杀了人。

但是，韩淼的消失，并没有引起别人的注意，仿佛他本来就不该存在一样。

看来，我的确是做了一件好事，让本来就该消失的人真正消失了。

案件二

事件：公园杀人事件

地点：A 市碧水公园

原因：关轩在碧水公园，看见有人抢劫，上前制伏后，认为犯人有害于社会，不能留在世上，于是杀人抛尸。

死者：男性，二十七八岁

具体经过（以下为关轩笔记实录）：

7 月 12 日，我做了一件安定社会的好事，不过这事太小，不值得让人知道，我只好悄悄地记录下来。

那天晚上，我在碧水公园散步，那天晚上，碧水公园出人意料地没有太多人，只有零零散散的一两个人走在路上。

我看着涟漪迭起的湖面，感到前所未有的舒心。

只是好景不长，没多久，我就听到一个年轻女人在身后大声呼救，我走上去问她，她哭着告诉我，她的包被人抢走了。

我听完之后十分愤怒，决定帮她追回失物，按照她手指的方向，我就这样孤身一人追了上去。

也许是我运气好，没跑多远，我就在“桥洞”下发现了抢劫犯。当时他在清点赃物，我悄悄地潜过去，把他压在身下，抢回了包。

本来我想抢回包就把这个人带到派出所去，让法律制裁他。可是他一直恶言相向，对我骂骂咧咧，还告诉我，他的同伙待会儿就会来救他，让我不要多管闲事。

他一说出那一句话，我脑子就一热，感觉整个身体都不是自己的，我脑中一直萦绕这一句话——这种人不能活在世上，杀了他，杀了他。

于是，我便把他杀了，在他身上绑上石头，扔进了碧水湖里。

当我把钱包交给那个年轻女人的时候，她高兴得流出了泪，感激地说谢谢我。

啊，帮人的感觉真好，以后若是又遇到这种事，我一定还会这么做。

案件三

事件：雪河大学催眠杀人

地点：雪河大学社会科学学院关轩办公室

原因：大二学生吕品方受到校园欺凌，后用暴力手段杀害同班学生沈杰

死者：沈杰，男，十九岁，法学院大二学生

具体经过（以下为关轩笔记实录）：

8月22日，我一如既往地在自己的办公室里待着，看着《现代心理学史》这本书，忽然，有人敲我的房门。

我打开门，眼前站着的是一个不甚高大的男孩，他叫吕品方，十九岁。

他低着头不敢看着我。我一见到他，就知道他一定属于那种受到了欺辱而不敢反抗的人，因为，到心理咨询室咨询遭受暴力该如何应对的人，大多都是他这个样子。

我简单地询问了情况。吕品方告诉我，他所在的寝室，加上他一共住着四人，由于他平常性格懦弱，被人孤立，跟室友的关系也不是十分友好。

室友三人中有一个叫作沈杰的人，家境殷实，是个阔少。他看不起吕品方，原因是吕品方家境贫困，为人不够豪爽，行为处事唯唯诺诺，他经常伙同另外两名室友对吕品方冷嘲热讽，有时还拳脚相向。

吕品方求助过辅导员，求助过同学，但收效甚微。后来，他知道了学校里心理咨询室的存在，于是找到了我。

我看他实在可怜，动了恻隐之心，告诉他，要以其人之道还治其人之身，沈杰怎么对他，他就要双倍还给沈杰。

他点了点头，说，他想做，但是不敢。

我告诉他，我可以催眠他，让他毫无顾虑地放手去做。

他同意了。

第二天，咨询室的师弟告诉我，法学院有一个叫吕品方的男同学杀了

人，死的人叫作沈杰，身中32刀。

唉，吕品方同学实在太可惜了，他为什么会想到用这么极端的方法?

……

案件四

事件：雪河大学白月

……

当白部翻阅到笔记的后面几页时，停住了。她看着A4纸上醒目的“白月”二字，久久不能释怀。

她快速地翻看了一下剩下的笔记，后面写的基本上都是有关白月的内容。白部深吸一口气，把手中的一沓A4纸放在桌上。

后面的内容，不用看，她也能猜出个大概。

白部打开抽屉，从里面拿出一盒女士香烟，她拿出一根，叼在嘴里，却不点燃，她喜欢这种感觉。

她喃喃着：“人都不在了，恨还有什么用呢？”

她喜欢这种叼着烟不抽的感觉，未点燃的烟草，散发出淡淡的清香却不冲鼻。

自白云山回来后，许木昏迷在床，已有半年之久。

后来，许木的父母从海外赶回，不顾白部的反对，接走了许木，已经又过去半年了，也不知苏醒了没有。

许木的离开和杨子介的突然离世，让白部一时之间郁郁寡欢，染上了抽烟的习惯。

好在白部并不是真的抽烟，而只是喜欢上了烟草的清香。

董姨曾劝过白部戒掉，但被白部拒绝。她说，她只是想借助烟草的味道放松心情。

屋内，白郃叼着烟，看着书架上的书沉思。

眼下，她已经处理完杨子介的后事，新书的构思还没有开始，她是无事一身轻。

她心想，是时候放纵一下自己了。

她拨通了李浩的电话，让他订了一张 A 市飞往德国佛罗伦萨的机票。

时间很赶，飞机当晚就起飞，白郃只得急急忙忙地去收拾东西。

佛罗伦萨。

那是许木现在所在的城市。

图书在版编目（CIP）数据

嫌疑人的游戏 / 喝茶的蒙太奇著. -- 南昌 : 百花洲文艺出版社, 2017.11

ISBN 978-7-5500-2496-0

Ⅰ. ①嫌… Ⅱ. ①喝… Ⅲ. ①长篇小说－中国－当代
Ⅳ. ①I247.5

中国版本图书馆CIP数据核字(2017)第268927号

出 版 者　百花洲文艺出版社
社　　址　江西省南昌市红谷滩世贸路898号博能中心A座20楼　邮编：330038
电　　话　0791-86895108（发行热线）　0791-86894790（编辑热线）
网　　址　http://www.bhzwy.com
E-mail　bhzwy0791@163.com

书　　名　嫌疑人的游戏
作　　者　喝茶的蒙太奇
出 版 人　姚雪雪
责任编辑　余丽丽　辛蔚萍
特约编辑　雪　人　采　薇
封面设计　刘　艳
内页设计　米　籽
经　　销　全国新华书店
印　　刷　长沙鸿发印务实业有限公司（长沙黄花工业园三号　邮编410137）
开　　本　880mm×1230mm　1/32
印　　张　9.125
字　　数　230千字
版　　次　2018年1月第1版
印　　次　2018年1月第1次印刷
书　　号　ISBN 978-7-5500-2496-0
定　　价　32.80元

赣版权登字：05-2017-452